月《げっ》蝕《しょく》島《とう》の信者たち
渡辺優
Believers on GESSYOKU island
Yu Watanabe
双葉社

月蝕島の信者たち

目次

0　四年前

後藤望《ごとうのぞむ》は自らが信じているほど達観した人物ではなかった。

その朝、令状を持った四人の刑事が部屋を訪れたとき、彼は穏やかな態度で自ら鍵を開け彼らを招き入れながらも、その足は震えていた。

「特定商取引法違反」と、刑事のなかのひとりが言った。

後藤はひとこと、「なるほど」と答えた。

刑事たちが令状に基づき部屋を歩き回るのを、彼はキッチンから眺めた。無性にコーヒーが飲みたくなり、戸棚に仕舞った買い置きのペットボトルのブラックを一本、手に取った。そんな後藤の一挙一動を、玄関に残った警官のひとりが見ていた。そのひとりが思いがけず若い女性であることに気づき、彼はやや背筋を伸ばした。こんなことは大したことではない——後藤はそう信じようとした。愛用のスマートフォンやPCが証拠品として押収されていくのを眺めながらそれを信じ続けることは決してたやすくはなかったが、とにかくそうした。カフェイン同様、今の彼の精神を守るためにはどうしても必要なことだったので。彼の心は自分で信じているほど、タフでも無感動でもなかった。

「七時一四分」と、刑事のなかのひとりが言った。後藤はなにも答えられなかった。別のひとりが取り出したものに目を奪われていた。銀色の手錠。それは彼にとって、舞台や映画、ゲームやパーティーの中だけに登場する、フィクショナルで現実離れした、ある種ばかばかしい存在だった。早朝の自分の部屋で、しかつめらしい顔をした公務員が真面目に取り出すような代物ではないはずだった。

本当に？　と思った。

本当に、こんなことが、自分の人生に起こるのか？

父の顔が頭に浮かんだ。半年前の帰省の折、父は言ったのだ。「俺にはよくわかんないけどさ」と。

「望はさ、真面目に働いた方が、いいんじゃないかい？」

後藤は一歩後ずさり、背中がキッチンの壁に付いた。

こんなことは大したことではない――その信仰が、瞬く間に揺らいだ。

手錠をかけられたとき、その確かな重みを感じた瞬間、彼は口の中でつぶやいた。

「――神様」

1　月蝕島

「お腹を壊したときって、ついつい神に祈っちゃいますよね」

天羽七希《あもうななき》は薄茶色の目を細め、穏やかな笑みを浮かべる。

「絶体絶命のとき――すべての希望が絶たれ――なすすべがない、自分ではもう、どうしようもないと感じたとき――ひとは神に祈ります。日常の信仰の有無にかかわらず、ただ一心に、心の奥底から。それは、私たちが本当は知っているからだと思うんです。私たちの脳が、知っている。そうすることが、私たちが救われるための、唯一、最後に残された手段なのだと」

天羽は視線をカメラからわずかに逸らし、どこか悠然とした表情で遠くを見やった。窓から射す陽光が彼の目に入り、薄い色の虹彩が細かな光を跳ね返す。

「私は――現代を生きるひとは、本当に――立派だなと、思うんです。そう、お腹を壊したときくらいしか神に祈らないというひとが、私の周りにもけっこういます。もっと、祈って、頼ったらいいのに。子供の頃は、神はもっと身近な存在でした。子供の頃の私たちは、疑うことすらしていなかった。自らは善良な存在であり、神はそんな私たちを助けてくれる救いの存在だと。『宗教』なんて言葉すら知らない、無垢な頃から……」

天羽の視線がカメラに戻る。まさに今、画面の向こうでライブ配信を見ている千二百二の人間と、まっすぐ目を合わせる。

「私はいつも、言っています。皆さんは神に守られるべき、善良なる存在だと。けれど、自分が善なる人間だと信じられない、というDMを、ほとんど毎日いただきます。ええ、今日紹介させていただいた相談のDM以外にも――そういうひと、たくさんいるみたいです。あの――あなたは善人です。間違いなく。あなたの脳には――大いなる存在に授けられた善意が宿っている。あなたはそのことを、本当は知っているはずです。ただ、この社会が――現代の厳しい世の中が、あなたから信頼を奪った。そう、神の救いを信じることは――自分の善性を信じることと同義です。現代社会は、あなたから神への信仰と、あなた自身への信頼を、奪ってしまった」

天羽はふたたび視線をカメラから逸らす。配信用PCの斜め左上――そこにある、外付けのプロンプターを見る。

「今の社会で――学校の友人や会社の同僚たちの前で、『心から神を信じている』と明言できるひとが、どのくらいいるでしょう。今や宗教は――文化に根付き、多くのひとの人生に根付く一方で――ごくシンプルな、純粋な善意からは切り離されてしまったように思います。あるいは、切り離されたのは、私たち――そう、現代を生きる、我々なのかも――。もちろん、今日までひたむきに神を信じてきた人類の歴史や、花開いた文化に、私は敬意を払っています。ただ――今を生きる我々が心から神に頼りたいと考えたとき――伝統的宗教にある、女性の軽視、同性愛の禁止など、現代の価値観にそぐわない教えが、その気持ちを阻んでしまうのは事実です」

そのとき、プロンプターの向こうで、後藤望が人差し指を上げた。話題を変えろ、という合図だ。天羽は言葉を切り、PCに顔を寄せて、視聴者からのコメントを読む姿勢を取った。

「『カルトの教祖がなんか言ってる』。あはは」

最初に目に入ったコメントを読み上げ、天羽はつい本心からの笑い声をあげた。「教祖」と呼ばれることが、未だにどうしても面白い。彼はあわてて口を閉じ、言うべきことを考える。おまえは笑い方にアホっぽさが出るから気を付けろと、後藤からさんざん言われている。

「カルト――というのは、なんとも的を射たご意見ですね。そう、カルトという言葉は、元は崇拝を意味するラテン語です。だから――ええ、私たちがそう呼ばれることは、なにも間違ってはいません。私は神を――そして皆さんのなかに存在する善意を――崇拝していますので」

後藤が今度は親指を上げるのを、天羽は視界の端でとらえた。サムズアップ――ナイス――の意味ではなく、配信終了二分前を伝えるサインだった。

「それでは、今朝はこのあたりで失礼します。この美しい島から皆さんに配信をお届けできたこと、本当に嬉しく思います。――そう、鳥の声が聞こえますよね。あれは、ひばりかな――。本当に、たくさんの鳥がいます。緑も豊かで――まだまだお見せできていない場所がたくさんあります。次の配信もぜひ楽しみにしていてくださいね。引き続き、ご相談のDMもお待ちしております。ああ――ただ、事前に告知しておりました通り、本日の夜の配信はお休みです。今夜はこの島の見学ツアーに参加してくださる方々と、オフラインで食卓を囲む予定です。そう――どうぞ皆さんも、デジタルデトックスなど試してみてはいかがでしょうか――それでは」

最後ににっこりと笑って、彼の――彼らの配信は終了した。間違いなく通信が遮断されていることを念入りに確認し終えた後藤は、「ひばり？」と眉根にしわを寄せた。

「あ、すみません、めっちゃてきとうに言いました。なんかそれっぽい鳥かなと思って」

「あのさあ……てきとうに喋るなって言ってるじゃん。教祖様がそういうの間違えるの良くないよって」

「いや、でも、ひばりっぽくないですか。スズメとかではない感じだなあと思って」

「知らないよ。おまえも知らないだろ鳥なんて」

「まあ、はい。すみません。でも、正直今日はけっこういい感じだった気がしたんですけど。やっぱこの島パワーっていうか、すごい高尚な感じで喋れたっぽい気持ちになれました」

「うん……まあ、悪くはなかったけど」

後藤は手元のパソコンで、この三十分間の配信アーカイブをざっとスクロールし振り返る。今朝は三件の相談ＤＭに回答させたが、それほどひやりとする場面はなかった。あえて一点指摘するとするなら、締めの説法。

「他の宗教に喧嘩売るのは、しばらくナシって言ったろ」

「え、喧嘩は売ってないですよ。すごいふんわり喋りましたよ、そのへん」

「いや、もう他教に言及もしないでいい。新規で増えた視聴者が引かないように。とにかく、俺らは善意の集団だから。他教とのかけもちもアリって体《てい》でやってるわけだから」

「わかりました」

「あと、最後。『いかがでしょうか』で締めるのやめよう。なんかこう、アフィリエイトブログっぽさがすごいから。情報系ユーチューバーっぽさっていうか」

「はあ……そうですか？」

首をかしげる天羽に、後藤はひとつため息をつく。天羽を『ＢＦＨ』の顔として起用し配信を始めてから、ちょうど一年になる。当初よりかなりましになったとはいえ、未だ配信後の反省会は欠かせない。

ＢＦＨ――『Bona Fide Harmony』、日本語にして『善意の和』は、後藤がゼロから立ち上げた宗教団体だった。宗教団体。最初の頃は、その言葉に感じる胡散《うさん》臭さに自ら顔を歪めずにはいられなかった。もともとは所謂《いわゆる》、スピリチュアル系の界隈に参入しようかと考えていたのだ。

後藤が初めてその界隈を知ったのは、大学生の頃だった。バイト先のコールセンターに同時期に入社しただいぶ年上の女性がよく口にしていたのが、「引き寄せの法則」だった。シンプルに言えば「良いことを考えていれば良いことを、悪いことを考えていれば悪いことを引き寄せる」とする理念で、それは一般的な個人的信念や座右の銘とよく似ていながら、そこに超自然的な力や宇宙の真理が作用しているとする点で異なっていた。

「思考したことは現実になるの」と語る彼女を、後藤は単にポジティブな人物として捉えていたのだが、後に彼女は「思考をより強いエネルギーへと磨く方法を教える」というメンターとの高額なセッションを同僚たちに強く勧めるようになり、上司から厳重注意を受けたことをきっかけに退職していった。

興味を持って調べたネット上で、後藤は似たような話をいくつも見た。パワースポットや占いのような大衆的に受け入れられているものから、波動系や法則系など、全く聞きなれない似非《えせ》科学のようなものまで、スピリチュアル界隈は広く隆盛を誇っている。

しかしそこで、敢えて「神」。

この国でははっきりとネガティブな印象を伴って呼ばれる「新興宗教」で行こう、と考えたのには、ひとつは天羽の存在があった。

もう八年も前になる。大学の演劇サークルに、一つ下の後輩として入って来たのが天羽だった。

新歓の席で彼を一目見て、後藤は思った。こういうやつが主演を張るのだろうなと。それは例えば、予定されている次の定期公演の主演に限った話ではなく、言うなれば人生の、すべての場面の。

ただ顔が整っている、というのとはどこか違った。話してみると拍子抜けするほどに気さくで、一時間後には男女を問わずすべてのメンバーの舎弟のようなポジションを築いていたにもかかわらず、それでもなお、どこか浮世離れした印象を保っていた。安居酒屋の喧騒の中でも、彼の声は端のテーブルまでよく通った。会がお開きになるころには、脚本を担当していた北原《きたはら》先輩が、彼に当て書きした喜悲劇の構想を練り始めていた。

そして天羽は、所謂「持っている」男でもあった。

四年前、彼は後藤と同じ投資会社の主軸に所属しながら、ひとりだけ逮捕を免れた。不起訴になったメンバーはそれなりにいたが、あの日の早朝、部屋のチャイムを鳴らされることなく穏やかな眠りの中にいられたのは彼ひとりだった。

指導者や支援者の意味を持つスピリチュアル界隈の「メンター」よりも、より超越的な響きを持つ「教祖」の肩書のほうが、彼は上手くやってのける気がしたのだ。

「それと……うん、コメント読むのは上手くなってきたかな」

「あ、やっぱそうですよね。さっきのあれ、すごい良くなかったですか？　カルトってあの、前に教えてもらったやつ。『崇拝』で合ってますよね？　ラテン語とか引用し出すの、あれはかなりかっこいいなって自分でも思いました」

「ああ。ただわかってると思うけど、今からはプロンプターなしで、即興で教祖をやるわけだから」

「はい。大丈夫ですよ、オフラインの公演会なら何度かやってるし、俺アドリブって謎に得意なので」

「とにかく、出方に困ったら黙れよ。ぺらぺら喋るより黙ったほうがそれっぽいから」

「オッケーです。なんかわかんないときは意味深に黙っときます」

そのとき、後藤の私用スマホが震えた。表示されたメッセージを読んで、ぐっと腹に力が入る。天羽の手前、堂々と余裕のある態度を保とうと努力はしていたが、後藤は自身が信じているほど本番に強い質《たち》ではなかった。

「金子《かねこ》からメールだ。あと三十分程度で船が着く」

なんとなしに窓の外を見やる。豊かな緑の広がる前庭を囲む白壁に、大げさな門。そこから延びる小道を西に進めば、十五分ほどでこの島唯一の船着き場にたどり着く。

チリリ、と名前のわからない鳥が鳴いた。

日差しがどんどん強くなっている。


金子千香《ちか》はスマホから顔を上げ、船尾に伸びていく航跡波の白さを遠く眺めた。目安にしている最寄りの有人島が右手に遠ざかる。本土の影は低く垂れ込める雲の向こうにとっくに消えている。岩手県は宮古《みやこ》港を出港してから一時間半近く。前回より時間がかかっている、と金子は小さく舌打ちをした。

東京から盛岡まで新幹線で二、三時間。盛岡から宮古港まで車で二時間弱。天候に大きく左右される船旅を加えて、およそ六時間前後の行程だ。無駄すぎる、どうかしている、理解できない、と彼女は思う。それでも、結局は後藤に押し切られた。新堂《しんどう》――あの守銭奴の医者が、友人だというどこかの金持ちから、格安で貸せる無人島の話を持ってきたときから、後藤の決意は固かった。

「一度はプライベートリゾートとして開発された島らしい」

日本には一万以上の無人島がある。島、という響きにロマンを感じ、別荘を建てたり商用開発を試みたりする人間もそれなりにいる。どこぞの海外企業が入り江を整え、大量の資材をわざわざ運んで豪華なヴィラや、大自然を楽しめるグランピングテントや、結婚式が挙げられるようなチャペルを造り、富裕層向けプライベートリゾートとして売り出したりもする。しかしそのあまりのアクセスの悪さから想定していた集客が見込めず、ひとの輸送にも物資の搬入にも建物の維持にもコストがかかりすぎるという理由でビジネス層にはそっぽを向かれ、安値で物好きな個人の手に渡ったりもする。そんな島のひとつが――月蝕島《げっしょくとう》だ。

最初は金子にも悪くない話に思えた。居抜きで使う宗教施設なんて、笑えるじゃないか。SDGsに配慮しているポーズだって取れる。外界から遠く離れ、社会から分断された孤島の高級リゾートなんて、まるでそう、天国みたい。

けれど二ヶ月前、初めて島を訪れたときにわかった。天国に行くために片道六時間もの距離を必死で移動するなんて、多忙な現代人には割に合わない。

「気軽に行けない場所のほうがいいんだよ」

後藤は言った。「島とか、山奥とか。日常から離れれば離れるだけいい。現実離れした絶景を眺めるっていうのは、それだけである種のトランス体験、宗教的体験になる」

横で聞いていた天羽が、「ああ確かに。わかります」とうなずいた。

「旅先でわーって気分が上がると、あり得ない値段の海鮮丼とかふつうに食べちゃったりしますもんね。そういうあれですよね」

結局のところ、後藤はただのロマンチストなのだ、と金子は思った。

島に教団の礼拝施設を置くというロマンに彼自身が魅せられている。最初の来島時、その桟橋に一歩降り立った後藤の顔は、長い船旅にぐったりしている天羽と金子をしり目にどこか恍惚と輝いていた。三階建てのプール付き豪華ヴィラ、星空を望めるガラスドームタイプのグランピングキャビンなどを見て回るうちにその光は増し、やがて向こう岸に小さなチャペルの見える湖のほとりにたどり着いたとき、「ここにしよう」と力強い口調で言った。

「でもさすがに買えなくないですか？　新堂さん、たしか数億円って言ってましたよ」

まだ揺れる船の上にいるかのような、おぼつかない足取りの天羽が言った。

「最初は買わなくていい。借りるだけで」

「待って。所有している土地じゃなきゃだめなんでしょ？　宗教法人の登録には」

金子が口をはさんだ。そうだ。そもそも後藤が本山を求めると言い出したのは、配信チャンネルの登録者数十万人突破を記念して、ＢＦＨを正式に宗教法人として登録するためだった。

法人化を目指すにあたり、宗教団体を名乗るには満たすべきいくつかの要件がある。教義を広めること、信者を教育すること、指導者を置くことなどに加え、固有の礼拝施設を所有することが必要だった。

「いや、法人登録はどのみちすぐには無理だ。三年程度の活動実績が必要だから」

「え、でも俺、こないだの配信で法人になります！　って宣言しちゃいましたよ」

「別にいつまでにとは言ってないだろ。少しずつ準備していけばいいよ。手始めに、またクラファンだな。礼拝施設購入資金のクラウドファンディング」

「数億なんて集まるわけないじゃん」

「いや、だから最初は新堂さんに間に入ってもらって賃貸料金と……あと、ちょっとはリフォームもしたいよな。うん、目標金額一千万でいこう」

金子は浅く長くため息をついた。

なにもかもが馬鹿らしく思える。こんなの上手く行くわけがない、と感じる。

海風に乱れる髪を無視して、金子は両手を組み、目を閉じた。二年前、後藤から初めて話を持ち掛けられたときのことを思い出す。

「新しい宗教を作ってみようかと思うんだけど、手伝ってみない？」

金子はそのとき、ついに後藤が正気を失ったかと思った。神様なんてみじんも信じていない彼が、宗教だなんて。きっと、道を踏み外してしまった人間の再起の難しさに直面して、絶望の中でまともな判断力を失ったのだ。

――私は不起訴になったけど、後藤君は起訴されて、前科が付いちゃったから。

「そういうの、もう止めようよ」

金子は言った。

もう止めよう。夢みたいな方法でお金を稼ぐことを考えるのは。一部の人間だけが気づける裏技みたいな方法で勝ち組になれると期待するのは。死ぬまで続く労働と被搾取に満ちた生活から逃れられる方法が、この世のどこかにあるなんて考えるのは。そういうことを信じちゃったせいで、私たちは詐欺に荷担して、同じことを信じた人たちからお金を巻き上げて、行くところまで行って逮捕されちゃったんじゃない？　北原先輩は今も塀の中だし、ちえみ先輩はあんなことになっちゃうし。

金子のたったひとことで、そこに込められた主張を後藤はすべて正確に聞き取った。それでも彼は顔色を変えず、まっすぐな目で言った。

「天羽を教祖にしようかと思うんだ」と。

それで、彼女の気持ちは自身でも驚くほどに揺らいだ。馬鹿馬鹿しい、と頭ではわかっている。それでも学生時代、彼らと同じ演劇サークルで、一学年下の彼をひとめ見た瞬間の感情を思い出す。彼なら確かに――その役割をこなせるかもしれない。

「でも、宗教なんて……。今時信じるひとなんているの」

金子の問いに、後藤はどこか遠い目をして答えた。

「大丈夫。ひとはなんだって信じるよ」

なんだって信じる。

そうかもしれない、と思った。

結局、彼女はイエスと答えた。後藤の作る新興宗教が、まさか成功すると信じたからではない。ただ、自分が参加を断ったその宗教とやらが、万が一上手くいってしまったらどうしようという考えが振り払えなかったからだ。天羽を教祖に据えた新しい宗教が、もしも自分抜きで成功してしまったら？　そんなの絶対に――許せないじゃないか。

そして金子にはまったく理解しがたいことに、事実後藤の造りだした宗教は順調に滑り出し、そして成長を見せつつある。

ひとの善意の尊さについて語った天羽の最初の配信が、冷笑的な視点から切り抜かれ、元の動画も再生回数が伸びた。スピリチュアル界隈からの接触があり、当時界隈でアイドル的人気だったメンターとコラボ配信が叶った。直後、そのメンターが自身の支援者との恋愛がらみのスキャンダルで炎上したことで、コラボの動画も注目を集めた。ポジティブとは言い難い理由であっても、人目に触れることがスタートダッシュとなり、右肩上がりに配信チャンネルの登録者数が増えていった。

そして彼らが予想していた通り、天羽は教祖が上手かった。動画のサムネイルに映える顔をしていたし、話し方は穏やかでありながら単調ではない不思議なバランスを持っていた。冷笑や炎上からでも集めた視線を飽きさせず、徐々に親近感を抱かせるキャラクター性もあった。

その後もじわじわ増えた登録者数は、チャンネル創設からちょうど一年後、再びスピリチュアル界隈の有名人とひと悶着あったことでブーストがかかり、十万人を達成した。そのうちの何割が嘲笑目当ての野次馬であるかはさておき――それを記念した法人化計画、クラウドファンディング開始初日に、いつも配信でも投げ銭をしている見慣れた名前の数人が、最高額の寄付にエントリーした。目玉の返礼品は、礼拝施設となる予定の月蝕島見学ツアー、三泊四日の旅へのご招待。

金子は瞼を開き、振り返った。

白い船体が陽光に眩しい。これも新堂の知人の島主が、地元のクルーザー協会に話をつけて、格安で――しかもツケで――運転手ごとチャーターしたものだ。こんなにたくさん借金を作ってしまって大丈夫なの、と金子がたずねると、後藤は「彼らもいずれ信者にしてしまえばチャラになるよ」と答えた。ポジティブなのか、考えなしなのかわからない発言が、ここのところの後藤には増えた。

ふと視線を下ろすと、船の左舷側デッキに人影が見えた。小太りで中背。参加者のひとり――塙悠一《はなわゆういち》が、スティックの先に付けたスマホをこちらに向けて掲げている。金子は胃の奥がぐるりとうごめくのを感じた。

「塙さん。船内は撮影禁止です」

咎める声で呼びかけられ、しかし塙は悪びれる様子もなく破顔した。「いやあ、本当に素晴らしい景色ですね」と。

「撮影禁止です」

金子は同じトーンで繰り返し、胸の中ではうんざりと深いため息を吐く。舌打ちをしたい気分だった。

彼、塙はスピリチュアル界隈でそれなりに顔と名前の通った人物であり、まだ知名度の低かった初期のＢＦＨに接触してきたひとりでもある。彼が自身のＳＮＳ上で言及したおかげでＢＦＨの知名度向上に繋がった、と塙自身が信じているし、それはある程度事実でもあった。ただ、塙がその事実を事実以上に過大に評価しているような態度が、金子には気に入らなかった。

「すみません、真剣に祈る美女があまりにも絵になったもので、つい」

彼の言葉に顔を逸らすと、そこにはひとりの女がいる。金子たちが立っているひとつ上のデッキだ。いつのまにか現れた彼女は両手を組み、目を閉じて、ただ静かにそこにたたずんでいる。肩までの黒い髪と、白いワンピースの裾が海風に翻るのをまったく意に介さない様子で、ひたむきに祈りを捧げているようだった。彼女のむき出しの二の腕を、雲の切れ間から射す光が眩しく照らした。

金子は彼女の名前を思い出そうとする。

後藤から何度も聞かされているのに、どうしてもフルネームが覚えられない。

「葛西《かさい》ミア」

その名を塙が口にする。


塙はスマホのカメラをミアに向け、ゆっくりと船尾方向に移動しその姿を仰ぎ撮った。なんてアイコニックな女だろう。

集合場所の港に現れた彼女を一目見て、まずそう思った。

透けるような肌に黒い髪。白い服に白い靴、そして当然のように、美しい顔。あらゆる清楚系アイドルグループが彼女をセンターに欲しがるだろうし、あらゆる地方都市の信用金庫が彼女をポスターに起用したがるだろう。彼女の醸し出す雰囲気、それを構築するすべての要素が、そのあたりの需要、類型的な「聖女」を、あまりに狙い過ぎている。

クラウドファンディングに投資した参加者のひとり――と名乗ったが、彼女はきっとBFHの運営に金で雇われたサクラに違いないと、塙はほとんど確信していた。それならまあ、お望み通り動画に収めることも、もちろんやぶさかではない。塙個人の配信チャンネルやＳＮＳに今回のツアーの模様をアップすることは、事前に後藤から許可を得ている――まあ、場所と時間の指定や編集動画のチェックなどは条件とされているが――ときには体制側のルールを無視してこそのジャーナリズムだ。

開けた広報としての役割が自分にはあるのだ、と塙は信じている。

ＢＦＨ――最初は、今時「新興宗教」なんてものを堂々と名乗ってしまえるところに興味を持った。ちょうどそのころ、塙はスピリチュアル界隈にはどうにも頭打ちな閉塞感を覚えていた。彼がＢＦＨの前に関わっていたのは所謂「引き寄せ」系のコミュニティだったが、すでに体系化された思想を語るメンターに、ちょっと斬新な切り口からの議論を持ち掛けただけで疎まれた。その前も、さらに前も、内輪で結束したグループは塙の持ち込む新たな視点をいつだって拒んで彼を追い出した。そんなグループのアンチを巻き込んで、塙の界隈での知名度は上がり、配信チャンネルの登録者数もＳＮＳのフォロワー数も増していったわけだが。

今回だって、仲良しごっこを求めてここに来たわけじゃない。

塙はいつだって議論を求めていた。ＢＦＨはその題材となり得る将来性と価値があると認めている。おそらく現時点で、自分以上にＢＦＨの理念を理解し、その深層に迫り、既にその弱点すら発見している人間はいない。

塙は掲げるスマホの角度を調整し、光に照らされる女がより象徴的に映る画を探す。そこで、彼女の背後に人影が現れた。

「寒くないですか？」

新堂譲司《じようじ》の一声に、女は組んでいた手をほどき振り返った。

「大丈夫です」

にっこり微笑んだその目に映る自分を新堂は見た。大きく、黒く、深い瞳。繊細なまつ毛に縁どられた瞼が、蝶の羽ばたきのように瞬く。もう一歩彼女に近づいたところで、下のデッキにいる人間が見えた。スマホを取り付けた棒を掲げている塙。そして金子。

「あまり身体を冷やさないほうがいいですよ。初日から風邪を引いては勿体ないですから」

「ありがとうございます」

柔らかな笑みを深くするミアに、新堂は小さくうなずいて踵《きびす》を返した。重い扉を開き、船内へと戻る。うるさく鳴っていた風の音が途端に遠ざかる。

あまり良い面子は集まらなかったな。

二時間ばかりの船旅を振り返り、新堂はそう結論付けた。正直、期待外れだ。最高額の寄付に手を出せる人間を集めれば、ひとりくらいは大物が釣れるんじゃないかと考えていたのだが。全員の背景や肩書を正確に把握できたわけではないが、少なくとも自分を超えるような社会的地位や経済力を持った人間はいない。ＢＦＨが若年層に向けたプロモーションしか行っていない点を考えれば仕方のないことかもしれないが、集団に箔を付けるための人材とここらで繋がっておきたかった。

自身がそういった役割をこなすことができる、とはわかっていた。新堂はこれまでにも、医師にして投資家という肩書を大いに利用してきた。ひとは肩書に金を払う。肩書に引き寄せられた人間に請われるまま、様々なセミナーにゲストとしてほんの数十分登壇するだけで、新堂は少なくない額を稼いできた。

後藤たちの先輩である北原の会社も、そんな依頼主の一つだった。講演会に参加し、投資のコツや成功談を、具体的なエピソードは避けて精神論的な部分にフォーカスして話す。受講者たちは主に新堂の腕に光る高級時計やオーダーメイドの革靴に熱い視線を注ぎ、彼が北原の人柄と先見の明を褒めると納得顔でうなずいた。

しかし、自分はあくまで投資者だ。

走者の育成に金を出し口を出すことはあっても、自ら走ることはしない。だからこそ、愚かな依頼主のひとつが愚かな逮捕劇で世間のささやかな注目を浴びることになったときも、新堂の身にはなにひとつダメージがなかった。いや——なにひとつ、とは言えないかもしれないが。

手すりにもたれ、新堂は階下のサロンスペースにくつろぐ——くつろいでいるように見える——数人を見下ろした。少なくともこの中に、新堂譲司の名前を聞いて眉をひそめるような人間はいなかった。

ソファに腰かけ目を閉じていたひとりが、ふいに顔を上げ新堂を見た。

あのひとにも本当に神から授けられた善性が宿っているのかしら？

酔い止め代わりに飲んだ精神安定剤がようやく効いてくるのを感じながら、桃木《もも》円華《きまどか》はぼんやりと考えた。

そんなふうには見えない。

なんだかすごく、いじわるそうなひとに見えるけど。

いや、そういうことを思ってはいけないのだ、と胸の中で自省する。でも、昔からひとの本心を読み取るのは得意だった。第一印象で少しでも違和感を抱いたひとは、たいてい後になってからその理由が判明することになった。十代の頃から大人に交じり、モデルとして芸能界で活動してきたことで身に付いた観察眼が、本人の意思とは無関係に、年々鋭さを増している。

間違いない。新堂さん、あのひとは、私のことを見下している――他のひとたちを見下しているのより、さらにちょっぴり下に――。

桃木は胸に手を当てて、ざわつく心を抑えた。ああいう目にはもうとっくに慣れていいころなのに、まだ新鮮に傷ついてしまう自分が心底嫌だった。旬を過ぎた落ち目のモデルに向けられる視線の冷たさを知ってから、もう十年は経つ。

だめだ。せっかく待ちに待ったツアーに参加できているというのに、暗い気持ちになっては台無し。これは私にとって、最後のチャンスかもしれないんだから――。

いったいなんのチャンスなのだろう、ということは、桃木自身にもはっきりとはわかっていなかった。人生を変えるチャンス。自分を変えるチャンス。あるいはもっと抽象的な、暖かい、安心できる光に包まれるチャンス？

「待ちきれないわ」

誰にともなく、桃木は言った。言ってから少し後悔した。思ったことをすぐに口に出してはいけないと、つい先日も会員制のマッチングパーティで反省したばかりだった。日々反省し、学ばなければならない。でないと世界に振り落とされる。

しかし、テーブルを囲みソファに座った面々は、皆いかにも親切そうな笑みを浮かべて首肯した。

「本当に」と胸に手を当てるのは、桃木と同年代くらいの落ち着いた雰囲気の女性。

「まったくです」と前のめりにうなずくのは、彼女よりもやや若そうな、生真面目そうな雰囲気の青年。

手放しの共感を得て、桃木はほっと息をつく。

そう、大丈夫。今日ここに集まったひとたちは、皆BFHの讃える「善性」を信じて、決して安くはない額の寄付をしてきたひとたち。私が普段関わっている、冷たく打算的で、忙しない俗世の中にいるひとたちとは、根本的に違うのだ。たぶん、善性の、レベルみたいなものが？

やっぱりこれはチャンスかもしれない。かなり具体的に、友達ができるチャンス。

桃木は急速に気分が良くなり、向かいに座った、今回の参加者の中でとりわけ若い青年に、にっこりと笑いかけた。脈絡なく笑みを向けられた不破翔《ふわしょう》は、う、と喉の奥を鳴らした。


不破はあらためて居心地の悪さを覚えた。

それは自分が今回の参加者の中で唯一の学生であることや、こういった初対面の人間が集まる場に不慣れであることなどももちろん理由に挙げられたが、その最大の要因は彼が感じている後ろめたさにあった。自分はこのひとたちとは違う目的でここにいる、ということ。

自分は神を信じていない。

本気でそんなものを信じている人間がいるということが、不破には理解できなかった。未開の土地から来たわけでもない、科学の発展以前の過去に生きているわけでもない、現代社会に暮らす「ふつう」の人間が、いったいどういう脳の働きでもって神などというものを信じることができるのだろう。大人になって現実を知ると共に、魔法や妖精やユニコーンの存在を信じることを止めるのと同じように、どうして神を信じることを馬鹿らしいと感じないのか？　彼には不思議で仕方がなかったし、ここに来るまでほとんど疑っていた。他の参加者も、もしかしたら自分と同じ目的を持って来ているのかもしれない。宗教なんて非科学的だとあきれつつ、その主題ではない部分に用があって——。

でも、集合場所の港で自己紹介をし、船に乗って軽い雑談を交わすうち、少なくとも彼らのうちの何人かは、本気で神を——ＢＦＨの教えを——信じているようだとわかった。その礼拝施設となる月蝕島の見学ツアーに参加できるということに心から感激している様子で、熱い思いを口にする。「待ちきれないわ」とこぼした、やたらと派手な化粧をした巨大な瞳の女が、目を潤ませ船首側の窓を見やる。

不破は、皆がつられて目を向けた窓とは反対側の、階段上の扉をちらりと見る。先ほど、そちらから葛西ミアと名乗った女が出て行ってしばらく経つ。思わず息を呑むほどに美しい彼女も、どうやら本気でＢＦＨを信じているようだった。理解はできないが、その信じる心というもの自体は決して悪いものではなさそうだという気持ちが、不破の中に発生しつつある。不破はあくまで、消極的無神論者だった。神の不在を堅く信じてはいるものの、その考えを大声で主張するつもりはない。

皆、いいひとそうだ。後ろめたさを感じつつ、そのことには純粋に安堵していたし、皆に気に入られたい、うまくやりたいという思いは強い。

ただ——不破は、階段の上に立ちソファの面々を見下ろす新堂を盗み見る。

彼だ。

まずなにより得なければならないのは、彼の信頼。

そうでなければ、なけなしの奨学金を使って高額の寄付をした意味がない。


この子、大丈夫なのかな。

増田友恵《ますだともえ》はかすかに眉をひそめ、隣に座った不破を見やった。

大学生だと言っていた。二十歳になったばかりだとか。でも、あどけない表情と落ちつかない雰囲気とつるりとした肌は、高校生や中学生にだって見える。まだまだ子供の面影がある。下手をしたら、赤ん坊の頃の面影だって……。

あと十五年もすれば、友哉《ゆうや》もこの子と同じ歳になるのだ。

そう考えると、どうにも目を離せなかった。二十歳になれば子育ては卒業、そんなふうに思っていたけれど——ハタチでもこんなに子供っぽい子もいるのだ。友哉がこんなあどけなさを残したまま、親から離れてひとり無人島へと向かう船に乗っていく様を想像しただけで、友恵は胸が潰れる思いがした。

友哉と離れて、もう六時間になる。五歳になるひとり息子とそれほど長い時間離れて過ごすのは、彼女にとって初めてのことだった。

本当に来てよかったのだろうか？

もう何十回目にもなるその疑問を、彼女は小さく息をついて胸にしまった。今さら後悔したところで手遅れだ。自分はもう船に乗ってしまった。三日後に復路の船が来るまでは、どうあがいたところで引き返すことはできない。まさか泳いで戻るわけにもいかないし……。

友恵が今回のツアーに参加することを考えた理由はそこにある。少なくとも四日間、強制的に友哉から引きはがされるということ。自分にはそういう荒療治が必要なのではと考えた。ひとりで買い物に出かけても、友人とランチに出かけても、結局は数十分と経たずに耐えられなくなり、そわそわと席を立ってしまうのだから。

ツアーへの参加について、夫の一哉《かずや》にそれとなく話すと、彼は友恵以上に積極的に、諸手《もろて》を挙げて賛同してくれた。ＢＦＨというのが何を目的とした集まりなのか詳しく確かめることもなく——それはいいね、行ってみなよ、友哉のことはなにも心配しなくていいから、と。そこで友恵は、自分は本当は止めてほしかったのだと気づいたけれど、もう遅かった。

友哉は今、夫と共に彼の実家にいる。信頼できる義両親だ。義実家に子供を預け、応援している配信者のツアーに参加すると話すと、同じ時期に子供を産んだ友人たちは皆一様に羨ましがった。いい旦那さんね、素晴らしい義両親ね、そんなに理解して自由にさせてくれる環境、なかなかないよと。

でも今、私はただひたすら、友哉のことを考えている。ただここに座っているだけで、自分の心臓と離れて過ごしているような恐怖が増していく。

分離不安、という言葉を夫は使った。友恵はちょっと、友哉への心配が過ぎる気がするよ。そのうち、友恵のほうがまいっちゃうかもよ、と。

友恵の調べた限り、母子分離不安といえば、子供が母親から離れることに強い不安を覚えることを指す言葉だ。その逆の現象については、別に、特定の名前などついていないようだった。親が子供から離れることに不安を感じるのは、ごく自然、当たり前の親心だから。

でも、私の不安はたぶん、子供を思う気持ち、それだけじゃない。

自覚があるからこそここに来た。大きな不安に苛《さいな》まれ拠り所を求めた友恵は、もとはスピリチュアル界隈に傾倒しつつあった。しかし、それよりも深いところで心を預けられると感じたのが、塙のSNSを通じて知ったBFHの教えだった。私たちは私たち自身の善性に守られている。神から与えられた尊い善意に。

大丈夫だ。私の感じている混乱は、BFHの教えが確かなら、すべて解決可能なもののはず。自分が本当に神を信じているのかどうか、友恵にはわからなかった。それでも、ひとの善性がその大いなる存在に与えられた確かなものだと信じたかった。

大丈夫、と友恵は胸の中でもう一度強く念じ、彼女の不安をあおるだけの隣席の学生から目を逸らす。腕時計を見た。友哉と離れてから、もうすぐ六時間七分になる。

野々村圭吾《ののむらけいご》は不安気に息を吐いた目の前の女性の抱える苦悩を思い、祈った。

斜め前に座るあどけなさの残る学生の未熟さについても祈ったし、隣に座る派手な女の軽薄さにも祈った。少し前にデッキに消えた美しい女性の未来についてはもちろん積極的に祈ったし、続いて席を立った中年の男の不遜な態度にも祈った。スマホを掲げて船のそこらをうろうろしている配信者の無遠慮な振る舞いについても、広い心で祈った。

参加者の中で、最も重い苦しみを抱えているのは自分だ。だからこそ、自分がもっとも深い心で祈ることができるはずだと、野々村は信じていた。なぜなら、善意とはすなわち想像力なので。彼がそう考えるのは、少し前の配信で天羽がそのように語っていたからだが、それを聞く前から自分もすっかり同じように考えていた、と野々村は信じている。ひとの痛みを想像できること。それこそが人間の持ち得る最大の能力であり、強さであり、美しさであり、調和なのだ。そしてその素晴らしい善意——想像力を、ひとは皆、持っている。

常に周囲と比べることを強いられるこの強迫的な社会の中で、己になどなんの価値もないのだと苦しんでいた自分に、天羽は言ったのだ。善なるひとはそれだけで神に等しく尊いのだと。

そのことが苦痛に満ちた自分の毎日を、どんなに救ってくれたことか。澄んだ瞳で語る天羽をスマホの中に見つけたとき、目の前が開けたように感じた。それは例えば思春期の少年が、人生で初めてお気に入りのアーティストを見つけたときの感動に似ていた。崇拝できる対象を見つけた喜び。やや斜《はす》に構えた少年時代を送った野々村にとって、それは二十代も終わりに差し掛かる今になって初めて知る衝撃だった。

天羽の語る通り、幼いころの自分は、自分が善人だと当然のように知っていたと思う。いつのまに忘れてしまっていたのだろう。特に社会に出てから——新卒で入った会社でほんの数歳年上なだけの上司とそりが合わず、転職をしてから——その後も環境を理由に転職を重ね、そのたびに会社のランクがじりじり下がっていく現実に直面してから——自尊心と、自分は愛されて当然の存在だという事実を見失ってしまっていた。

俺は尊いんだ。

その圧倒的な事実に救われ、涙が流れた。皆がＢＦＨの教えを知り、この事実を思い出せば、すっかり捻《ね》じれてしまった社会もきっと元通りになる。皆が救われる。そのためになると思えば、投資の資金として貯めてきた貯金をＢＦＨの運営費として寄付することにも大きな喜びを感じた。

なにより、このツアーだ。ＢＦＨは過去にも何度かオフラインでのイベントを行ってきたが、それは都内のオフィスビルの一室で慎ましく開催される講演会のようなもので、普段の配信がそのままオフラインになっただけの内容だった。こんな少人数で、俗世を離れた海の果てにある無人島で、いずれ教団の本部となるべき施設の視察という大いなる目的を持って、さらには教祖と自由な会話すら叶うという企画は、初めてのことだ。

善意を持った人間は皆、等しく尊い。そのなかでもこんなツアーに参加している俺は取り分け尊く、特別な人間であるという感覚が全身に満ちる。

だって俺は、ＢＦＨの存在、その価値にいち早く気づき、最大額の寄付を行った人間なわけだから。他のやつらとは、もちろん差をつけてもらわなくては困る。

「見て！」

隣に座った派手な女が立ち上がり、窓の向こうの航路をまっすぐ指さした。

白く垂れ込める雲。その切れ間から射す光がはっきりとした線を描き、海まで届いている。穏やかに凪いだ海面。そこにひとつの島が見える。これまでぽつぽつと遠く横を通り過ぎてきた小さな島々とは違い、大きく隆起した小山のような島の一角に、はっきりと人工物に反射する光と影が見えた。

「きっとあれだわ。……月蝕島」

陽光を受ける島が少しずつ大きくなるのを見つめながら、野々村は目の表面に涙が盛り上がるのを感じる。喜びでも悲しみでもない、ただ静謐な、感動の涙だ。そういう種類の涙の存在を、彼は信仰を得てから初めて知ることができた。

皆が導かれるようにデッキに出ると、船を歓迎するように雲の切れ間が広がる。考え抜かれた演出のような自然現象の美しさを前にして、そこに、この島に神様がいるということが、当然の真実として理解できた。

それがいったい、誰が信じる神なのかということはさておき。

＊

月蝕島という名称は、今回のツアーにあたりＢＦＨの運営が仮でつけた呼び名である。礼拝施設として信者に等しく公開される段になったら、ふさわしい新たな名が正式に与えられる予定である。月蝕島の呼称は、ツアー最終日、三日後に見られる皆既月蝕に由来する。

しかし船に乗っている人間の中で、三日後の月蝕を島から眺めることができた人間は、二人しかいなかった。

2　一日目　昼

・船が着く　港にて天羽の挨拶（短く！）　ヴィラへ移動
・ヴィラの食堂で昼食会（自己紹介）
・天羽のスピーチ
・ヴィラの案内（各自部屋割り通りに）
・グランピングテント　屋外バーベキュー場の案内（軽く）
・森の散策
・皆で夕食の準備　夕食会　天体観測
・天羽のスピーチ（例の話は場の空気次第で）

後藤は一日目のスケジュールを記したメモアプリから顔を上げ、桟橋の上で天羽との接見に沸く一団から、少し離れた場所で彼らを見守った。天候が原因で船の到着が遅れたことで、すでに時間がやや押している。巻きで進めたいところではあるが、参加者のテンションが高まっている時間を切りたくはない。テンションの維持。ツアー成功のために、最も重要なことだ。

ツアーの内容は、様々な宗教団体、スピリチュアル団体、芸能人のファンクラブなどが開催している合宿やイベントを参考にした。ネット上でそれらイベントに関する情報や、実際にそれらに参加した人間の体験談などを集めながら、後藤はそこに共通する、参加者を満足させるためのコツのようなものを学んだ。非日常感を味わえる自然との触れ合いや、一体感を得られる共同作業、仲間意識を高めるための閉鎖的な集い。それらすべてを盛り込み、今回のプランを練り上げた。

港を発った船がもうずいぶんと遠い。

外界から隔絶された十人。

彼らをここに導き集めたのが自分であるという事実に、後藤は小さく胸が震えるのを感じる。四年前の、あの最悪の朝からようやくここまでたどり着いた。

「あんまりいい面子じゃないかもだね」

声に視線を移す。

いつのまにか参加者の輪を離れていた新堂が、苦笑いを浮かべながら歩いてくる。

「もっと間口を狭くしてもよかったんじゃない？　いや、まあ今回はこれでいくしかないけどね」

腕を組んで参加者たちを眺める新堂の、歳の割に白いものの多い後頭部を眺めながら、後藤は腹の底に苛立ちを覚えた。資金繰りの相談やハコの手配などの面で彼に協力を依頼することは多々あるものの、あくまで新堂は取引相手であって、運営に迎え入れたわけではない。特に今回のツアーにおいては、彼だって参加者のひとりという位置づけなのだ。その立場を明確に示す意図も持って、後藤は「そんなふうに言わないでくださいよ」と外向きの笑みを作った。

「皆さん、貴重な時間とお金をかけて僕たちの活動を応援してくださる善意のひとたちです。このツアーを通して、きっと素晴らしい家族のような関係になれると信じています」

新堂はうるさそうに首を振って、薄笑いを返した。「聞こえやしないよ」と他の参加者たちに向けて顎をしゃくる。彼らへのパフォーマンス的な発言と受け取られたらしい。

「あとひとりは、もう着いてるの？」

「ああ……それなんですが」

「全部で十一人だったよね？　俺ら四人と、参加者が七人か。後は……田中《たなか》さん、だったたっけ？」

「いえ、これで全員です。田中さんは都合がつかずキャンセルに」

そのとき、桟橋の一団から拍手が上がった。天羽が何か言って場がまとまったらしい。行程を進める機会と捉え、後藤は彼らのもとへと足を向けた。


「――皆さん、あらためまして、このたびは僕らBona Fide Harmonyの礼拝施設購入のためのクラウドファンディングにご参加いただきありがとうございます。まず最初に、僕ら運営からご挨拶させていただきたいと思います。ＢＦＨの運営を総合的に担当しています後藤です。どうぞよろしくお願いいたします」

食堂に集った面々から、拍手と共に「よろしくお願いします」としっかりとした言葉が返ってくる。後藤はひとりひとりと目を合わせることを意識しながら、「そしてこちらが」と続ける。

「本土からアテンドも担当させていただきました、同じく総合運営の金子です」

「よろしくお願いします」

金子がさらりと頭を下げる。

「船旅お疲れさまでした。皆さんすでに船内でご歓談をいただいておりましたが、ここであらためて自己紹介の時間を設けたいと思います」

金子が促し、テーブルに着いた参加者が時計回りに話し始める。

配信者の塙悠一。

医師で投資家の新堂譲司。

モデルの桃木円華。

学生の不破翔。

主婦の増田友恵。

会社員の野々村圭吾。

アルバイトの葛西ミア。

全員の名乗りがつつがなく一周する。後藤はちらりと腕時計を確認し、最初の昼食会の進行具合に安堵する。港からヴィラに移動する途中、「ひとりやっかいな奴がいる」と金子から耳打ちされ、密かに警戒していたのだ。

「あの配信者。ルール守らないし、こっちのこと舐めてる」

船内で無断撮影をしていたというその配信者は今、長テーブルの長辺の一端に座り、機嫌よさそうに周囲を眺めていた。スマホを取り出すような様子もない。では次に、と後藤が発言しかけたところで、「ミアさんって」とモデルの桃木が口を開いた。

「可愛らしい名前ね。猫みたい」

にっこり笑みを浮かべた桃木に、ミアは控えめなうなずきを返す。

「ありがとうございます」

「いや、猫って」会社員の野々村が口を挟む。「ちょっと失礼じゃないですか？　ひとの名前に」

「え？　どうして？」

「いやだって、さすがに動物の名前と一緒にするのは」

「え、あの、大丈夫ですよ、私は別に……」

「そうなの？　ごめんなさい。私、そういうのに疎くて。でもほら、今の若い子の名前って、皆可愛いなって。ねえ？」

「え？　いや、僕は……」

水を向けられた学生の不破が言葉に詰まる。

「多様性って感じがしますよね……今の名づけって。私もずいぶん悩みました」主婦の増田が小さくうなずく。

「あら、増田さんってママなんですね。すごい、お若いのに立派だわ」

脈絡のない雑談が続きそうな雰囲気になった。どうしようか、と後藤は考える。それぞれにまるでテンションの異なる、ぎこちなさがはっきりと聞き取れる会話ではあるものの、ここは水を差さず参加者同士の交流を促すべきか。

そこで塙が、すっと左手を挙げた。

「ちょっとよろしいでしょうか」

そうたずねた彼の目は、テーブル短辺の上座に座った後藤たち運営を見ていた。特にその、中心に座る天羽を。

「なんでしょう?」

油断していた様子の天羽が、ゆったりとした仕草で首を傾げた。

「天羽様の考えをお伺いしたいのですが。ひとつ、議題を提唱してもよろしいでしょうか?」

「議題? ……ええ、もちろんです。ただ」天羽は軽く片手を挙げた。「『様』はどうか、やめてください。照れてしまいますので」

天羽は本気で照れているとわかる苦笑いを浮かべ、それでダイニングの空気が緩んだ。最初の食事会ということで、皆やはり緊張していたのだ。このまま天羽を中心に雑談をさせる方向でいこう、と後藤が密かに決定したところで、ひとりまったく気を緩めた気配のない塙が「それでは天羽さん」と続けた。

「自殺についてどう考えていますか?」

「……えっと?」

脈絡なく発せられた穏やかならぬワードに、全員の表情がすっと引いた。

塙は意に介さぬ様子で、

「自殺です。自殺自殺。禁じている宗教もありますよね? ＢＦＨの主張としては、そのあたりはどうなんでしょう。私、何度か配信でもコメントでお尋ねしたのですが、一度も拾っていただけなくて」

「はあ……そうだったんですね」

なるほど、難しい問題ですね、と天羽はかすかに天を仰ぐ。ダイニングの天井では木製の大きなプロペラがゆっくりと回っている。緩んだはずの空気が、今はしん、と鎮まっていた。天羽を挟んだ後藤の対面では、イレギュラーなできごとを嫌う金子が嫌悪感をむき出しにした表情でテーブルに視線を落としている。

「難しいですかね？」と、塙がどこか煽るような口調で言った。「自殺は許されるのか、許されないのか。自分が信じようとしている宗教がどのような見解を持っているのか、ぜひ知りたいところであるんですが」

後藤は天羽にサインを送ろうとした。答えなくていい、と。しかし天羽は回るプロペラを眺めたまま、「ええ」と穏やかな口調で返した。

「やっぱり、難しいと思いますよ。ひとことで自死とまとめても、ひとつとして同じ死はないと思うので」

「へえ？」

「正しいか正しくないかというのも、私ははっきりと切り分けられるものではなく……こう、グラデーションだと思うんです。それも、黒と白のグラデーションではなく、もっと鮮やかな、無数の色の」

「うーん、なるほど？　なんだかはぐらかされてるような気がしますけど」

塙はわざとらしい苦笑いを浮かべる。後藤が口を挟もうと息を吸い込んだとき、天羽ははっきりとした声で「でも」と続けた。その視線が、天井から塙へと移る。

「もし私の目の前で自ら死に向かおうというひとがいたら、私は止めます」

「へえ、それはなぜですか？　苦しみのなかで、死に救いを求めるひとを止めるというのは、それも善意からの行いといえるのでしょうか？」

「さあ……それはわかりませんが、少なくとも死は不可逆ですから。そのひとの苦しみが不可逆かどうかは、私には判断がつきません」

ゆっくりと首を横に振り、天羽は続ける。

「私が目の当たりにした自死への意思が……もしかしたら、そのひとにとって最後の自死衝動かもしれません。その瞬間を乗り越えられたら、命を続けていけるかも。だから……私は止めます。先ほども言いましたが、死は不可逆です。死んでしまってから、やっぱりもうちょっと生きてみようかな、ということはできない。だから、ええ、私に止められて止まってくれるひとならば、私は止めたい」

するするとよどみなく話す天羽の言葉を、参加者の何人かは真剣な面持ちで聞いていた。しかし、段取りを無視した質問に勝手な見解で答える彼を、金子はひとり横目で睨みつけている。後藤は「すみませんが」とようやく間に入った。「事前にお送りしたスケジュールの通り、明日は全員に天羽先生との個人面談の時間を設けています。個人的に話したいテーマは、そちらの機会をご利用願います」

「なんだ、自由に喋ってはいいわけでないのですか？　せっかく皆さんとこうして集っているのですから、開かれた議論を期待していたのですけど。ねえ？」

塙は他の参加者に水を向け、同意を求めるように手を開いた。皆はちらちらと視線を交わし、やがて会社員の野々村が、「いや、藪から棒にたずねるには、ちょっと失礼な議題であるように思いますけど」と眉をひそめた。隣に座った主婦の増田が、かすかに顎をひいて同意を示す。

「――そう、そういったセンシティブな話題は、皆でこうして食卓を囲む場では、遠慮していただき」

「なるほどね」

後藤の言葉にかぶせるように言うと、塙は手のひらを正面に向けた。降参、のポーズだ。「オーケーです」と肩をすくめるその態度からは、自分は保守的な運営に押さえつけられる被害者である、とでも言いたげな様子がはっきりうかがえる。

後藤はうっすらと笑みを浮かべる塙の顔を見て、やっかいだな、と思う。たったひとりの参加者の無秩序な言動すら捌けない運営だと思われ、初日から舐められるわけにはいかない。

「あの……すみません。私からもひとつ、よろしいですか？」

ふいに可憐な声が言った。

「クラウドファンディングの最高額寄付の出資者は八名だったと記憶しているのですが。ここには七名しかいないようなので、その、気になって」

「ああ」

後藤はミアと目を合わせた。彼女のかすかな微笑みの中に、話の主導権を彼の手に戻そうという意図が見えた。

「そう、そのことをお伝えしなければと考えていたところです。葛西さん、ありがとうございます」

後藤は彼女に笑みを返した。

葛西ミア――彼の恋人に。

「残念ながら、今回参加する予定だったもうひとり、田中さんはどうしても都合がつかなくなってしまったとのことです。皆さんとお会いできることを楽しみにしていたご様子だったので、僕らもとても残念なのですが」

しかし、これは後藤の嘘である。クラウドファンディング最高額寄付を行った者の中に、田中という人物は初めから存在しない。

寄付の受付開始から数日が経っても、最高額寄付の定員八名のうち、最後の一枠が埋まらなかった。礼拝施設の下見に教祖と共に参加できるという栄誉あるツアーが売れ残っていると思われてはまずいと、後藤はクラウドファンディングの締め切りを待たずに、自らアカウントを作成して寄付を行った。「田中」は後藤が作り出した架空の人物――所謂サクラである。その事実を知るのは後藤の他に、天羽と金子の二人だけだ。

この島に田中は存在しない。

この島に神が存在しないのと同じように。

3　一日目　夕方

あいつが邪魔だな、という認識が参加者のなかで揺るぎないものになりつつあった。気づいていないのは本人――塙悠一のみである。

あるいは塙は、たとえ非難の視線であっても、周りからの注目を歓迎しているのかもしれなかった。集団の流れと逆を張れば労せず他者の関心を集められるということを彼は自我の形成段階で学び、そのスタイルのまま四十年強を生きてきた。彼にとって集団のなかで孤立するということは、自分がマジョリティに埋没しない特別な存在であるということ、「奇抜」や「斬新」といった魅力的な評価を得ていることと同義だった。

「こちらがグランピングドームです。全部で三棟あります。ご覧の通り天井と、海側を向いた約百度あまりがガラス張りになっています。個別にバスルームと洗面台もついているので、独立しての居住も可能です」

「そもそもなんですがね」

「九月とはいえ、この島の夜は都心よりもうだいぶ冷え込みますが、こちらのドームには空調設備もついています。使用を希望される方はお気軽に申し出てくださいね。街灯りのない島の星空は、ほんとうに壮観ですよ。今日は残念ながら曇りの予報ですが……」

「天羽氏が教祖を名乗りＢＦＨを興された動機、そのバックグラウンドの物語みたいなものを、我々は知らされていないわけですよね」

「三日後の月蝕は、こちらに寝転がりながら見ることも可能です。ただ、皆さんにお泊まりいただくヴィラの屋上には天体望遠鏡もありますので、今のところはそちらからの観測を予定しています」

「毎回の配信ではＤＭへの回答がメインじゃないですか。悩み相談のようなコーナーが俗世間で需要が高いのはわかっていますがね、真に世の理を探求する者にとっては、そういった応用の話より先にもっと根幹の部分、基礎のすべてを明かして欲しいんですよ」

「……では次に」

「ＢＦＨ、『善意の和』が主張する人間の善性に対する信仰は、人間の魂のエネルギーを在るものとするスピリチュアル界隈と非常に近しいものがありますよね？　そこからさらに上位の存在、神の存在を確信するに至った経緯などをお聞かせ願いたいですね。我々の持つ善性、それが神からの授かりものだと悟るに至った経緯を。なにか啓示を受けられたのなら、そのエピソードこそ」

「塙さん」

後藤はしびれを切らし、集団の後ろで声量を気にせず話を続ける塙に呼びかけた。

午後の柔らかな陽を透かすグランピングドームの前に立ち、説明を行っていたところだ。参加者たちは礼儀正しくドームに目を向け傾聴の姿勢を取ってはいたが、その意識の半分以上が後方の塙たちに向けられていることは明らかだった。

「繰り返しになりますが、そういったお話は後程」

先ほどヴィラの設備を説明して回っていた際にも行った注意を繰り返す。移動中にも、金子が細かく口を挟み塙の喋りを止めようと努力していたのは、先頭を歩く後藤からも見えていた。しかし他の参加者の手前、あくまで礼節を保ち控えめな注意に留めるしかないことは向こうにもわかっているようで、その都度「すみません」と口では謝罪をしてみせるものの、塙がその口を閉じることはなかった。

「すみません」

今回もまず彼はそう言って苦笑いを浮かべた。

「つい熱意が抑えられなくて。あの、どうかこれだけお答えいただけませんか。ほんと、最後にこれだけ。天羽様がひとの善性を神からのギフトと捉えた経緯を教えてください」

道中の参加者の耳が自分に向いているということは、誰より塙自身が敏感に感じ取っていた。さらに今、視線までをも集めたこの機会にと、塙はより一層明朗な声で、一団の最後尾をゆっくりと歩いていた天羽にたずねた。

天羽は穏やかな笑みを浮かべたまま、「経緯はありません」と答えた。

「はい？　経緯が、ないというのは」

「生まれたときから知っていたんです。そして、それを忘れなかった」

天羽は視線をやや上に向け、なにかを思い出そうとするかのように目を細めた。実際、思い出しているのだろう。後藤が練り上げ、金子と共にブラッシュアップを重ねた、『教祖』としての設定を。

「生物というのは、細胞に記憶を持っているものです。仔馬は生まれてすぐに立ち上がり野を駆け、渡り鳥は遥か彼方にある未踏の目的地を見定め、ミツバチは芸術的な六角形の巣を造る。そうする必要があるのだと、あらかじめ命にインプットされているのです。同じように、人間は生まれながらに、神の存在を知っている。この広い世界で、すべての人類文明が神を持っています。その存在を知っているからです。だから、私だけが特別なのではありません。皆が当然に知っていたことを、ただ、この煩雑な現代社会においても、忘れなかっただけです」

天羽は笑って続けた。

「だから、もしも世の人々が神の存在を完璧に思い出すことができたなら——私が教祖である必要なんてなくなるのだと思います。そうなれば、皆も私も等しく神を脳内に宿している、同じひとですから」

なにか反論をするのであろう顔をして深く息を吸い込んだ塙を、近くにいた会社員の野々村が遮った。

「ここに集った人間がそのような疑問を持つこと自体が、おかしな話に聞こえますけど」

野々村は塙にはっきりと軽蔑の目を向け、

「僕は思い出したからここにいます。あなたは違うんですか？　自分に善意を授けてくださった神の存在をまだ思い出せていない側の人間なんですか？」

「まさか」

塙は間髪を容れずに首を振った。

「ただ、天羽様の口からはっきりと聞きたかったわけです。ＢＦＨの根幹を成すテーマですから」

「塙さん、もしかしてＢＦＨの配信アーカイブをご覧になっていないんですか？　人類が神の存在を本能的に知覚していることは二回目か三回目かの配信で明かされていますよ」

「いやいやいや。あの、僕はあなたよりは古参だと思いますよ？　その頃の配信だってリアルタイムで見てますから」

「だったらどうしてそんな初歩的な質問をされるんですか？　もしかして、次は『善悪の基準はどうやって判断できるんだ』、なんて質問をされるつもりじゃありませんよね？　思い出した人間には、それは当然にわかることなんですよ。あの、さっきからずっと思ってましたけど。あなたは『和』を乱しています。古参を誇る前に『善意の和』の意味について考え直したほうがいいのでは」

「えっと？『和』とはそんな同調圧力的なものでしたかね？」

「お二人とも」

温度感の上がっていく二人のやりとりに、天羽が呑気ともいえるトーンで口を挟んだ。

「素晴らしい熱意を持って議論していただき、ありがとうございます。とても嬉しいです。また機会を見て私たちの目指すハーモニーへの探求を行っていきましょう。でも今は、後藤さんが」

天羽は左手を上げて後藤を示した。

「私たちのホームとなる施設について案内してくださっていますので。どうぞ、聞いていてくださいね。これからたくさんの信者がここを訪れたとき、皆さんには先輩となって、他の方を導いてほしいので」

それで、ひとまず二人とも口を閉じた。

「では次は、屋外のキッチンスペースに。本日の夕食はそちらで囲む予定です」

天羽は「楽しみですね」と森への遊歩道を歩き始めた。皆がぞろぞろとそれに続く。

「遠足の引率みたい」

いつのまにか後藤の近くに来ていた金子が声をひそめて言った。後藤は小さく首を振り、天羽が率いる形になった一団に続いた。

天羽に窘《たしな》められテンションが下がったのか、以降の塙は大人しかった。しかし心を入れ替え「和」を重んじようと決意したのかというとそうではなく、彼は単にへそを曲げ、方針を変えたようだった。大声で教祖に絡むことは止め、その代わりに向かう先々でいかにも怠そうなため息をつき、ぶつぶつと独り言を漏らした。

「未舗装なのか、歩きづらいな」

「ああ、またぬかるみが。くそ」

「へえ、思ったよりこぢんまりというか」

「屋外キッチン……はあ、ものは言いようですね」

大きな石作りのテーブルに木製のベンチ、屋根付きのアイランドキッチンが並んだ広場をぐるりと見渡すと、塙はまた皆に聞かせるための声量で独り言をつぶやく。

「今日はここでバーベキュー？　へえ……学生サークルみたいだな」

天羽はその言葉が聞こえているとも聞こえていないともとれる態度で、皆に向き直り言った。

「明日以降も、全員の食事を全員で用意するという方針です。皆の作ったものを皆で口にするというのが、この島では自然なことに思えましたので。私はじつは、けっこう料理が得意なんですよ。苦手な方は、どうぞ気軽に頼ってくださいね」

それを聞いたモデルの桃木が、「よかったあ！」とオーバーな声を上げた。「私、メールでスケジュールをいただいたときから心配だったんです。皆でお料理なんて、したことがないから」

「あ、自分もです」

あまり戦力になれないかも、と学生の不破が控えめに挙手をした。

「私も、ふつうのことくらいしかできないですけど」

「増田さん、それは謙遜じゃないですか。僕だってできるのはひとり暮らしのふつうの料理くらいですよ」

主婦の増田と会社員の野々村がそれぞれコメントする。

「皆で作れば、きっと美味しいですよ」

ミアが天使のようなほほえみを浮かべると、皆がつられて笑顔になった。

塙は途中から輪を離れ、周囲に咲く野の花々に興味を引かれたように、茂みの中に分け入っていった。豊かな自然の中に、彼の着ている派手で人工的なオレンジ色のウィンドパーカーが浮いて見える。

「ああいう人間、ほんとにいるんだね」

後藤の隣、冷たい目で塙を睨みつけながら金子がつぶやいた。

「いい歳したおじさんが、思春期みたいな振る舞いして恥ずかしくないのかな」

「……ＳＮＳでもクセのある人物だとは思ってたけど。そういう人間って、実際会ったらわりと常識人のパターンが多いもんだと思ってたんだけどな」

「ぜんぜん外れたね。どうする？」

そこで、一団からつかず離れずの距離にいた医師の新堂がぶらぶらと近づいてきた。「どうするって言ってもねえ」と話に加わる。

「例えば出禁にするって言ったって、船が来るまでは追い出すこともできないからね」

「そうですね。泳いで帰れと言うわけにもいかないし」

金子がため息をつき、「無人島だもんね」とうんざりしたようにつぶやく。彼女はこの島に礼拝施設を据えることについて、今も乗り気ではない様子だった。

「ヴィラから追い出すことだって無理だよなあ。野宿させるのも問題がある……いや、そしたらあのガラスのドームを使えばいいのか。座敷牢代わりに」

「座敷牢って……」

「必要じゃないか？　今後、一般の信者たちも島に招くなら、問題を起こした人間を隔離する場所がどうしたって要るよ。ぎりぎり電波が入るとはいえ、例えば警察に通報したところですぐには来てもらえないわけだから」

「……確かに、そうですね」

「外からだけ鍵がかかるように改装するか。あるいは……あんな綺麗なドームを使うのはもったいないね。森の中に小屋でも建てるか？」

「検討します。でも今回は、ひとまず彼にはなんとか大人しくしていてもらって」

「そうだね」

新堂は腕を組み、参加者たちの一団に目を向けた。

「でもまあ、よかったかもね」

「よかった?」

「彼がいることで……他の参加者たちが打ち解けるのが早くなったんじゃない?」

「……ああ」

「やっぱり人間、誰かを排斥するときに一番団結力を発揮するよね。その対象が明らかに問題のある人物ならなおさら、罪悪感も覚えずに済むし」

「そうですね」

ぽつんと輪から外れる塙。後藤はその姿に、かすかな胸騒ぎを覚えた。


夕食に塙は姿を現さなかった。

島の案内の途中で「気分がすぐれない」と言い、ひとり部屋に戻りそれきりだった。準備を行う前に後藤が部屋に呼びに行ったのだが、扉の隙間から顔を出した塙はどこか露悪的な苦笑いを浮かべ、「自分は遠慮しときます」とだけ言って扉を閉じた。その手にはスマホが握られていた。気になり、後藤は彼の配信チャンネルを確認してみたが、新たな動画は上がっていなかった。SNSのほうをチェックしてみると、数十分前にひとこと、『なんだかなあ』とだけ投稿があった。

初日の夕食にしては、バーベキューは盛り上がった。主に天羽が指示を出し、皆がそれぞれ手持ち無沙汰になることもなく仕事をこなした。意外にも、それまで一歩引いた位置にいた新堂が積極的に肉を焼き、皆が食べる姿を満足そうに眺めていた。後藤は全員が等しく食事にありつくのを確かめながら、薪を補充したりゴミを集めたりといった裏方に回った。島で出たゴミはすべてヴィラの裏庭にある焼却炉で燃やすことになる。

塙の不在について、最初はまったく話題に上らなかった。皆がその存在を思い出したのは、天羽が焼けた肉や野菜を皿に取り分け、「後で塙さんに持って行ってあげましょう」と発言したためだ。

「あの方ですけど」

桃木が眉をひそめ首をひねった。

「あの方にも、神から授けられた善性が宿っているのですよね？　私、正直、あの方は皆さんとはちょっと違うなって思っちゃったんですけど」

彼女の発言に、皆がばらばらとうなずいた。

「僕もそう感じました。やっぱり、彼は神の存在を思い出せていない側の人間ですよね。他者の善性に対する敬意が感じられません」

野々村が答える。

「そうですよね？　よかった。私だけそう感じているのかしら、なんて思ってしまって」

「大丈夫ですよ。こちら側の人間にはわかるものです。本人は、自分では気づけないのでしょうけど」

野々村は訳知り顔でうなずいた。

「……あのひと、実はスピリチュアル界隈でもちょっと、問題になっていたことがあるんです」

増田が控えめに口を開く。

「オフ会や合同セッションのときに、他の参加者の方と揉めたりして……出入禁止になっているサークルもあるとか」

「ああ、そうだったんですか」

「だから、彼が今回の参加をご自身のSNSで報告していたのを見て、驚きました。彼のようなひとでも神の授けてくださった善性に気づくことができたんだと思って、私、嬉しかったんですけど……」

増田は沈んだ様子で語尾を濁した。

「いつか彼もこちら側に来られるといいですね」

野々村が寛容さのにじむ声で答える。

後藤は焼き過ぎた肉を口に運びながら、なんとなしに天羽を見た。彼もちょうど後藤を見ていた。その目がかすかに笑っている。「こちら側」というワードに反応しているのだろう、とわかった。

「思い出せた側」「思い出せていない側」という概念は、後藤たち運営が提供したものではない。信者の誰かが言い出した言葉がいつのまにか視聴者たちの間に定着し、今やふつうに使われるようになった。世に発生する犯罪や争い、人間の行動に端を発したあらゆる不幸は、神が与えてくれた善性を蔑《ないがし》ろにする「思い出せていない側」の人々によるものだとする考え方だ。信者たちが勝手に作り出した信仰を、天羽は面白がる。

「後藤さんが言ってたとおりですね」と、いつかの配信終わりに天羽は言った。

「あんまりがちがちに教義を固めないほうが、視聴者が勝手に広げてくれるって」

その日のコメント欄では、天羽が回答した両親との不和に悩む少女の相談DMについて、両親を「思い出せていない人間」として非難する声が溢れていた。

「北原先輩の書く脚本みたいですよね。あのひとやたらと話の風呂敷広げていって、細かいことは考えてないだけなのに『俺は考察の余地を残してるんだ』とか言って。実際それで玄人っぽい外部のお客さんにもちょっとウケてましたもんね」

天羽は北原の名前を未だに躊躇なく口にする。

笑うな、と後藤は目でたしなめた。天羽は含み笑いを隠すように、プラスチックのカップに口を付けた。

「でも、それなら……」未だやや緊張した面持ちの、学生の不破がおずおずと発言する。「ああいうひとより、やっぱり、田中さんに参加してほしかったですね」

田中、の名前に後藤の耳が反応する。会社員の野々村が、「ああ、そうですね」と深くうなずいた。

「田中さんは、その、思い出せている側のひとだと思います。ちらっと見ただけですけど、すごくいいひとそうだったので」

「え？」

後藤は顔を上げた。同じく不破を振り返った金子とテーブル越しに目が合う。彼女はすでに流しに洗い物をまとめ始めていた。

「あら、不破くんは田中さんとお知り合いなんですか？」桃木が意外そうにたずねた。

「あ、いや、知り合いではないんですが……ちょっと、ＳＮＳでお見掛けして」

「へえ。お見掛け？　ＢＦＨのコミュニティかなにかで繋がりが？」

「あ、いえ、そういうわけではないんですけど……。ちょっと、パブサしてみたんです。どんなひとがツアーに参加するのか気になって……。そしたら、それらしきひとが見つかったので」

「パブサ？　どうやって？」

「えっと……今日のツアーの日付と、岩手とか盛岡とかの地名と、あとはＢＦＨ、クラファン、参加、とかで検索してみたんです。返礼品ツアーの開催日時や場所の詳細は寄付したひと以外には公開されていないので、その辺り込みで投稿してるひとがいたら、同じ参加者かなと」

「なるほど」

「そしたら、あの、たぶんこのひともかなっていうアカウントを見つけて」

「すごい、それだけで見つけちゃうなんて。不破くん、名探偵みたいね」

桃木は両手を合わせて感嘆の声を上げた。後藤は金子と目を合わせたまま、小さく首を振った。違う。自分は田中の名で寄付をし、ツアーの参加者名簿にひとまずその名前を載せはしたが、ＳＮＳのアカウントまで作るような七面倒な偽装は行っていない。そこまでするメリットはなにひとつない。

「どんな方なんですか？　田中さんって」野々村がたずねた。

「なんか、社長さんみたいです。ちょうどこちらの――東北のほうで会社をやっているとか」

不破の言葉に、新堂が「へえ、それはそれは」と足を組みなおす。

後藤は黙っていた。不破が田中のアカウントを見つけたというのは、間違いなく彼の勘違いだ。パブリックサーチをするのに選んだワードにたまたま一致する投稿をした人間を、参加者だと信じ込んでしまったのだろう。そう確信しつつ、それをはっきりと指摘するわけにはいかなかった。

田中が存在しないということ、運営が己の見栄のために作り出した架空の人物であるということは、参加者たちに知られるわけにはいかない。

「社長さんなら……もしかして、自前の船かなにかで、途中参加も可能だったりして」

軽い口調で言う野々村の言葉を、後藤は肉を口に運んでやり過ごす。

「ところで天羽先生」

急に声色を変えて、桃木が言った。

「先生は今、お付き合いをされている方はいらっしゃるのですか?」

急速な話題の転換とその高い声に、天羽は一瞬、素の表情で目を瞬いた。桃木はにっこり笑みを浮かべ、続ける。

「恋人はいらっしゃるのかなってずっと気になっていたんです。だってほら、とても素敵な方だから。そういうお話、配信ではぜんぜんされませんでしょう? この機会に聞いちゃおうと思って。あ、もしかして、そちらの金子さんとお付き合いしていたり?」

名前を呼ばれた金子が振り返り、冷めた表情を見せた。四六時中恋愛の噂話に興じるタイプの人間を、彼女は軽蔑している節がある。しかしすぐに外用の笑顔を取り繕い、「いいえ」とだけ答えた。天羽がその続きを引き受ける。

「私たちは同じ志を持った仲間ですが、恋愛関係にはありません。そうですね……あまり個人的な話をするのは恥ずかしいのですが、今お付き合いをしているひとはいませんよ」

「あら、そうなんですか? でも、すっごくモテるでしょう?」

「いえ、そんなことは」

「そういうのは、プライベートなお話ですものね」増田がやんわりと口をはさむ。桃木は「あら、聞いちゃいけなかったかしら？」と唇を尖らせ、やや不満げな表情をしてみせた。

やり取りを聞いて、後藤はひとまず田中のことを頭から締め出した。もしかして、桃木は天羽に惚れているのだろうか？　信者が教祖に恋愛感情を抱くことは、珍しくもなんともない。恋愛感情と信仰心の誤認などありふれている——。

後藤は小さく首を振った。いや。誤認ではないケースだってある。

後藤がミアと出会ったのは、ＢＦＨの配信登録者数が五万人を超えた記念として行った、最初のオフライン講演会だった。奮発して借りた一等地のレンタルオフィス七階に、彼女は一番乗りでやってきた。受付をしていた金子と、短期間だけ雇用していたアルバイトの女の子たちが「やたら綺麗な子が来た」と話しているのを、控え室の後藤は最初、ほとんど上の空で聞いていた。自身が主導して開く初めての講演会への緊張と、かつて北原のもとで手伝ったセミナーの記憶がトラウマとして蘇り、まともな精神状態ではなかったので。

講演会場の窓際、一番前の席に、ミアは背筋を伸ばして座っていた。天羽に続いて入室した後藤が見たのは、ミアがどこか悲痛ともとれる切実な表情を浮かべ、刺すように天羽を見つめるその視線だった。瞬間、後藤はそれまでの緊張や不安、ナーバスな感情のなにもかもを忘れた。二度目のオフライン講演会の際に、後藤から声をかけた。「ずいぶん熱心に聞いてくださって、ありがとうございます」と。

「こちらこそありがとうございます」

ミアは言った。

ＢＦＨに出会って自分は救われた。

生まれる前からの信仰を失って途方に暮れていたときに出会ったのが、ＢＦＨだったのだ、と。

「生まれる前からの信仰」という、後藤にはまったく理解の及ばない言葉を聞き、彼はより強く彼女に惹かれていくのを自覚した。講演会の度に言葉を重ね、ついにはミアの方から気持ちを打ち明けてくれたのだった。

彼女との交際については、天羽、金子に加え、新堂にも明かしている。なにも後ろ暗いことがあるわけではない。しかし今回のツアーの参加者には、積極的に話すのは止めておこうとミアと共に決めた。運営と特別な関係にある人間がいるということは、恋愛感情を抜きにしても嫉妬や不平等感を与えてしまうかもしれないと懸念したからだ。

もうひとつ、秘密にしていることがある。

今回の返礼品ツアーを含むクラウドファンディングに、ミアは寄付を行っていない。

英会話教室でアルバイトをしながら一人暮らしをしている彼女に、寄付をする余裕はなかった。そのことを詫びる彼女に、後藤は言った。今回は特別に招待させてほしい、君はＢＦＨの今後にとって、必要なひとだから、と。

いくらきれいな言葉で取り繕ったところで、結局後藤は公私混同で自分の彼女を島に呼びたかっただけであることは他者の目には明白だった。後藤は自らが信じているほど、公平でも公正な人間でもなかった。

ミアは幾ばくかの逡巡を見せつつも、最後には後藤の提案を受け入れ、ツアーに参加できることを喜んだ。彼女だけが金を――皆が払った百五十万円の寄付金を――負担していない。そのことを知っているのは当人たち二人の他、ＢＦＨの経理も共同して担当している金子だけだ。

「例の話はいつする？」

過去にさかのぼっていた後藤の意識は、新堂の耳打ちによって呼び戻された。

「例の……ああ」

「暗号資産の話。もし本当に田中氏も途中参加できる可能性があるなら、彼も揃ってからの方がいいと思うけど」

田中は来ない。しかし新堂の言う通り、その話をするのはもう少し参加者たちが日常を忘れてから、社会から隔絶された環境に馴染んでからのほうがいいように思えた。この特殊で寄る辺のない環境のもとで、運営に親のような信頼を寄せるようになってから。金の話、投資の話になると、不信感や嫌悪感、警戒心を抱く人間は少なくない。

「……そうですね、明日まで待ってみてもいいかもしれません」

後藤はなんとなしに顔を上げた。そこで、テーブルの向こうに座っていた不破が、こちらに熱心な視線を送っていることに気が付いた。「あの」と、彼は切り出した。

「新堂、譲司さんですよね？　医師で投資家の」

「え？　ああ……」

新堂は片眉を上げ、怪訝そうに不破を見た。

「僕、高校生のときあなたのＳＮＳをフォローしてて。もうコンサルは辞めちゃったのかと思ってたんですけど……あの、お会いできて嬉しいです。尊敬してます」

「そう。それはどうも」

やや淡泊な新堂の態度にめげず、不破は続ける。「あの、僕、学生で億り人目指してて。いや、それは無理でも二十代では達成したいと思ってて。今、いろいろ勉強中なんです」

「へえ、そう。うん……無理ということはないんじゃないかな」

「はい、それで……あの、聞こえちゃったんですけど、暗号資産というのは」

「ああ」

新堂は後藤に目配せを寄越し、眉間のしわを深くした。後藤は「明日あらためて説明させてください」と答えながら、多少無理をして笑みを作った。今のこの短いやり取りだけで、後藤ははっきりと、この学生に苦手意識を覚えた。愚かだったころの自分を、そっくりそのまま目の前に差し出されたような不快感だ。顔を逸らすと、ちょうどミアがこちらを見つめ、かすかに首をかしげているのと目が合った。彼女にもこちらの話が聞こえていたようだ。

結局、初日の夜の空には厚い雲がかかったままで、目当てにしていた星を見ることは叶わないまま夕食の場はお開きとなった。片づけを終え、ヴィラに戻って明日の予定をあらためて確認する。

「明日は七時にリビングに集合です。その後、礼拝堂の簡単な清掃と、記念樹の植林を行います」

参加者たちが揃って自室に戻った後、後藤と天羽は墒のためにとっておいた食事を手に、彼の部屋をたずねた。しかし、二階の東奥に用意した彼の部屋の扉を叩いてみても、なんの応答もなかった。

「もう寝ちゃったんですかね?」

腕時計を確認すると、時刻は十時を回っていた。まだ十時、とはいえ、朝からの移動で参加者たちにも疲労が溜まっているだろう。誰より後藤自身が、昨日からの下準備や緊張、心労で、すでにくたくたに疲れ切っていた。それでなくとも、街灯りのない島の夜は、実際の時間よりも早く深まるように感じられる。

「かもな」

彼らは深く気にすることなく自室に戻った。

4　二日目　朝

桃木円華は明け方に目を覚まし、天井を見つめた。

それから少しして、死にたい、と思った。

太陽はまだ昇り切っておらず、室内は薄暗い。さあっという軽い雨の音が窓越しに聞こえている。桃木はベッドの中で頭を抱え、耳をふさいだ。しかし彼女が遮断したいのは雨音ではなく、昨夜の記憶だった。

なんであんなことを言ってしまったのだろう。

夕食の席で、天羽に恋人の有無を聞いてしまった。恋愛の話ならば、皆気軽に盛り上がれるはずだと思ったのだ。けれど、あの空気。はっきりと軽蔑の浮かんだ金子の視線と、咎めるような増田の表情を思い出して、桃木はうめき声を洩らす。他のひとたちも苦笑いを浮かべていたように思う。ああいう質問はもう、今の時代はセクハラになるのだと、とうに学んでいたはずなのに。

夕食のときだけではない。その前、昼食時の自己紹介でも、桃木はミアの名前を「猫みたい」と失言していた。周りの戸惑ったような反応を見て、彼女は自分がおかしなことを言ってしまったと気が付いた。いつだってそうだ。発言をした後で失敗に気付き、そしてその失敗を、ずっと忘れられない。

十代の頃から、突飛な発言を指摘されることは多かった。しかし桃木のそれは、若さと生来の美しさと相まって、魅力的な個性として評価されることが多かった。周囲からの評価を頼りに自らを成長させていくことは、すべての若者たちと同じように、彼女にとっても自然なことだった。そうして彼女のコミュニケーションの手法は、自身の若さと美しさによって受け入れられることを前提とした、自由で摑みどころのないものに確立されていった。

ベッドから足を下ろし、桃木は窓辺に立った。彼女に割り当てられた部屋は三階の北角にある。左隣が新堂の部屋で、真下が塙の部屋だ。上は天体望遠鏡があるという屋上だが、今はそのどこからも物音ひとつしない。皆まだ眠っているのだろう、と桃木はひとり孤独を感じた。

北側のカーテンを開けると、二メートルはある白壁の塀に囲まれたヴィラの前庭が、右手に見下ろせる。少し視線を上げれば鬱蒼と茂る森と、左手には灰色の海が見える。雨により霞んだ水平線が、空との境を曖昧にしている。

普段暮らしている都内のマンションとはまったく趣の違う眺めに、少し気分が回復する。二十代の頃に仕事やプライベートでよく行った外国を思い出す。あの頃のモデル仲間の何人かとは、今もSNS上で繋がりがある。皆、桃木と同じように、その美しさを仕事に昇華させてきた。

——どうして私だけがこうなんだろう。

桃木には不思議で仕方がなかった。同年代の皆は、それぞれ年相応に、成熟した一《いち》人格を築いているように思われた。その才能や人間性が評価され、二十代の頃よりも人気を集め、忙しそうに仕事をこなしている仲間もいる。子供を持ちながら仕事を続ける者もいれば、美容の知識や技術を伝える側に回る者、業界で集めたコネクションを頼りにまったく別の業種で起業に挑戦する者、地方へ移住し土を耕す生活を始める者など、その生きようは様々だ。しかし彼女たちは皆、しっかりと地に足を着け幸福そうに見え——『人生で今が一番楽しい』と、桃木にはとても信じられないような言葉を軽やかに発信している。

皆、いつの間にか身に付けた大人としての振る舞いと居場所を持って、社会の中で居心地よさそうに暮らしている。バランスを崩しているのは自分だけだ。自分は今まで生きてきたのと同じやり方で、話し方で、振る舞いで、同じように生きているだけなのに――いや、私はずっとバランスを崩していた？　若さというある種の特権がなくなって、それが露呈してきているだけ？

窓ガラスに映る自分を見る。美容医療に投資している成果もあって、まだ充分に美しいと思える。桃木はいつかネットで見た、心を落ち着かせる深い呼吸法を試しながら目を閉じた。

大丈夫。私は善い人間だ。悪いことなんて、なにもしたことがない。そんなことをしなければならないような事態は、私の人生には起こらなかった。神様が授けてくださった善性を大事にしてきたからだ。だから私はひとの善意によって救われるはず――。

目を開いてもう一度自分を見たとき、目じりの皮膚に若干張りが欠けているように思われ、また気持ちが沈んだ。肌に触れようと手を上げたそのとき、彼女はガラスの向こうに動くものを見つけた。ヴィラの柵の外だ。昨日案内されたグランピングドームや屋外キッチンがあるのとは反対の方向、より島の中心、森の奥へと延びる小道の上を、人影が移動している。

あれは――誰だろう。

確かめる間もなく、影は道を覆う深い木陰へと姿を消した。暗い色のレインジャケットを頭から被っていて、ずんぐりとした体軀に見えた。あんなひと、参加者の中にいただろうか？

桃木は考え、ああ、そういえば、新しいひとが来るかもしれないという話を聞いた、と思い出す。今のがそのひとだったのかもしれない。田中さん、と言ったか。どこかの会社の経営者だと話していた。意地悪なひとじゃなければいいのだけれど――。

桃木は知人にもらった睡眠導入剤を追加で飲み、ベッドに戻った。今日こそうまくやろう、と心に決める。自分が善人であるということを、きちんと周りに示さなければならない。そうでないと――あの塙とかいう男。ああいう人間と同じ扱いを受けることになる。そしたら自分は、きっと悲しくて死んでしまう。


まだ薄暗いリビングで、後藤はひとり、ペットボトルのコーヒーをマグカップに注ぎ、電子レンジに入れた。レンジはヴィラにもともと設置されていた外国製のもので、タイマーの設定が彼には難解だった。マグマのように熱せられたコーヒーをカウンターの上で冷ましていると、金子が現れた。

「おはよう」

「おはよう。……あれ、彼女は一緒じゃないの?」

「いや、そもそも別室だから。ていうか、言うなよそういうこと。他の参加者たちに聞かれたら」

「わかってるって。皆の前では言わないよ。ああ……こんな無駄にいい場所、私も彼氏と泊まりたかったたな」

今、金子に恋人はいないはずだ。四年前はどこかに会社勤めをしている年下の男と付き合っていたはずだが、別れたと聞いた。北原の会社のことがきっかけになったのかはわからない。

ため息をつき、ひとつ伸びをした金子はいつも以上に不機嫌に見えた。雨の上がった前庭を、黙って見つめている。後藤は手元のコーヒーに視線を落とし、熱が冷めるのを待ちながら、今日の行程をまた頭の中で反芻する。「ねえ、考えてたんだけど」と、金子がふいに口を開いた。

「あのひとさ、なんで急に、自殺の話なんてしたんだろう」

「……ああ」

塙のことか、とわかった。昨日、島に到着して早々の自己紹介の席で、彼が天羽にふった話題だ。

「理由なんて別にないんじゃないかな。答えにくいテーマをふっかけたかっただけで」

「本当に?」

「……なんでだよ」

「ちえみ先輩のこと、知ってたんじゃないかって」

ちえみ先輩。後藤の脳裏に、その鋭い視線と、豪快な笑い声が一瞬で呼び起こされる。

彼らのサークルの先輩だった。四年前は、小さな劇団で女優をしていた。金子と天羽は卒業後も付き合いがあったようだが、後藤は彼女が出演する舞台をついに一度も観に行くことはなかった。

「それはないと思うよ」

「なんで?」

「もしも塙さんが俺らの前科とか……その周辺のことを知ってるなら、こんな長いこと黙ってられるはずないだろ。とっくにどっかで暴露されてるって」

「俺らのって言わないで。私も天羽くんも前科はついてないから」

「ああ、わかってる。俺だって実名は報道されてないわけだし……第一、ちえみ先輩のことは、俺らに関係あるかどうかわからないし」

「関係あるでしょ。先輩、あの時期は『ドール』の舞台の会場とか小道具とかの費用で本当にお金なかったんだって。あの劇団やたらそういうのにこだわるから……。そこでもう、借金して投資した分も戻ってこないって知ってさ」

「わかってるよ」

後藤の声に、自分でも意外なほど力がこもった。金子はなにか言いたげな表情でしばし押し黙り、けれど、結局言葉の代わりに深く息を吐いた。それから、それまでとはやや違ったどこか気怠いトーンで、「私、やっぱり理解できないな」とつぶやいた。

「あのひとたち、やっぱ、ちょっとおかしいよね」

「参加者たち？」

「だけじゃなくて、信者全員」

「そんなふうに言うなよ」

「だってさ……ちょっと怖いんだって。ＢＦＨの教えって、いろんな宗教から現代人にウケそうな部分をちょっとずつ継ぎはぎした、いわばキメラ宗教でしょ」

キメラ、という言い方は天羽にウケそうだな、と思い、後藤は小さく笑った。

「それってさ、ちょっとでも興味を持って調べられたらすぐにわかることじゃん。それすらしないで、なんでそんな適当にもの信じられるのか、本当にわからない」

唇を尖らせる金子に、でも俺らだって北原先輩の話を信じたじゃないか、と反論するのは止めておいた。代わりに、「人間ってやっぱ超自然的なものを信じたくなるもんだから」と返す。

「私は信じてないってば。もっと身近に、信じられるものがあるでしょ」

「でもさ、金子だって例えば、天羽のこと持ってるやつだ、って言うじゃん。俺のことはツイてないやつだとか、ふつうに言うだろ」

「まあ、それは」

「持ってるとかツイてるとかだって、だいぶ非科学的な思考じゃん。もう、染みついているんだよ。神とかの存在が響く素養が俺らの中にはもともとあって、俺らを信じてくれてるひとはたぶん、なんかそういうものを信じたいタイミングだったんだろ」

「俺らをじゃなくて、天羽くんをね」

「まあ、そう。とにかく、世の中には荒唐無稽な陰謀論にはまるひともいるし、未だに天動説を信じるひともいるし……ネットを開けば、金配り系の明らかな詐欺アカウントに本気でレスする人間だっているわけで。あとはそう、ひとりでは信じられないようなことでも、集団になるとハマったり。普段は慎重な人間でも追い詰められれば——ていうか、天羽遅いな」

参加者たちに伝えている集合時間の一時間前に、三人で集まって軽く打ち合わせを行う予定だった。まだ寝ているのか、と呆れながら、後藤はようやく適温になったコーヒーを飲む。昔から、天羽は朝が弱かった。朝に限らず、すべての時間に弱かった。学生時代、彼がそのどこか浮世離れしたタレント性に期待されながらも、結局一度も主演を張ることのないままサークルを去ることになったのは、その時間のルーズさがあまりに致命的だったためだ。

結局、天羽は参加者たちが集まる十五分前に、寝起きの顔で現れた。

「本当にまじですみません」

「遅刻だよ」

「すみません。言い訳できないです。あ、やっぱ言い訳していいですか？　昨日の夜、めっちゃ勉強してたんですよ。なんか俺、責任感的なものが芽生えちゃって」

「勉強？」

「はい。なんか、やっぱけっこう教祖って絡まれたりもするんだなと思って。それっぽい話の引き出しをもっと増やしといたほうがいいなって気がして、ネットでいろいろ見てたんです。人間がこう、ぐっと団結するコツとか。だからもう、すごいですよ、今日の俺は」

喋りながら天羽は顔を洗いに走り、戻って来たところにちょうど野々村が降りてきた。一瞬で外向きの顔を作り「おはようございます」と微笑む天羽に、野々村は夢見るような表情で同じ言葉を返した。

予定の五分前には、塙と桃木以外の全員がリビングに姿を見せた。下準備を終えていた食材で簡単なサンドイッチを作り、紅茶を淹れる。その間に、後藤は金子をともない、まず三階の桃木の部屋へと様子を見に行った。ドアをノックするとすぐに室内から物音が聞こえ、扉が開く。顔を出した桃木が、「ああ……」と白い顔でうめいた。

「ごめんなさい。寝坊しちゃった？　もう……ちゃんとアラームかけたのに」

「大丈夫ですよ。ゆっくり起きてきてください」

「ええ……お化粧しなくちゃ。あ、私、朝ごはんは結構です。いつも食べないの」

「わかりました。それでは後程」

呆れた顔の金子を促し、階段を下りる。二階の塙の部屋の扉を同じようにノックするが、反応はなかった。「寝てるのかな?」と金子が小声で言った。

「いや……昨日も十時ごろ訪ねたとき、出てこなかった。いくらなんでも寝すぎな気がする」

後藤は少し迷い、ドアノブを下げて扉を押した。鍵はかかっている。「塙さん！」と声を張り上げ、こぶしを握って扉を叩いてみるが、それでも反応はない。

「倒れてたらどうする?」金子が聞いた。ちょうど後藤も同じことを考えていた。

「まあ、もしそうだったとしてどうしようもないけどね。こんなところで病気になっちゃってもお医者さんも呼べないし」

「いや、一応新堂さんが医者だ」

「あ、そっか。でもあのひと、外科医じゃなかった?　どっか田舎の開業医の次男って聞いたけど」

思いついて、後藤はまた塙の配信チャンネルとSNSを確認しようとスマホを取り出した。しかし、圏外になっている。島の電波は最寄りの有人島にある基地局からかろうじて入る微弱なもので、ときどきこうして気まぐれに途切れてしまう。

「どうかした?」

階下から新堂がたずねた。後藤が状況を説明すると、新堂は即座に「開けてみよう」と言った。

「マスターキー、持ってるでしょ?」

後藤は二階の自室、ベッド横のチェストに入れたままのマスターキーを取って、廊下に戻った。最後にもう一度だけノックをした後、「開けますよ」と声をかけ開錠する。U字のドアガードはかかっていなかった。扉はあっさりと開き、朝の清らかな光で満ちる無人の室内がさらされる。

「いませんね」

バスルームも確かめたが、塙の姿はどこにもない。後藤が寝室に戻ると、新堂がベッドの脇に立ちその周辺を見渡していた。

「荷物はある。朝の散歩にでも行ったのかな」

「ですかね」

後藤はうなずき、しかしかすかな疑問を覚えた。まだ薄暗い早朝から自分はずっとリビングにいたのだ。リビングから玄関ホールはわずかな段差があるのみで仕切りなどはなく、オープンな空間となっている。またリビングの窓からは、前庭へのアプローチと、ヴィラを囲む白壁の唯一の出入り口である瀟洒な鉄門が一望できる。塙が通ったのなら間違いなく気付いたはずだ。彼は自分が起きてくるさらに前に、朝の暗がりのなか出かけて行ったのだろうか？

「いないならしょうがないね。出ようか」

「ええ」

廊下に出て扉を施錠しながら、後藤は小さく舌打ちをした。塙。相変わらず勝手な行動ばかりだ。あと三日、彼を抱えながらツアーを取り仕切らなければならないと思うと頭痛がする。

皆が朝食を終える頃になって、桃木が部屋から降りてきた。隙なく化粧を施した顔に髪まで巻いて、いかにも申し訳なさそうに「遅れてごめんなさい」と両手を合わせる。彼女がテーブルに着くのを待って、後藤は昨日と同じくマントルピースの前に立ち、これからの予定を話した。

「お伝えしていた通り、今日の午前中は皆さんで、礼拝堂の掃除を行いたいと思います。掃除、と言っても本格的なことはもちろんこれからプロに依頼します。ただ、そこに最初に手を入れるのは、ここに集っていただいた皆さんにお願いしたいと思った次第です。どうぞよろしくお願いいたします」

ああそれと、と後藤は長テーブルの空席を見やり、続ける。

「塙さんは、先にお出かけされているようです。それほど広い島でもないので、途中で合流できるかもしれません。できれば全員の力を合わせて作業を開始したかったのですが……」

後藤がいかにも残念そうに首を振ってみせると、野々村が大きなため息をついて空席を睨んだ。

それでは出発しましょうか、と皆が席を立ったとき、桃木がきょろきょろとあたりを見渡し、

「あの、もうひとかたは?」と首をかしげた。

「え? ですから、塙さんは」

「いいえ、彼ではなくて。今朝、いらっしゃいませんでした? えっと……田中さん? でしたっけ」

「田中さん?」

なぜまたここで彼の名前が出てくるのか、後藤は理解できずおうむ返しにたずねた。他の面々も不可解そうな顔で、桃木に視線を集める。桃木は「あら、いらしていないの?」と、丁寧に描かれた眉をひそめた。

「昨日の夜中……いえ、明け方かしら? 窓からお姿を拝見した気がしたんですけれど……」

「いいえ、誰も来ていないですよ」後藤は答えた。「田中さんは来られません。残念ですが――ご都合が付かないということなので、それは間違いありません」

「そうですか。じゃあ、私の見間違いね」

「ええ。……もしかしたら、塙さんを見たのでは？　彼は何をしていましたか？」

「歩いて行かれました。森の方へ」

礼拝堂の方だ、とわかって、後藤は不快感を覚えた。手つかずの礼拝堂に皆で一斉に足を踏み入れるという行為に少なからず意味を見出そうとしていたのに、先に彼ひとりに荒らされたのでは演出が狂う。

「……では、やはり島の奥で合流できるかもしれないですね。さあ、行きましょうか」

玄関扉を開けると、しんと冷えて湿った朝の空気が流れ込んできた。外に出た天羽が、「昨夜は雨が降ったみたいですね」と誰にともなくつぶやく。

「先生、靴が汚れませんか？」

増田が天羽の足元を見つめ、心配そうに言った。天羽の服装や所持品はすべて白で統一してある。アホみたいに見えませんか？　と本人は嫌がったが、そういう細かい演出がひとに与える印象を左右するのだ、と言って聞かせた。

「大丈夫ですよ。洗えば済みますから」

アプローチを歩いている段階で、天羽の靴にはすでに細かな砂粒が跳ねた汚れが点々とついていた。同じく白い靴を履いているミアの足元にも同様の汚れが付着していたが、彼女も別段気にした様子もなく軽やかな足取りで森への遊歩道を進む。

森に入り五分ほど歩くと、直径にして三百メートル強の湖に突き当たる。ほとりには鬱蒼と草木が生い茂り、シダや浮き草が伸びた水辺も深い緑色に浸食されている。湿った空気と相まって、足元にばかり目を落としていたのでは、陰鬱な印象を受けるかもしれない。しかし顔を上げ、鏡のように静かな水面を遠く見やれば、緑の中に白く浮き上がる小さな人工物を見つけられる。

「あれです」

そう指をさす後藤の声に、隠しきれない誇らしさが滲んだ。まだほんの指先ほどの大きさにしか見えない建物だが、その佇まいの静謐さや周囲の自然と調和した美しさは、遠景の中にあってこそ際立って感じられる。

「あそこまでどうやって行くんですか?」野々村がたずねた。

「左手から、湖をぐるりと半周する迂回路が森の中にあります。東西にやや長い湖なので……まあ、十五分程度の軽い散歩道です。湖を渡るボートもあるにはありますが、あくまでレジャー用の手漕ぎボートですので、この人数が移動するには歩いた方が早いですね」

彼らは舗装された小道を進んだ。右手には一定の距離を開けて、木々の隙間から常に湖のきらめきが見えていた。少しずつ日が高くなり、柔らかな木漏れ日が差している。鳥の声が四方から聞こえ、少し見渡しただけでぽつぽつと咲く野生の花々が目に映った。花屋で買えばかなり値が張るだろう、大きなユリさえ自生している。気温は高くもなく、低くもない。途中で、小さな木の橋をひとつ渡った。下には、雨が降れば川になるのであろう湿ったくぼみが湖の方へと延びている。

「足跡がありますね」

先頭を歩いていた天羽が最初に気がついた。橋を越えた先の道に浅い泥濘がたまっており、そこに一組の靴跡がある。後藤たちと同じ方向へ向かう、男性と思しきサイズのスニーカーの跡だった。やはり塙もこちらに来たのだとわかり、後藤は思わず顔を歪めた。

「塙さんのことですが」

　天羽が言った。

「皆さんおそらく、もう気が付いているかと思います。彼は残念ながら……私たちと同じではありません。そう、神の存在を思い出していない側の人間なのではないかと、話しておられましたね。もちろん、そういった解釈もできます。ただ……」

　天羽はそこでいったん言葉を切った。後藤は彼の目を見て、いったいなにをまた勝手にしゃべり出すつもりかと訝《いぶか》しんだ。今朝話していた、「勉強」とやらの成果だろうか。天羽は木漏れ日の落ちる道の先をぼんやりと見つめるばかりで、後藤とはいっさい目が合わない。

「彼は、もともと神より、善意を授けられなかったひとかもしれないと思うんです」

「え？」

「授けられなかった？」増田が不安げな様子で聞き返す。

「はい。善意というのは、ひとの脳の、主に扁桃体に授けられます。脊椎の付け根のあたりにある部位ですね。感情、情動、恐怖や不安を司り——、また、他者の恐怖や不安を想像する機能があるともわかっています」

　天羽は耳の後ろから自らの脳を指さす。

「反社会的な行いを繰り返す人の中には、この扁桃体の活動が非常に鈍いというケースがあるそうです。そればかりか、扁桃体の体積そのものが、ふつうの人間よりも小さい場合もあると、最新の科学研究により明らかにされています」

「それは、それって……私たちは、どうしたらいいんですか？」増田が両手を握り合わせながらたずねる。「そんな、授けられなかった人間が、もし身近にいたりしたら……」

「やっぱり、団結することだと思います」

天羽は増田としっかり目を合わせ、言った。

「善意のひとが団結すれば、その力に敵うものなどありません。だから私は、ＢＦＨを作りました。善意のひとたちが、もうこれ以上、孤独に戦うことのないように。皆さん、あらためて、このたびは私たちの礼拝施設購入に力を貸してくださって、ありがとうございます」

天羽は参加者ひとりひとりとしっかり視線を合わせ、うなずいた。参加者たちが力強くうなずきを返すのを見て、彼は再び歩き始めた。

「しかしまだ、塙さんがそうだと決まったわけではありません。皆さんがおっしゃっていた通り、ただ、まだ思い出せていないだけかもしれない。そうであってほしいですね……ああ、着きましたよ」

道の左右に迫っていた木々が途切れ、視界が開けた。先ほど湖面の果てに小さく見えていた礼拝堂が、眼前に現れる。

ゴシック建築をベースにした、石造りの建物だった。

西洋の教会を思わせるデザインだが、その尖塔の先に十字架はない。特定の宗教に限定せず挙式ができるようにとの意図だ。島の表側にあるヴィラやガラスドームと同時に造られたものだが、周囲の濃い自然に溶け込んでいることもあって、不思議と歴史を感じられる雰囲気があった。華やかなウエディングのためというよりは、密やかに祈りを捧げる信仰者のための建物に思える。

昨日はなにかと忙しく、こちらまで足を運ぶ余裕はなかったので、後藤がここを訪れるのはひと月ぶりになる。ぴったりと閉じる正面扉に張った古いクモの巣を見て、彼はほっと胸をなで下ろした。人が出入りした形跡はない。塙はひとり先んじて礼拝堂に入ったわけではないらしい。ではいったい彼はどこに消えたのか？　という疑問は残る。島の裏手側にある施設はこの礼拝堂のみだ。堂の前のささやかな広場には木製の簡素なベンチが並び、かつての目的、結婚式の参列者たちのための席が作られているが、今はその隙間にも無秩序に雑草が伸びている。

「入りましょう」

後藤は言った。扉を開ける役目は天羽に譲る。鉄枠で補強された両開きの正面扉を、天羽が白い腕に力を込めて開いた。

薄暗い堂内に、細い光が真っすぐ射した。

舞った埃がきらきらと煌めく。

縦に長細い室内の、両側に並ぶ参列席。その間に張られた、手編みのレースのような繊細なクモの巣を、先頭の天羽が足で切りながら歩みを進める。その奥に、祭壇が設えられている。ここもやはり特定の宗教に限定することを避け、神を思わせるアイコンはすべて排されている。ただ神聖な雰囲気だけが形作られた、神を持たない祭壇だった。

薄い色のステンドグラスを嵌めた小さな薔薇窓から、淡い光が漏れていた。

入って来た扉が閉まると、光は祭壇に降りるその一筋のみとなった。

暗さに次第に目が慣れてくる。

壇上に置かれた異質なものの存在に気づく。

天羽が足を止めた。

派手なオレンジ色のウィンドパーカー。

濃いブルーのデニムパンツ。

泥に汚れたスニーカー。

人間の身体だ、と理解するのに時間がかかった。

その身体はあるべきところにあるべきものがなく、代わりに無数の花が散らされていたので。

「塙さん?」

最初は誰も本気にしなかった。しらけた雰囲気すら漂っていた。集団の後方にいた後藤はまず周囲を見渡し、どこかに設置されているのであろうカメラを探した。きっとこれは、塙の仕掛けたドッキリかなにかだ。彼のすぐ後ろに立っていた増田が、そのあまりの悪趣味さに顔を歪めているのが目に入る。

「これは……」

天羽が再び歩を進める。祭壇への最後の数メートルは緩やかな段になっていた。最後の一段を残して立ち止まり、彼はそれが横たわる石の祭壇に手をかけた。天羽の身体に隠れ、後藤の位置からは仰向けに横たわる人間の、問題の「その」部分は見えなくなる。胸の前で組み合わされている両手と、つま先まで綺麗にそろえられた足が、窓からの光に浮かび上がる。捧げられた生贄のような、明らかに意図して整えられた体勢だった。身体の上に散らされた花のひとつが、はらりと床に落ちた。

「なんだよ、これは」

天羽の後ろで、新堂が奇妙な声を上げた。震えているような、昂っているような。「これはなんなんだよ」と繰り返す彼に、野々村が「質が悪すぎますね」と怒りのにじむ声で答える。

「こんな残酷なものを見せて……どこかに隠れて、僕らの反応を配信でもしてるんじゃないですか？　なんですか？　これ。マネキンか人形か知らないですけど、ずいぶん手の込んだ、趣味の悪い……」

後藤は「それ」の組まれた手をまじまじと見た。指の関節にしわの影ができていた。爪の隙間には黒い汚れが入り込んでいる。ずいぶん手の込んだ、という野々村の言葉を頭の中で反芻する。

そのとき、後藤の左腕になにかがしがみついた。不意のことに、彼は肩が跳ねあがるほど驚いた。見下ろすと、ミアが祭壇の方に視線を釘付けにしたまま、ただひたすらに強い力で彼の腕を抱き留めていた。彼女の震える唇が開く。

「血のにおいがする……」

「え？」

新堂が一歩前に歩み出て、「ああ」と言った。

「人形じゃない。これは……本物だ。本物の、人間の死体」

そう聞かされても、誰も叫び声を上げたりはしなかった。胡乱《うろん》な顔、あるいは半笑いの表情で、ただ「え？」と目を泳がせる。目の前の光景に、とても理解が追い付かない。

それは後藤も同じだった。混乱の中、彼はまだどこかにあるに違いないカメラを探し、視線をさまよわせ、そしてもう一度見た。

墒の服を着た、頭部のない死体を。

5　二日目　午前

後藤が初めて死体を目にしたのは高校二年生のときだ。父方の祖父の兄――大伯父が死んだ。肺の癌と糖尿病を併発していて、結局の死因は心不全だった。

葬式に参列するのも、後藤にとってはそれが初めてのことだった。自分は喪服なんて持ってないけど、と母にたずねると、高校生は制服でいいんだよ、と教えられた。そういうなにもかもを後藤は知らなかった。彼の家は多くの日本人家庭と同様に、非常に緩やかに仏教、神道の文化にならった生活をしていて、日常の中で宗教やそれに纏わる儀式を強く意識するような機会はなかった。食事のたびに「いただきます」と手を合わせることも、彼にとっては仏教的な合掌の意図ではなく、マナーとして行うものだった。自身の信仰をたずねられたとしたら、とくに考えることもなく「無宗教」と答えていただろう。

大伯父の葬儀は、父の実家近くの寺で行われた。遠方のため通夜からの参加は叶わず、直接寺に赴いて本堂に造られた立派な祭壇と、そこに安置された白木の棺を見た。遺影に写るのは知らない老人だった。もともと交流もなかった大伯父だから、死んだと聞いても悲しみはもとより、その他のあらゆる感情も湧かなかった。

葬儀の間、後藤はただ、ずっと不思議な気持ちでいた。立派な袈裟を着たお坊さんの読経を聞きながら、焼香に並ぶ参列者を眺めながら、見よう見まねで自らも香を焚きながら、これはいったいなんなんだろうと考えていた。

こんなこと、みんな本気でやっているのかな？

本気でこれを信じているのかな？

仏や極楽の存在を？

十七歳で、健康で、あらゆる意味で社会に守られ、未来に対して大きな希望も絶望も抱いていなかった後藤にとって、あえて神を信じなければならないような理由などなにもなかった。彼は心から神に対して無関心でいられたし、本気で神を信じる人間に対しても無理解で、あるいは冷笑的ですらいられた。

出棺の直前、副葬品を納めるために棺が開かれ、初めて死体を見た。

死化粧で整えられた顔は、遺影に写るいかにも不健康そうな顔色の老人よりも、むしろ健やかに見えた。死体だ、ということについても、特に感じるものはなかった。何も感じない、という事実に後藤は自分で満足していた。鈍さは強さだと思ったからだ。

ただ、故人の好きだったもの、大切にしていたものを入れる、という副葬品には、少しだけ興味があった。ひとが死んだ後に、自分と共に燃やしてほしいと願うものとはなんだろう？　しかし、杖を突いた大伯母が大切そうに取り出した缶に収められているものが、多数のお守りやお札、写経の紙であったのを見て、やや拍子抜けする気持ちになった。

「信心深いひとだったの？」

声をひそめ、後藤は隣に立つ父にたずねた。

「うん。病気になってからはね」

周りを気遣い、父も小声で、最小限の言葉で返した。

病気になってから。

そんなものでいいのか？　信仰とは。

良いときは顧みなかった人間が、追い詰められたときにだけすがって、それで納得してくれるのか？　神様というものは。

考えていると、父とは反対隣に立った弟が、静かに洟をすする音が聞こえた。横目で見ると、昨年後藤の身長を追い越したばかりの弟が、目を赤くして涙を浮かべている。弟らしいな、と思う。感受性が強いのか、すぐ他人の感情に同調する。

それから、名前も知らない遠縁の女性に「ほら、あなたも」と促され、後藤は棺に花を入れる輪に加わった。少し迷い、彼は大伯父の組まれた手の近くの空いた隙間に、淡い水色の花を入れた。


淡い水色の花が、組まれた手の上でふわりと揺れた。

よく見ると、肩口から胸にかけても、花に隠れて血の染みが広がっている。

本来首があったはずの場所には、大きな百合が笑うように咲いている。

その首の——断面につい目を向けそうになり、後藤は大きく頭を振って顔を逸らした。

本物の死体だ、という事実が、混乱に陥った頭でもようやく現実のものとして理解され始めた。

辺りに広がる血の匂いが、急に耐えがたいほどに濃く感じられる。

「出ましょう」

後藤は言った。

「すぐに、ここから」

学生の不破が最初に動き、正面扉に向かって駆け出した。皆がそれにバタバタと続く。主婦の増田が一度躓き、廊下に積もった埃が白く舞った。不破が肩で押すように扉を開くと、午前の眩しい陽が再び堂内に射した。

「ミア」

後藤は腕にすがりついたまま祭壇の死体を見つめる恋人に呼びかけた。彼女は蒼白の顔を後藤に向け、小さくうなずいた。

「天羽――先生も、早く」

最後に残った天羽は両手を組み、壇上の死体に祈りを捧げているところだった。

なにをしているんだよ、と後藤は苛立つ。今はそんなパフォーマンスをしている場合じゃないだろ。

「天羽先生！」

振り返った天羽は組んでいた手をほどき、どこかぼんやりした様子でうなずいた。

降り注ぐ太陽のもとに出ると、外に設えられたベンチの先に一同が固まって立っているのを見つけた。皆息を荒くして、おそらくは無意識に、自らの首のあたりに触れている。今にも首が落ちることを恐れるように強く押さえる者もいれば、せわしなく撫でさすり、その存在を確認する者もいた。

「なんだ、あれ」

掠《かす》れた声で新堂が言う。皆つられるように、なんだ、どうなっているんだと言葉を吐き出した。

「落ち着いてください」

後藤は理性の力でなんとかそう告げた。しかしその鼻の奥にもまだ血のにおいが残っている。瞬きの度に、死体の頭で咲いていたユリがちらつく。

「いや、だってあれ、あれ、首が……」

「そう、首が！　あり得ないですよね？　あれは、なにが、どう」

「え？　本当に？　本当に死体でした？　私、よく見なかったから」

「あれ、あの服、塙さんですよね。彼、え、いったいいつ。なぜ」

パニックに陥る面々を眺め、後藤も考えた。首が。首がなかった。あれはいったいなんなんだ。花が咲いてた。弔いのための花？　大伯父のときと同じ——でも大伯父には首があった。

「クモの巣が」

左腕にしがみついたままのミアが、後藤にしか聞こえないような声量でつぶやいた。

「クモの巣が……扉に。祭壇の周りにも張ってた……。塙さんは、どこから中に？」

後藤は振り返り、いかにも古そうなぼろぼろのクモの巣がまとわりついていた正面扉を見やった。確かに、彼女の言う通りだ。塙はいったいどこから——。

不可解なことは山ほどあったが、それをひとつひとつ整理して考えるには混乱しすぎていた。半ば恐慌状態に陥りながら好き勝手喚き続ける参加者たちを、後藤は呆然とした気持ちで見た。しかし突然、その脳内に自身でも不思議なほど冷静な思考がすとんと降りてきた。

それはとてもシンプルな、「終わった」という感覚だった。

後藤はひとつ息を吸い、つぶやく。

「……警察に連絡しましょう」

終わった。

塙の身になにが起きたのか、まったくわからない。

いま目にしたもののすべてが、常識的な判断を下せる範疇を超えている。

ただ——、自分たちが終わった、ということはわかる。

死人を出してしまった。警察に——またしても——警察に、介入を許さなくてはならない。当然、世間にも明らかになる。最初の合宿で死人を出した新興宗教なんて、誰が信じ続けられる？　いかにも下世話な大衆に喜ばれるネタになるだけだろう。俺たちは——ＢＦＨは、終わった。

「警察？　彼、え、殺されたんですか？　自殺じゃなくて？」

「当たり前でしょう」

モデルの桃木の発した問いに、会社員の野々村が苛立ったように答えた。

「自殺なわけがないじゃないですか。自分で首なんて切り落とせるわけがないでしょう」

「え、じゃあ、誰が？」

桃木がシンプルな疑問を投げかけた。

皆が、混乱のままに開いていた口を閉じる。

——自分で自分を、あんなふうに殺せるはずがない。

細かく捜したわけではないが、周囲に切り落とされた首が落ちていたりもしなかった。それに、やはりあの、首のあった場所や身体の上に散らされた花。死んだ後で自らに手向けるのは不可能だ。

塙は誰かに殺された。

いったい誰に？

今この島にいるのは、後藤たちＢＦＨのツアー参加者のみ。

つまり、この中にいる誰かが――。

「私じゃありませんよ？」

桃木が呑気ともいえる声でそう主張した。誰もなにも答えない。みな口をつぐんだまま、互いに驚愕の目を向け合う。しかし、殺人の疑いを真剣に向け合うには、まだ現実感が乏しかった。これが単純な撲殺や刺殺であったなら、もっとわかりやすかったかもしれない。しかしまだ誰も、今しがた目にしたばかりの異様な死体について、それを作り出した人間の存在をリアルには思い描けずにいた。

「とにかく、警察に連絡します」

疑心暗鬼の空気が生じる前に、後藤はそう言ってポケットからスマホを取り出した。

「後のことは、すべて警察にまかせましょう」

スマホを操作する自分の手が震えているのを見て、後藤は四年前を思い出した。「終わった」と、しかし当時は思わなかった。あのときの自分は終わったことを受け入れられず――。

「……圏外だ」

左上に表示された文字を見て、深く息を吐く。そういえば、今朝がた塙のＳＮＳをチェックしようと試みたときも圏外だったと思い出す。

「電波が弱いみたいです。他のキャリアならいけるかもしれません。どなたか電波のあるひとはいませんか」

皆がそれぞれスマホを取り出したが、一様に渋い顔をして首を横に振った。増田と野々村はスマホを持ってきてもいなかった。「ヴィラの部屋に置いてきました」とのことだった。

「では、とにかくヴィラに戻りましょう。固定電話の契約はしていませんが……あちらの方がまだ有人島に近い。電波が入るかもしれません」

「でも、警察に通報したところでどうする？　来るのに数時間はかかるだろ」

やや落ち着きを取り戻した様子の新堂が、雑草のまとわりついたベンチに腰を下ろして言った。

「それも、警察に指示を仰ぎましょう。それから、地元のクルーザー協会にも連絡をして、迎えを早めてもらわなくては」

「そうだな。いや、まったく……」

新堂が重たそうに立ち上がった。そのとき、死体を発見してから口をつぐんでいた天羽が、「皆さん」と静かに声を上げた。皆が一斉に彼を見た。

「すみません、一刻も早く警察に、というのはわかるのですが……、ほんの少しだけお時間をいただいてもよろしいでしょうか。亡くなった塙さんのため、どうか皆さんで、祈りを捧げましょう。彼の魂が、迷わず、まっすぐに、安らぎの中に帰れるように」

チチチ、と鳥が鳴いた。

白く眩しい日を浴びて、天羽は穏やかな顔で胸の前で手を組んだ。

それを見て後藤は、ああ、こいつはまったく鈍いやつだな、と可笑しくなった。この呑気な後輩は、どうやら自分たちが終わったことに気づいていないらしい。教祖様をまだ続ける気でいる。

もういいんだよ、天羽、こんな茶番は終わりでいい。

するり、と左腕が軽くなったのを感じ、後藤は左隣を見下ろした。ずっとその腕にしがみついて離れなかったミアが両手を組み、目を閉じて、無言の祈りを捧げている。見渡すと、たった今まで混乱の中にあった信者たちが同じように、呼吸を整え天羽に向かって、わずかに頭を下げ祈っている。

その光景に妙な浮遊感を覚え、後藤は金子を捜した。彼女は新堂が座るベンチの背にややもたれかかるように立ちながら、青白い顔をして明後日の方向を見ていた。両手で口元を押さえている。そういえば彼女はグロテスクなものが全般的に苦手だった。サークルに入ったばかりのころ、先輩たちにキツいゴア表現のある映画を観せられて、ちょうど今と同じような顔色をしていた――。

再び天羽に視線を戻す。信者たちに囲まれ、未だ「教祖」を続ける後輩を見て、先ほど――塙の死体を発見したすぐ後、混乱に陥る面々をしり目に両手を合わせていた彼を思い出し、後藤はまた胸騒ぎを覚えた。

祈りの後、どこか空気が変わった気がした。


ヴィラに戻ってもスマホは圏外のままだった。

後藤はリビングのテーブルにぐったりと腰掛ける参加者たちに「屋上で試してみます」と告げ、階段のある玄関ホールへ足を向けた。

「天羽先生と金子さんも来ていただけますか」

今後のことを話したかった。階段を上がっていくと、ふたりの後ろから新堂もついてきた。屋上に出て、参加者たちへ間違いなく声が届かないという確信を得てから、後藤はずっと詰めていた息を吐き出した。

「終わったな」

「なにあれ、どうかしてる。やっぱりこんなの最初から危なかったんだよ。わざわざあんなおかしな連中、こんな辺鄙なとこに集めて」

「金子」

「やばすぎるって！　なに、あれ。無理、あんな、気持ち悪い死体――」

「金子、落ち着けって」

これまで必死で堪えていたらしい金子が堰を切ったように取り乱すのをなだめながら、後藤はスマホを見た。やはり圏外のままだ。昨日の朝は配信ができるほど安定していた電波がこんなに長い時間通じないなんて、偶然だろうか？　空は青く高く澄んで、遠く見渡せる海の上には数えられる程度の雲がぽつぽつと浮かんでいる。天候の影響とは考えにくい。

「いやほんとやばいですよね」

先ほどまでの超然とした雰囲気は消え去り、まったく普段の調子に戻った天羽が言う。

「あれってやっぱり参加者の誰かがやったんですかね？」

後藤はひとつ息をつき、「だろうね」と答える。

「島には俺らしかいない。それに――、あの死に方を考えると」

「ああ、そうだよなあ」新堂が額に手を当て、屋上の石造りの手すりにもたれかかった。

「物取りの仕業とか、そんなんじゃなかったよな。あきらかに儀式じみてた。俺も初めて見たよ。首のない死体なんて」

「簡単に切れるものじゃないですよね、首って」

「ああ、それなりの道具が必要だろうね。逆に言えば、道具さえあればまあ、なんとかなるもんではあるけど」

「あ、俺それっぽい跡見つけましたよ。祭壇の上に。なんか斧っぽい傷がありました。花で隠れてましたけど」

「じゃあ、あの上で切ったんだな。斧か。でかいやつなら簡単かもね」

「ねえ、お願い」金子が両手を口に当ててしゃがみ込んだ。

「首の話、ちょっと無理。やめよう、早く、警察に任せようよ」

「そうしたいけど」

圏外になったスマホを掲げて見せると、金子も自らのスマホを取り出し、その画面をちらりと見たあと深々とため息をついた。

「とにかく……終わりだ。天羽、もう教祖さまぶらなくていいよ。ＢＦＨは終わり。――暗号資産の話も終わりです。残念ですが」

新堂に向けて後藤は言った。新堂は額に手を当てたポーズのまま、「ああ」とだけ答えた。

「まあでも、最後に配信で一稼ぎできるんじゃないか。今回の件で、間違いなく注目を集めるだろうし」

投げやりな様子で新堂は空を見上げた。表に立つのが天羽だと思って、勝手なことを言う。

「いや、もう、終わりです。すっぱり捨てましょう。人死にを出したわけですから。世間に広まる前に、アーカイブもチャンネルごと消して、できるだけ世に残らないように」

喋りながら、後藤は天羽をちらりと見た。天羽は腕を組み、首をひねってなにかを考えていた。目が合うと、彼はひとこと「誰が殺したんでしょうね？」と言った。ＢＦＨの今後や、自分の顔が公開されている動画が悪い意味で注目を集めるだろうことよりも、彼は殺人を犯した人間の正体が気になるようだった。

呑気だな、と思った後、後藤ははたと気づいた。

いや、それがふつうか？

まっさきに世間の反応を気にする、俺がおかしいのか？

「だから、信者の中の誰かだろう。神様を信じてる側の人間だよ。あの会社員あたりじゃないか？　昨日、配信者と言い争ってたし」

「野々村さんですか？　うーん、彼か」

「とりあえず、下に戻ろう」

新堂が言った。

「あんまり遅くなると、こちらが疑われるかもしれない。運営が態度の悪い信者を罰したんじゃないか、なんてね」

「そうですねえ。あ、でも、後藤さん」天羽は組んでいた腕をほどいて、「俺、やっぱいちおう教祖は続けますよ。少なくとも警察が来るまでくらいは。そのほうがほら、みんな落ち着くでしょうし」

「……そうか。確かに、まあ、そのほうがいいか」

混乱する参加者たちをまとめて祈らせた先ほどの天羽を思い出し、後藤は若干胸にひっかかるものを感じつつもうなずいた。

「そうですよ。返金しろとか言われないように」

天羽は「金子さん、大丈夫ですか？」と彼女を立ち上がらせ、支えながら階段を下りた。

返金？

参加者全員に寄付金の返金——考えてもいなかった問題に気づかされ、今度は後藤がよろめいた。屋上の手すりのちょうど新堂が座っていたあたりに手をつく。ヴィラの裏手の崖に打ち付ける波が、白くはじけるのが真下に見えた。


リビングルームに降りていくと、参加者たちの視線が一斉に運営陣に集まった。テーブルに着いていた彼らはすっと背を伸ばし、それから皆を代表するように、「どうでしたか？」と会社員の野々村がたずねた。

「駄目でした。まだ圏外で——とりあえず皆さんには、外部と連絡が付くまでこちらで待機していただいて」

「あの」

桃木が急《せ》いた様子で口を開く。

「私たち、お話ししていたんですけど。警察に連絡がついたら、これ、終わってしまうんですか？」

「え？」

「まだ三日も残っているのに。そんなのって……」

桃木は不満げに唇を尖らせる。

「もちろん、緊急事態だっていうのはわかってますよ。でも、ねえ？」

天羽が言ったばかりの「返金」という言葉がよみがえり、後藤は返事に詰まった。寄付金に返金の義務はあるのか？　礼拝施設の購入という目的を掲げて行った寄付ならば、それが果たせなくなった場合には返金対応がなされて然るべきなのか？　しかし、殺人が発生したことは運営側の瑕疵《かし》と言えるか？　ツアーを中止せざるを得なくなったという点では、むしろこちらも被害者じゃないか？　あるいは安全管理に問題があったとして、こちらも責任を追及される立場にあるのか？

押し寄せる疑問に呑み込まれ答えに窮する後藤に、「話していたんですが」と野々村が言った。

「この島には、僕らしかいないということでしたよね？」

「……ええ。それは間違いなく」

「であれば――塙さんを殺した人間は、この中にいるということになる」

屋上で話していた後藤らと、彼らも同じ結論に達したらしかった。

「それは……我々としては、断言を避けたいところではありますが」

「いえ、避けていただいたところでどうしようもない。ただ――僕たちは、そこからさらに先を考えたのですが」

「先？　というのは」

野々村はテーブルに着いた参加者たちを見渡し、それが自分たちの総意であることを確かめるようにうなずいた。モデルの桃木ははっきりと野々村に目を合わせ、主婦の増田とミアはどこか控えめに、学生の不破にいたってはテーブルに視線を落としたままではあったが、皆がばらばらと顎を引いた。

「誰が殺したのかではなく、なぜ殺したのか、ということです」

野々村は続ける。

「最初は、確かに動揺しました。ただ、皆で祈りを捧げたことをきっかけに、落ち着いて考えてみたわけです。僕は、あの死体にはなんというか……ある種の敬意のようなものが払われているのを感じました」

敬意？

後藤にはうまく呑み込めなかった。首を切り落とされた死体の、どこに敬意があったというのか。確かにあの現場には、どこか儀式的な、宗教的な意図を感じた。それを彼らは……敬意と捉えたのか？

「桃木さんがおっしゃったんです。綺麗だったって」増田がささやくような声で言った。桃木は胸を張って「ええ」と答える。

「私、ちょうどああいう撮影をしたことがあって。たくさんの花と一緒に横たわって、ほら、まるで絵画の中のオフィーリアみたいに。春のセールの広告になって、駅前の大きな枠にも採用されたんですよ」

場違いに明るい声で、桃木は懐かしそうに目を細める。しかしその広告では、もちろん彼女の首はついたままだったはずだ。

「あの祭壇には、花が手向けられていた。遺体も手を組まれ、整えられていた」

野々村が説明を引き継ぐ。

「そこには、個人的な怨恨による単純な暴力を超えるなにかがあったように思います。つまり塙さんが殺されたのは、個人の損得や私怨を超えた理由で……それはまさしく、彼自身の性質が原因だったのではないかと」

「は？」

「彼が善意を持たない人間だったから、殺されたのではないかと思ったわけです。なぜ首が無くなっていたのかも考えたんです。首を切り落としたのは、もしかして、善意の授からなかった扁桃体を、肉体から切り離そうという意図があったんじゃないかって」

野々村はつい数時間前に天羽がそうして説明してみせたように、耳の後ろから自らの脳を指さす。

「首が無くなっていた理由は、それくらいしか考えられません」

野々村は断言した。そこで、控えめな様子で席に着いていたミアが「あるいは――」と遠慮がちに口を開いた。「あるいは？」と、野々村がすかさず聞き返す。

「――いえ、ごめんなさい、なんでもありません。ちょっと、いろいろと考えすぎてしまって」

「とにかくその場合、なんというか……殺人を犯した人間は、果たして悪なのでしょうか？」

「は？」

後藤は愚鈍に聞き返す。死体を発見したときと同じ、理解できないものに直面した混乱がじわじわと湧き上がっていた。彼らが言いたいことは。つまり――殺人が悪ではない？　殺した方ではなく、殺される方に原因があった？　塙が、善人でなかったのが悪いのだと？

「僕は正直、彼のような人間のために、僕たちの和が乱されたことに憤りを感じています」

そこで再びミアが、慌てた様子で口を挟んだ。

「もちろん、ひとを傷つけることを肯定するわけではないのですが」

彼女は後藤をまっすぐに見つめ、

「ただ、今すぐに警察に通報したとして、その……私たちが信じるもののニュアンスは、彼らにはきっと理解されないでしょう。これはごく一般的な殺人事件――いえ、非常に暴力的な殺人事件として扱われることになる。それはなんというか……罪を犯してしまった仲間に対して、あまりに無慈悲なのではないかと」

無慈悲、という聞き慣れない言葉をうまく咀嚼できずにいる後藤に、ミアは続ける。

「私、少し、覚えがあるんです。信仰の気持ちが募るあまり、自分では抑えの利かない行動に走ってしまうひとの、心理みたいなものに」

「ええ、ええ、僕にもわかります。そう、彼女の言った通りです」

野々村が前のめりに同意し、テーブルの上に載せた手を対面に座るミアの方へと伸ばした。届く距離であれば、彼女の手を握っていたかもしれない。

後藤は混乱の中、そんなささやかなしぐさに場違いな不快感を覚えた。野々村の言っていることは――ミアの言っていることも――まるで理解できない。「なにを言っているんだ」という気持ちが真っ先にあった。しかしその脳裏には、それとはまったく違う種類の気持ちが芽生え始めていた。

終わっていないのか？

まだ、自分たちは終わっていない？

信者たちがこのまま続けることを望んでいるのであれば、ひとが殺されたくらいで――ひとが殺されたくらいで？　――止める必要なんて、ないのか？　本当に？

しかし、今すぐに警察に通報することを避けたところでどうなる。ひとがひとり死んでいることを永遠に隠し通せるわけがない。すぐに家族や職場の人間が失踪の届けを出すだろう。塙にその身を案じてくれるような関係性の家族や職場があるのか知らないが――彼は今回のツアーへの参加をＳＮＳ上でも公表している。ツアーへの参加を最後にその消息を絶ったことはすぐに突き止められてしまう。

後藤は天羽の方を見た。見てから、自分が天羽に――教祖に、無意識に指示を仰いでしまったように感じて、はっとした。

「殺人は、どんな事情であれ許されないことです」

天羽は断固とした口調でそう述べた。

「不可逆な変化を他人に強いることは、個人に許された善意の実現への権利を逸脱しています。それにどうか、亡くなったひとを悪く言うようなことは、しないでほしいと思います」

しかし彼は、すぐにふっと表情を緩め、

「けれど、皆さんのお気持ちも理解できます。それに私は――皆さんがとにかく、このような不測の状況下にあっても、善意について考えることを止めていないということが、心から誇らしいです」

テーブルに着く面々が、皆そろって天羽を見た。その表情に団結の色が見て取れた気がして、後藤はまた妙な疎外感を覚えた。自らを鼓舞し、「わかりました」と口を挟む。

「それでは、そうですね……ひとまずは、本来予定されていた午後のスケジュール——天羽先生との個別面談の機会を、皆さまに設けたいと思います。そして、そこでどうか——自分が塙さんを手に掛けたという方がいるのなら、天羽先生にだけは打ち明けていただきたい。どうか彼にだけは、正直に話していただきたいのです」

通報するにせよ秘匿するにせよ、自分は誰が犯人か把握しておきたい。犯人が神を信じている側の人間で、塙を殺害した動機もそこにあるのだとしたら、天羽になら話すはずだ。

そうだ、そして犯人が判明したら、島から戻ったタイミングであくまで内々に、個人同士のトラブルの末の殺人事件として、警察に通報すればいい。自分たちは事件には関係のない、善意の目撃者として——。

果たしてそのようなことがまかり通るのかどうか。確証は持てなかったものの、後藤の脳裏に芽生えた希望がひとまずの方向性を持った。

「それでよろしいでしょうか」

問いかけに、皆が揃ってうなずきかえす。

「では……もう、昼食時ですね。食事にいたしましょう」

「正常性バイアスが暴走してるね」

昼食後、食洗機に皿を詰めている後藤に、新堂が耳打ちした。

「殺人犯の存在を受け入れてツアー続行とは。皆、冷静とは思えないな」

「そうですね。俺もそう思います」

後藤は心からの同意でもってそう答えた。

正常性バイアス。今この場を支配しているのはまさしくその人間心理に端を発した空気だろう。

「でも、新堂さんもふつうに食事を取っていたようですね」

「そりゃあね。どんな状況でも食べなければどうしようもない。それに俺は、素人よりは血に慣れてるから」

後藤は自身の皿に半分ほど残ったスパゲティを生ごみ処理機に捨てながら、胃の中でうごめくもう半分に胸焼けを覚える。金子と不破も、皆と共にテーブルには着いていたものの、ほとんど皿に手をつけてはいなかった。桃木はグルテン制限をしているとかで、ひとり朝食のサラダ用の野菜を食べていた。

「天羽くんは？」

「もうドームに着いてると思います」

昼食をきれいに平らげた天羽は当初予定していた通り、グランピングドームのひとつに向かい個人面談のスタンバイをしているはずだった。周囲を気にせずに話ができるよう、面談はヴィラから離れた場所にあるドームに一人ずつ出向き、天羽とふたりきりになれるようにと企画していた。さらに今回発生した事態により、殺人の告白を促すために、他者が介入できない環境をより強固にする、と先の昼食時に決めた。

まず、個人面談の開催中は、参加者全員をヴィラに留め、自由な外出を禁止する。あらかじめ決めておいた順番通りに、一人ずつ天羽が待つドームへと向かう。持ち時間はひとり二十分。一人がヴィラに戻ってから、次の一人が出発する。そしてヴィラの出入り口である正門は、リビングルームから運営側の誰かが常に見張っている予定だった。

「天羽くんをひとりにするの、危なくない？」

顔を洗ってきたらしい金子が、周囲に目を配りながらささやいた。「大丈夫だろう」と新堂が答えた。

「容疑者はみんなヴィラに閉じ込めて見張っているわけだから。むしろ、こちらより彼の方が安全だよ」

「でも、面談のときには犯人の可能性がある人間とふたりきりになるわけですよね」

「それでも、彼が一番安全なことに変わりはないよ。教祖様なわけだから。善意の犯人に狙われるわけがない」

金子は寒気がするとでも言いたげに自らの両腕を抱きしめ、「でもそれって」と反論する。「野々村さんたちが勝手に言ってるだけですよね。その動機。塙さんが善人じゃないから殺されたっていうの」

「彼らの推測は理にかなってると思うよ。ツアーをきっかけに集まっただけの人間が、彼をあんなふうに殺した動機として、行き過ぎた信仰心以外に思いつくものはない」

「……そうですかね」

金子は納得しきらないような態度で、しかしそれ以上なにか主張がある様子でもなく口をつぐんだ。

後藤がリビングルームを振り返ると、そこには参加者たちが何人か残っていた。平和的なくじ引きにより、一番最初に面談の決まった学生の不破が、不安そうな面持ちでソファに沈んでいる。その対面に、野々村とミアが一定の距離を空けて座り、三人でなにかを話していた。野々村の声だけが、とびぬけて大きく聞こえた。

6　二日目　午後

野々村圭吾は腹を立てていた。

「だから、気にすることないですよ。塙さんがいなくなったことで、善意の世界にマイナスになることなんてなにひとつない。最初からわかっていたことです」

「いや、でも自分は、なんというかまだ」

「彼はこのツアーに参加したこと自体が間違いだった。BFHの掲げる善意への想いからではなく、くだらない承認欲求からの参加だったのは傍目《はため》にも明らかでした。犯人はきっとそれが許せなかったのでしょうね。理解できます」

野々村は大きく息をつき、首を振った。

この後にすぐ面談を控えた不破は、「はあ、でも」と気のない返事を繰り返す。野々村は不破のそんな反応にも苛立ちが募った。「あのね」と語気を強める。

「受け入れるだけがハーモニーではないんですよ。ときに正さなくてはならない。善意のあるものならば、正すことだってできるでしょう。しかし、人類の共通言語ともいえる善意を持たないものはもう、手に負えない。排斥する以外の道はないんです」

自身の怒りがどこから湧いて出たものなのか、それは野々村自身にも判然としなかった。野々村は怒りの矛先を、主に塙に対して向けていた。昨日の塙の態度。そしてなにより、今日の塙の態度だ。あんなふうに死体で発見されるなんて――。

野々村は死体を見てしまった恐怖と混乱を、被害者である塙への怒りという形で消化しようとしていた。それがまったく不合理な流れであることは、冷静さを欠いた今の彼には認識できなかった。

そもそも怒りの源流は、塙の存在を認識するよりも以前、今回のツアーに参加するよりも、BFHを知るよりもさらにもっとずっと前から、野々村の中にあった。

野々村は幸福な幼少期と、満ち足りた十代を過ごした。

家族に愛され、友人に恵まれ、華やいだ異性にもそれなりの視線を向けられながら青春を謳歌した。それなりの大学に親の金で通い、それなりに努力して就職を決め、なかなかに自慢できる会社に入った。そこからは、精力的に仕事に取り組むつもりだった。彼は野心家だった。激務も望むところだと意気込んでいたし、どこか醒めたところのある同期たちよりもよっぽど強く出世を希望していた。

それが、ひとりの人間の存在で駄目になった。

どうにも馬の合わない先輩だった。

野々村には、自分が正しいと感じたことは即座に、率直に口に出すという癖があり、それは自身の誇るべき長所だと感じていた。それが先輩との確執を生んだ。世の中には、年下に意見されることがとにかく我慢ならないというくだらない人間がいるのだと、初めて学んだ。

転職を決めたときは、それが大したことだとは思わなかった。愚かな先輩と離れられて清々すると思っていたし、そんな先輩の肩を持つ会社にも失望していたからだ。転職に至るまでの揉め事は野々村を確実に疲れさせたし、味方が誰もいないと思わせる日々は彼を傷つけたけれど、

「傷ついた」と認めることは彼にとって未知の体験だった。傷つけられることに慣れていなかったがために、上手い傷つきかたがわからなかったし、傷を認めないままでは癒える段階に進むことも叶わなかった。

その後も転職を重ねるごとにどんどん悪くなる雇用条件、それをかつての自分を知る友人や家族には明かしたくないという状況の中で、出会ったのがＢＦＨだった。拠り所が欲しいという心理状態と、そのときの配信で天羽が答えていた「中産階級に育った人間の苦悩」というテーマ、当時のＢＦＨのフォロワー数七万人という「わかるひとにはわかる」結果が表れている数字と、ちょうど飲んでいた缶チューハイのほんの四パーセントのアルコールの影響がすべて合わさって、野々村は初めて自分の傷をするりと認めることができた。

善意を失った社会の中で、俺は傷ついていたんだ。

俺はそうと気づかぬうちに戦わされ、傷つけられていたんだ。

本当の俺はいさかいなんて望まない、ただただ優しい人間だったのに。

自分は被害者だったのだ、という新たな気づきが、とても尊いものとして意識された。画面の中で話す天羽に共感を募らせるうちに、このひとは自分と同じだ、まさに自分自身だ、とすら感じられるようになった。と同時に、その教えが否定される意見を目にしたときなどには、自分を否定される以上のストレスを覚えた。それは例えば、自分の両親や生まれ故郷や愛する音楽を否定されたような、自らのバックボーン、魂を否定される感覚に近かった。

「善意を授からなかった人間が、そもそも人間と呼べるか疑問です。僕は正直、彼が首を失って初めて祈るに値する存在になったと思えましたよ」

留まることを知らない死者への辛辣な言葉に、不破は「はあ」とやはり煮え切らない返事を寄越す。同じく話を聞いていたミアが、「私は……やっぱり、亡くなった方を悪く言うのは、ちょっと」と言葉を濁した。

「――あ、不破さん、そろそろ時間じゃないですか」

細い手首にかかった時計を見て、ミアが言った。野々村も壁の時計を確認すると、時刻は午後一時の五分前を示していた。

不破がふらりと立ち上がった。顔色が悪く、額にはうっすら汗がにじんでいる。明らかに気分がすぐれない様子だが、しかし医師の新堂がそうしたように、面談を辞退するつもりはないようだった。おぼつかない足取りで、それでも確かに自らの意思でもって、玄関へと歩を進める。

「面談は、移動を含まず二十分間です」

キッチンから出てきた運営の後藤があらためて言った。

「昨日ご案内した通り、ドームまでは舗装路を歩くと約五分弱の距離になりますので、遅くとも十三時三十分には戻ってこられるようにお願いいたします。不破さんが戻り次第、葛西さんに出発していただきます」

ミアが緊張の面持ちでうなずいた。

ミアの次に面談予定の野々村も、既に緊張していた。彼の場合、それは就職の面接や、ある種のオーディションに挑むような心持ちに近かった。無垢な被害者となった自身にとって、ここが次の勝負どころだ、と認識していたので。

面と向かって話をすれば、若き教祖も気が付くはずだ。このひとは自分と同じだと。

他の信者たちとは違う、教祖にも等しい考え方や素質を、野々村は持っていると。

ＢＦＨの中で特別な、重要なポストを与えることがふさわしいと――。

最初の会社で叶えられなかった出世欲、野心が、今ここで再燃していた。野々村は自分の善意が他者に認められ評価されるべきものだと信じ、それを証明するための努力を惜しまないつもりでいた。


ヴィラの三階でスマホを握りしめていた増田は、圏外の表示が変わることにようやく見切りをつけて、鍵のかかるチェストに元通りスマホを仕舞った。朝と夜の二回しか触らないと旅の初日に自分で決めたのだが、死体を直視した瞬間からあらゆる決め事は彼女の中で意味を失った。

廊下に出ると、ちょうど斜め向かいの部屋から出てきた桃木と鉢合わせになった。桃木は出し抜けににっこり微笑むと、「こんにちは」と朗らかな挨拶をよこした。増田は夢見るような気分で、なんとか「こんにちは」と返した。

「なんだか大変なことになっちゃいましたねえ」

そう続ける桃木は部屋で化粧を直していたらしく、鮮やかなコーラルピンクの唇がつやつやと光っていた。その色味の隙の無い正常さに、増田は足場が揺らぐようなめまいを覚えた。懐かしい感覚だった。もう二十年近くも前、中学校の教室の中で、ひとりきりで耐えていたのと同じめまいだ。

「でもよかった、面談が中止にならなくて」

増田の動揺に気づいた様子もなく、桃木は続けた。

「だって、百五十万円も出したのに。正直な話、ちょっと私には悩ましい額だったんですよね。ほら、今はちゃんと貯金もしなきゃいけない歳になってきたし。増田さんは、お金持ちなんですか？　百五十万くらいぜんぜん勿体なく感じません？」

「いえ、うちは……夫が」

「え！　旦那さんが出してくださったの？　太っ腹ね」

「いえ、たぶん、額は知らないんです。私がずっと家にこもっていたから、今回の旅行については、ぜんぶ好きにしたらいいと。とにかく……行って来たらいいよって」

「えええ……それもすごい話。旦那さん、稼いでるのね。それに増田さん、すごく愛されているんですね」

「え……愛？　そうですね……いや、どうでしょう」

増田がうまく答えられずにいると、「えっと」と桃木は話題を変えた。

「天羽先生とどんなお話をされるか、もう決めてます？　私、まだ迷ってしまって」

「私は……たぶん子供のことを」

「ああ、そうですよね。ママならやっぱり、そこは話しておきたいですよね」

「いえ、でも……それは自分のことというか……世界のことというか」

友哉が生きていく世界のことを考えて、めまいがさらに強くなった。目の裏側から漠然とした涙がにじみ出すのを感じて、増田は慌てて首を振った。それからあえて軽い調子で「私、世界が怖いんですよね」と言った。

「怖い？　世界が？　どうして？」

笑い飛ばされたらいいと思ったのに、桃木は真剣な面持ちで聞き返した。増田は今度は本当に投げやりな気持ちになって、「ええ」とうなずいた。

「子供のころから怖かった。私にとって世界は、なんというか……手に負えなかったから」

増田の幼少期は、ほとんど混沌と混乱の記憶しかない。両親は裕福で、けっして悪人というわけではなかったけれど、父は気分屋で、母は気が弱かった。父は機嫌のアップダウンのままに娘を溺愛することもあれば、冷たく無視をすることもあった。幼い彼女には父という人間を個として摑むことができず、彼がたびたび別人になるように感じられた。増田は常に父親の顔色を読んで過ごしたけれど、彼の機嫌の変化には脈絡がなく、彼女は家庭の中に秩序を見出すことができなかった。母も夫には幼い娘と同様に――あるいは娘以上に――翻弄されるがままだったので、まるで拠り所にはならなかった。

幼稚園に通うようになっても、小学校に上がっても、外にも安寧の場所は無かった。警戒心が強く内向的な性格に育っていた増田にとって、他の無邪気な子供たちは世界の無秩序から生まれた怪物としか思えなかった。怪物たちは持ち物を奪ったり、スカートをめくったり、理解できない金切り声を上げて彼女を囃し立てたりした。

「――中学でも高校でも、いつもクラスになじめなかったし」

怪物たちは身体が大きくなって、より狡猾に残酷になった。親切だったひとが急に冷たくなったり、意地悪だったひとが急にすり寄ってきたり。脈絡なく変化する人間関係は父の機嫌と一緒だった。良いときは悪いときの前触れでしかなく、安定は不安定の上にしかなかったから、安心して眠れる夜など一日たりともなかった。

「わかるわ」

桃木が言った。

「私も学校って苦手だった。友達はできなかったし」

「え、桃木さんが?」

意外に思って、増田は首をかしげた。「人気者だと思ってた。だって、綺麗だし、明るいし」

「ぜんぜん、嫌われ者です。私ってほら、ちょっと変わり者だから? ふつうの子を怒らせちゃうことが多くて」

桃木は苦笑いを浮かべ、肩をすくめてみせた。作り物めいた表情をするひとだ、という印象を増田は彼女に対して抱いていたのだけれど、このときふと、そのオーバーな顔も仕草も、すべて桃木の素なのかもしれないという気がした。それで、自然と言葉が続いた。

「……私、大学のときに夫と出会って。卒業してすぐに結婚したんですけど」

その頃の増田は周囲の喧騒にも、自分の感情に対しても鈍くなっていた。すべてに対し「どうでもいい」と思えることこそが心の平穏を保つコツだと学んでいた。そんな彼女を七歳年上の夫は「落ち着いた穏やかなひと」と評し、熱心にアプローチを重ねてきた。

「それからの五年間が、人生で一番——いえ、唯一、落ち着いてました。夫は善意と……安定した精神を持ったひとだったから。勤めていた会社も皆いいひとたちばかりで……成熟した大人の中で暮らすのって、こんなに楽なんだって、初めて知ったんです。毎日が単調で、同じことの繰り返しで、平和だった。明日がどんな日になるか思い悩まないで眠れた。でも、子供ができて」

友哉がお腹にいるとわかった瞬間から、もう愛していた。すっかり鈍くなった自分の脳にこれほどまでに強い愛情が潜んでいたなんて、想像もしていなかった。

「私、自分のことはもうどうでもいいって思っていたから、楽になれていたんだと気づいたんです。でも……どうでもいいと思えない存在ができてしまって、そしたらまた、怖さがよみがえってきて」

友哉を混沌の世界に送り出すのだと思うと、かつて自分が感じていた苦しみを、自分よりも大切な存在に味わわせるのかと思うと、恐ろしくて仕方がなかった。不安を打ち明けた職場の先輩に勧められるがままスピリチュアル界隈に救いを求めたが、そこで遭遇した人間関係にまた十代の頃の混沌を感じて、やがて苦しくなった。友哉を永遠に外に出さずに、自分の目と手の届く範囲に置いておけるならどんなにいいだろうと思った。

「でも……皆が善意を思い出した世界なら、きっと耐えていける。神様がひとに善意を与えてくださって、それがひとに動物とは違う秩序を与えてくださったっていう天羽先生の言葉、私には、それが真実だってはっきりわかったんです。私が経験した無秩序にはまるで善意が欠けていました。あれは思い出していない側のひとたちが生み出している混沌でした。皆が思い出した世界なら、揺るぎない秩序の中で、あの子と生きていけると思った」

でも。

あの死体。

あの塙とかいう人間。

世界はやっぱり混沌としている。

こんな世界で理性を保って生きていくことは難しいと思える。

「増田さんって、やっぱり素敵なお母さんね」

桃木が言った。

「我が子のためにそこまで心を削って考えることができるなんて、すごいことだわ」

「いえ、私は……たぶん、向いていなかったんです。自分の命よりも大切なものを持つこと自体が」

たまに、手放したくなる。すべてがどうでもいいと思えたあの安らぎの時間に帰りたくなる。あの頃は誰が死んだって、誰の首がなくなったってかまわなかった。でも、友哉だけは無理だ。

「私――胸の中に、ずっと不安があって、もう二度と安心なんてできない気がする」

「うん、わかる。私もよ」

桃木はごく自然に、増田の手を取った。

「でも、大丈夫よ。ＢＦＨを知れば、きっとみんな神様の存在を思い出せるし、そしたらこれから先は不安なことなんてなにひとつない、善意に溢れた穏やかな人生が待ってる。頑張らなくてもぐっすり眠れる毎日が来るわ」

熱心に語る桃木の言葉を、今の増田には信じることができなかった。桃木自身が信じているのかどうかも怪しいと感じた。でも、彼女は自分を励まそうという善意で喋っている。疑いようもなく、それだけはわかった。

「ありがとう」

出発からきっちり三十五分後、不破はヴィラに戻って来た。しっかりとした足取りで、出かけて行ったときよりもマシな顔色をしているように見えた。天羽と話して落ち着いたのかもしれないと、後藤は面談の様子を漠然と想像した。

本来であれば参加者たちの入れ替えのタイミングで、天羽から後藤にメールで面談の内容が共有されるはずだった。相変わらずの電波の不通により、それは叶わない。

「次は葛西さんですね」

「はい。行ってきます」

胸に手を当てひとつ呼吸を整えた後、ミアは立ち上がり、白いスカートを翻して玄関へと向かった。前庭を通り正門を出て行くまでをリビングルームの窓越しに見送りながら、彼女は天羽に何を話すのだろう、と考えた。

嫉妬とかしないわけ？　と新堂にたずねられたことがある。

「君のことはもちろん好きなんだろうしまあ尊敬もしているんだろうけど、彼女が募らせているより強い想いはＢＦＨへの信仰心なんじゃない？　後輩にそれが向いているのって、ちょっと複雑じゃない？」

うすら笑いを浮かべて、あからさまに面白がってたずねる新堂に、後藤は渾身の力で笑顔を返した。

「嫉妬、という感情はないですね。好意と信仰心はやっぱり別物だと思いますし……俺はＢＦＨを信じる彼女のまっすぐな心に惹かれたので」

後藤は自らが信じているほど嘘が上手でもなかった。

新堂は表情を変えないまま、しかしやや同情的な目をして、「ああそうなんだ」とだけ返した。

すべてが嘘というわけではない。ただ、彼女が天羽に何を話すのか、それは当然気になって仕方がない。

「どうでしたか?」

リビングのソファに腰掛けた不破に、野々村が前のめりにたずねる。不破は「はい」とうなずいた後すこし考えて、「お話しできてよかったです」とシンプルに答えた。

「具体的になにを話したのか、聞いてもいいですか? 二十分で足りるものか心配で」

「え、いや……それはちょっと、すみません。あ、あの、後藤さん」

離れた位置に座る後藤に、不破が呼びかける。

「僕はその、もう終わったので……部屋に戻っていてもいいですか? 少し、疲れてしまって」

「ああ、もちろんですよ。ヴィラの中でしたら、自由にしていただいてかまいません。全員の面談が終わるまで、まだまだ時間がありますから」

のっそりと二階に上がっていった不破とすれ違いに、主婦の増田がリビングに降りてきた。彼女の面談は野々村の次だ。増田は食事をとっていたのと同じダイニングチェアに座り、テーブルの上に両手を重ねて目を伏せた。

「なにか飲まれますか?」キッチンにいた金子が声をかける。

「あ、いえ……大丈夫です」

一階のリビングルームには後藤、野々村、増田が、カウンターキッチンの中には新堂、金子がいる。それぞれ特に言葉を交わすこともなく、大きな窓から惜しみなく注がれる陽光の中で、時が過ぎるのを待っている。リビングから出られるサンルームの掃き出し窓は大きく開け放たれ、心地よい風が絶えず吹き込んでいた。

午前中に死体を発見したとは思えない、穏やかな午後だった。後藤は新堂が口にしていた「正常性バイアス」という言葉を思い出していたが、「正常」とはなんだろうという疑問から思考が先に進まなかった。やがて金子が皆にアイスティーを運び始めた。手伝おうとすると、彼女は「後藤くんはちゃんと門を見張ってて」と厳しい声で言った。少しして、新堂が「俺もちょっと休むね」と言い残し、個室へと上がっていった。

ミアが出て行ってから、三十五分が経った。

彼女はまだ戻ってこない。

「遅れていますね」

時計を睨んで、野々村が言った。

「そうですね……まあ、数分の遅れは許容範囲ということで」

後藤は答える。

「遅れた分はもちろんすべて後ろ倒しになるんですよね？　後続の人間の時間を削って調整なんてことはしませんよね？」

「ええ、もちろんです」

「ならいいんですが」

そう言ってソファに座りなおしながらも、野々村の表情には明らかな苛立ちがにじんでいた。

それからまた五分が過ぎた。ミアは戻らない。後藤の胸にも、小さな焦りが生じ始めていた。

なぜ戻らないんだ？　彼女は天羽とは違って、時間にだらしないタイプではない。いったい二人で何を話している？

「信じられない」

野々村が立ち上がった。

「どうして決められた時間を守れないのか。後に控えている人間の存在なんてまるで頭にないのでしょうね。これが善意ある人間の振る舞いといえるでしょうか？　これじゃあ彼女も、同じじゃないですか。あの善意のない、塙さんと――」

「いや、落ち着いてください」

塙と同じ、という発言に嫌なものを感じて、後藤は野々村を遮った。

「まだ十分ほどしか経っていませんよ。つい話が長引いてしまうということも、まあ、あり得るでしょう」

つい話が？

長引いてしまうような話とは？

例えば、殺人の告白――。

「僕はもう出発します」

「え？」

「こんな延長が許されるなんて不公平です。まだ話しているようなら切り上げてもらいます」

「いや、しかし」

制止しようと立ち上がった後藤を野々村は厳しい表情で睨み返し、玄関を出て行った。野々村がそんなにも腹を立てる理由が後藤には今一つ理解できなかった。ついていくべきだろうか？

頭に血の上った野々村がミアと顔を合わせて、さらに怒りを募らせるようなことになるなら、自分が側にいたほうがいい。そうだ――野々村が塙を殺した張本人だという可能性だって、充分にあるのだから。

しかし――と振り返る。リビングには今、後藤の他に増田ひとりしかいなかった。金子はつい先ほどタイミング悪くトイレに立った。増田はいかにも不安気な面持ちで、野々村が足早に去っていった正門を見つめている。

増田が殺人者という可能性だってあるのだ。自分が野々村を追いかけたら、増田と金子を二人きりにすることになる。

誰かが殺人犯だ。塙は間違いなく殺されていたのだから。

遠ざかっていた現実感が急に押し寄せ、後藤は足を動かせずにいた。やがて金子がトイレから戻り、玄関ホールで立ち尽くす後藤に「どうしたの？」と声をかけた。状況を説明すると、金子は「じゃあ私がこっちで待機しているから後藤くんは」と提案しかけた。しかしそこで玄関扉が開き、ミアが戻って来た。

「ごめんなさい」

かすかに息を切らせ、彼女は言った。

「遅くなってしまって。申し訳ありません。つい話に夢中に……」

何の話を、という疑問はまだ胸に渦巻いていたものの、彼女が無事に戻った安堵が勝り、後藤は「大丈夫ですよ」と声をかけた。ミアは目を伏せ、「野々村さんとすれ違いました」と言った。

「ああ、彼、大丈夫そうでしたか」

「ええ。遅れてしまって——申し訳ないことをしました」

落ち込むミアを励ましたい気持ちで、後藤は増田の目を気にしつつ、彼女の肩に手をかけた。

ミアはその手に自分の両手を重ねると「私——少し休みますね。お部屋に戻っています」と、ぎこちない笑みを見せた。

そしてまた時間が過ぎた。

野々村の面談時間が十五分ほど過ぎたところで、個室から桃木が降りてきた。桃木は増田の隣に座ると、「緊張してきちゃった」と気楽そうに話しかけた。増田が「私も」と返し、ふたりは女学生同士のようなくだけた笑みを向け合った。いつの間にかその距離が縮んでいるように見え、後藤は不思議に思った。

野々村が出て行ってから三十五分が経った。

彼はまだ戻らない。

さらに十分が経過しても、ヴィラの正門に彼が姿を現すことはなかった。

「天羽くんが心配になってきた」

金子が後藤にささやいた。

「いや、大丈夫だろ。新堂さんの言ってた通り、信者が天羽に危害を加えるってことは」

「殺されてると思ってるわけじゃなくて。詰められてるんじゃないかなって」

「ああ……」

ヴィラを出て行ったときの野々村の様子を思い出す。

「私、ちょっと見に行く。後藤くんはこっちのひとたちを見張ってて」

「いや、それなら俺が行くよ。野々村さん、気が立ってたみたいだったから」

「ごめん、悪いけど私……あの野々村とかいう会社員より、こっちのひとたちのほうが怖いんだよね」

金子はそう言いながら、リビングではなく上にある個室のほうに目を向けた。

「え」

それはどういう、とたずねようとした後藤を、金子が片手を上げて遮る。

「いや、別に理由があるとかじゃなくて。なんとなくってだけだから、気にしないで。……行ってくるね。大丈夫、なにかあったら本気で叫ぶから」

金子はそう言い残し、ヴィラを出た。

後藤は今の金子の発言を反芻し、彼女が視線を投げた上階を見上げた。上にいるのは、不破に新堂、そしてミアだ。

——ミア？

——金子はミアを怖がっている？

立ち眩みがして、後藤はリビングのソファへと腰掛けた。テーブルでは、増田と桃木が特に時間の遅れを気にした様子もなく雑談に興じている。

五分ほどが経ったとき、外から悲鳴が聞こえた。

かすかだが間違いない。

金子だ。

「今の」

テーブルの二人にも聞こえたようだった。後藤は立ち上がり、すぐに玄関に向けて駆け出した。門を抜けるとき、背後で「なんだ！」という新堂の声と、階段を駆け下りてくるいくつかの足音を聞いた。

悲鳴はグランピングドームのある西の方角から継続して聞こえていた。なにごとかを訴えているようだが、言葉は聞き取れない。曲がりくねった一本道の舗装路を駆けていくと、反対側からもひとが走ってくるのが見えた。天羽だ。

「金子、先輩の？」

息切れし、膝に手をつきながら天羽がそう発したとき、「来て！」と初めて明瞭な声が届いた。ドームへの道から逸れた左手の小道。昨夜バーベキューを行った屋外キッチンの方だ。

後藤は天羽と並んで走った。鬱蒼とした木々の迫る道の真ん中で、すぐに金子を見つけた。土に尻を付けて座り込み、喚き声を上げ続けている。振り返った彼女の上気した顔は、涙と鼻水で濡れていた。

「あれ、あれ！」

肩で息をしながら、金子は前方を指さした。昨日皆で囲んだ、石造りの大きなテーブル。その上に広がるものに、後藤は見覚えがあった。今朝、礼拝堂の中に広がっていた光景が一瞬でフラッシュバックする。

色とりどりの瑞々しい花と、人の身体。

薔薇窓からのわずかな光に照らされていた祭壇とは違い、石の台座は午後の惜しみない陽光に包まれ、その上に載せたものを眩しいほどに輝かせている。

うつ伏せに倒れた人間——その背中と首の後ろに、一本ずつ突き刺さった刃物がきらめいている。

散らされた花の中、彼は疑いようもなく死んでいた。

「野々村さん——」

一点、今朝見たものとは違う部分がある。

死体には首がついたままだ。

「うわ」

すぐ後ろで声がした。振り返ると、追いついてきた新堂とミアが驚愕の表情で同じものを見つめている。「またかよ」と呻く新堂の隣で、ミアが震える唇を開いた。

「やっぱり」

「え？」

彼女は言った。

「犯人は……きっと塙さんです」

後藤と天羽は両側から金子を支えて立たせ、ヴィラへの道を戻った。

来た時には夢中で気が付かなかったが、屋外キッチンへ延びる小道には、野々村の身体の上に手向けられていたのと同じ種類の花が点々と落ちていた。白い花びらが裂けるように咲く百合の一つを、ミアが拾った。

ヴィラの正門前には、モデルの桃木、学生の不破、主婦の増田がひと固まりになって立ち、後藤らが戻るのを待っていた。ヴィラから出てはいけない、という言いつけを従順に守るように足踏みするその姿は、よく躾けられた犬を思い起こさせた。

「野々村さんが殺された」

先頭を歩いていた新堂が端的に告げると、三人はそれぞれ驚愕の表情を見せた。

「中に入ろう。葛西さんに、犯人の心当たりがあるらしい」

「え、心当たりって……」

桃木がぐるりと顔を回し、皆を順番にまじまじと見る。後藤は無遠慮な視線に耐えながら、同じことをしそうになる自分をぐっと抑えた。当然そうしたくなる。犯人は、この中にいるのだから。

リビングに戻ったミアは真っ先に窓辺へと向かい、前庭に向け開いたままだった掃き出し窓を閉めた。それで安心したようにひとつ息を吐きだすと、「まずは、金子さんの手当てをしましょう」と言った。

「手当て？　まさか、金子さんも襲われたんですか？」蒼白の増田がたずねた。

「いえ。びっくりして、転んで……」

金子が顔を歪めて答える。野々村の様子を見にヴィラへと向かう道中で、導くように落ちている花を見つけ、屋外キッチンの方へと足を向けたそうだ。そこで野々村の死体を発見し、しりもちをついた拍子に足を捻ったらしい。階段下の物置から天羽が救急箱を持ってくると、新堂がアイシングとテーピングを施した。「こういうのは看護師の仕事だから」と本人が言い訳していた通り、医師という肩書から想像したほど鮮やかな手つきではなかったが、とにかく手当は済んだ。

「――それでは葛西さん。聞かせていただけますか？　先ほど、野々村さんの遺体を発見した際に、おっしゃっていたことを」

天羽が手で示し、皆がテーブルに着いた。後藤は落ち着かない気持ちで、マントルピースの前に立って他の面々を見下ろした。ミアが口火を切るのを待たずに、新堂が「塙さんが犯人だって？」と先ほどの彼女の発言に言及した。

「え？　塙さん？」

桃木が首をかしげる。

「えっと、塙さんは死んでいますよね？　え、あの、呪いとか、そういう類のお話？　私そういうのはちょっと、あんまり信じていないんですけど――」

「いえ、すみません」

ミアは首を振って桃木を制した。

「塙さんが犯人、と断言するのは、ちょっと早計すぎました。私は――塙さんか、田中さん。どちらかが犯人だと思うんです」

田中。

後藤はぐっと奥歯をかみしめる。マントルピースの近くに座った天羽と金子が、互いに見合わせた顔を後藤に向けた。

田中が存在しないと知っている三人は、黙ってミアの話を聞く。

「まず――気になったのは、今朝発見した塙さんのご遺体の、首が失われていた理由です。野々村さんは、『善意を授からなかった扁桃体を切り落とした』ためだと推測されました。それはとても、納得のいく説明だとは思ったのですが……私は、別の理由も考えたんです。あのご遺体は、塙さんではなかったのではないかと。私たちは、この島にいるのは私たちだけだという前提条件のもと、あのご遺体を塙さんだと断定しました。服装や体格も、塙さんと大きな相違点はありませんでしたから。でも――桃木さん、おっしゃっていましたよね。今日の早朝、窓から人影を見たと」

桃木ははっとした顔で「ええ」と答えた。

「見ました。じゃあ、あれが」

「田中さんだったのではないか……と、その可能性を考えてみたんです。不破さんが突き止めた田中さんのプロフィールから察するに、彼が自力でこの島に上陸するというのも、そこまで不可能な話ではないような気がして……」

「ああ――なるほどね」

新堂がひとり先んじて、納得顔でうなずいた。後藤にも、ミアの話がどこに向かっているのか、うっすらと察せられる気がした。

「そこで、首の話に戻ります。私たちにとってみれば、脳は善意の授かり所。そのイメージが先行してしまっていたのですけれど――実は私、学生時代には推理小説をけっこう読んでいて。あいう物語の中では、首がなくなるというのは、死体の身元を偽るという目的がメジャーなものなんです。つまりあの死体は――この島にこっそり上陸し、皆にサプライズを提供しようと身をひそめていた田中さんが、不運にも塙さんと遭遇してしまって――塙さんは田中さんを殺害した後、自分の服を着せて、首を切り落とした」

「え！　じゃあ、塙さんは生きているんですか？」

桃木はきょろきょろとあたりを見渡した。「あるいは」とミアは続ける。

「人知れず来島していた田中さんが塙さんを殺害した、という可能性もあるとは思います。その場合、首を切り落とした理由は野々村さんがおっしゃっていた、扁桃体の切除、ということになるのでしょうけれど……」

「しかし──葛西さん」

後藤はこらえきれず口を挟んだ。

「田中さんが……来島されていたという可能性は、やはり低いと思います。田中さんがこの島の詳細な場所を突き止めることは不可能です。参加者の皆さんにお伝えしていたのだって、待ち合わせ場所の港だけですので」

「ええ、そう、そうですよね……私もそう思って、今までこの考えを口に出せずにいたのですが……」

ミアは先ほど道中で拾ったユリを、そっとテーブルの上に載せた。

「でも、野々村さんが殺されていた状況を考えて、思ったんです。これは私たちの中の誰にも、不可能な犯行だと」

彼女の言葉を受けて、野々村の死体とミアの発言に混乱していた後藤の頭にも、ようやくその疑問が湧いた。誰が野々村を殺害できた？　犯人が参加者の中の誰かだとするなら、いつ、どこでどうやって野々村を殺せたのだろう。野々村の面談の間は──。

「野々村さんの面談の間は、皆がヴィラに留まっていました。塙さん殺しの罪の告白を妨げることのないように、運営の方が玄関を見張ってくださって……。ですから、野々村さんが天羽先生との面談を終えた後、ご遺体で発見されるまでの間に彼と接触することができたのは——野々村さんを呼びにヴィラを出て行かれた、金子さんだけ、ということになります」

「え……」

金子が目だけをミアに向けた。ミアはすぐに、「ですが」と言葉を続ける。

「金子さんがヴィラを出てから、野々村さんの遺体を発見されるまでは、ほんの五分から十分程度だったと伺いました。そんな短時間で、野々村さんを殺害するのみならず、あれだけのお花を摘み集めるということは不可能です。野々村さんのご遺体には、今朝発見したご遺体同様、それはもうたくさんの花が手向けられていました」

野々村の死体を見ていない三人に向け、ミアは散らされていた花の多さを表現するかのように両手を開いて見せた。

「ちょっといいでしょうか」

ミアの話を静かに聞いていた天羽が、片手を上げる。「なんでしょうか？」とミアは小さく首をかしげた。

「葛西さんは今、野々村さんが私との面談を終えられた後の時間が、彼の殺害推定時刻という前提でお話しいただいたと思うのですが……実は、野々村さんは面談に来ていないのです」

「え？」

「彼は面談に現れませんでした。だから、彼がヴィラを出てから、正確にいつ殺されたのかはっきりしません」

天羽の発言に、後藤もミアと同じように首をかしげた。野々村が、天羽のもとに行っていない？　面談を待ちきれない様子でいた野々村の行動として、それはかなり不自然に思えた。だとしたら、野々村は面談に向かう道中で殺された――？

そして不自然と言えば、天羽も同じだ。野々村が現れずにいた約三十分もの間、彼はヴィラに様子を見に来ることもなく、ドームの中でひとり、なにをしていたというんだ？　あるいは――。

「それから……自分で言うのもあれですが、私なら、彼を殺害した後に花を摘んで手向けることも、時間的には可能だったでしょう」

後藤が考えたことを天羽が自分で口にした。それに対し、「いいえ、天羽先生」とミアははっきりと首を振った。天羽なら犯行が可能だった。その事実を否定する理論立った答えをミアは持っているのだと思い、後藤は期待を込めて彼女を見つめた。しかし、

「先生がひとを傷つけるはずがありません。それは、ここに集っている皆がわかっていることです」

ミアは少しの逡巡も見せず、堂々とした態度でそう言った。

傷つけるはずがない。

筋道だった理論も明らかな根拠もあるわけではなく、彼女はただ、天羽を信じている。そしてこの場に集った全員が、自分と同じ信仰を持っているものと信じている。

「ああ、でも」

彼女は本当に驚いた様子で口元に手を当てた。

「天羽先生が野々村さんと会われていないのであれば、生きている彼を最後に目撃したのは、私――ということになりますね。私、面談の帰り道で確かに野々村さんとすれ違いましたから」

ミアはどこか痛ましげな表情を浮かべる。

「でも、お花を集める時間がなかったということが、私自身の無実も証明してくれると思います。私が彼を見たのが、屋外キッチンへの分かれ道とヴィラの中間地点あたりでしたから――野々村さんがヴィラを出てから私が戻るまでの時間も、せいぜい五分程度、ですよね？」

澄んだ目を後藤に向けて、ミアがたずねた。後藤は「ええ」とうなずきながら、その目を注意深く見返す。そこには普段となにも変わらない、どこか悲しみに暮れたような、夏の夜を思わせる深い煌めきがあった。

そこで、野々村の死を伝えてからひとことも言葉を発していなかった不破が、「でも」と消え入りそうな声でつぶやいた。

「事前に、花だけ摘んでおいたんじゃ……」

彼はそこで、自分が声に出して話していたことに初めて気づいたようにはっとして、「あ、すみません。疑っているわけではなくて」と弁明した。

「いえ、お気になさらないでください。私もまだ、自分の考えに完璧な自信があるわけではないので……でも、その疑問にはお答えできるかと思います」

ミアはテーブルの上に載せたユリを再び手に取り、「これは、屋外キッチンへの道中に落ちていた花です」と話し始めた。

「野々村さんのご遺体の周りに手向けられていたものと同じユリですが、ご遺体の周りには、もっと多くの種類の花が散らされてありました。こちらの花には長い茎が付いていますが、茎の短いものや、花だけが摘み取られたものまで多数です。そのどれもが――花びらの先までぴんとした、瑞々しい張りを保っていたのです。この季節、このお天気なのに」

彼女につられて、皆が窓の外へと目を向ける。朝から気持ちよく晴れていた空は正午からさらに明るさを増して、今や夏の全盛期のような日が射している。窓を閉めたことで気温も上がってきたように感じられ、後藤はカウンターにあったリモコンでエアコンを入れた。

「私たちは、朝からずっと一緒にいました。礼拝堂のご遺体を発見するまでは、互いを厳しく見張り合ったりはしていませんでしたが……、それでも、お花を摘みに長時間個人行動をするようなひとは、誰もいなかったと思います。ご遺体の発見後は、もちろん皆固まって行動していました。もし私や金子さんが事前に花を用意していたとしたら、その機会があったのは昨夜から今朝までの間だけです。けれど……そんな時間に摘んだ花が、今――十五時半になっても、すべて元気なままでいるというのは、不自然なことかと思います」

「冷たいお水に晒しておけば、少しは保つ気もしますけど……」増田が囁いた。

「ああ……確かに、そうですね」ミアは素直にうなずいた後、するりと伸びる指を顎にあてて、

「でも……これが金子さんの犯行だとするのなら、花が散らされたのは私たちが彼女のもとに駆け付ける五分程度前、ということになります。お花が濡れていたり、不自然に冷たかったりといったことはありませんでした。すべての花に触れたわけではありませんが――水に晒した花の、花びら一枚一枚まで水分を拭きとるのは、やはりそんな短い時間では不可能だったと思います」

ミアは金子ににっこりと笑いかけた。

「それから、もしも私が犯人だとするなら……花が散らされたのは、ご遺体が発見される約四十分前。このような茎の付いた花ならまだしも、萼《がく》から摘まれた花や花びらが、やはりすこしも萎れていないというのは、あり得ないことかと思います。野々村さんのご遺体が安置されていたテーブルは、この時間は直射日光の当たる眩しい場所でしたから」

増田はミアの説明に納得したのか、うつろな目で「へえ……」とだけ答えた。

「以上のことから、野々村さんを殺害することが可能だった方が私たちの中にいるとしたら、時間に余裕のあった天羽先生だけ、となってしまいます。それがあり得ないということは、私たち皆が知っています。なので……やはり、田中さんはここに来たんだと思うんです。あの礼拝堂のご遺体は、田中さんだった。そう考えれば、野々村さんが殺されてしまった理由も見当がつきます。彼は塙さんのことを、辛辣な言葉でお話しされていましたから……。おそらく、塙さんはあの石の塀の向こうにいたんです。面談前はサンルームの窓がすべて開いていましたから、こちらのリビングの声も、筒抜けになっていたんだと……」

ミアは前庭ごしに見える白い石の塀を指さして言った。皆がそちらに目を向け、今もその向こうに塙が潜んでいるのではないかというように、疑いの目を向けた。田中が存在しないことを知っている三人以外は。

田中は存在しない。

ゆえに、塙もすでにこの世には存在しない。

あの死体は間違いなく塙のものだ。

「葛西さん……あの、実は」

後藤はテーブルに両手をつき、真実を話そうとした。田中がいることを前提に話を進められては、どうしたって誤った結論が導き出される。前提条件に事件と無関係の嘘があったのでは、誰も正しい推理などできようがない。

しかしそこで、服の裾を強く引かれた。

見ると、金子が険しい表情で後藤を睨んでいた。それで後藤も、はっと気がついた。今田中の不在を明かせば、野々村を殺害することが可能だったのは天羽ひとりというミアの話を肯定することになってしまう。容疑者がたったひとりに絞られれば、流石にミアの信仰も、他の参加者たちの信仰だって揺らぐ可能性がある。

けれど、天羽は犯人ではない。

天羽は、ひとを殺すに至るような強い動機など持ち得ない。

ミアが語るのとはまったく逆の理由から、後藤は天羽を信じていた。天羽は信仰を持っていない。信仰に限らず、誰かを殺さなくてはならないような強い情動が天羽に発生するということが、後藤にはまるで想像できなかった。大学時代から、なにごとにも強いこだわりや情熱、信念や執着を持たず、ただ気まぐれに、あるいは他人に言われるがままにあらゆる選択をてきとうに行う天羽を見てきた。北原の投資サロンにだって誘われるがまま入会し、教祖をやってくれとスカウトしたときも二つ返事で引き受けた。来るもの拒まず去るもの追わずを地で行く彼が、殺人なんて大それたことを自らの意志で決行するとは考えられない。そう、例えば、正当防衛でも無い限り――。

「あの……後藤さん？」

言葉を切った後藤に、ミアが不思議そうに呼びかけた。後藤は「いえ」と首を振り、「確かに……可能性はあるかもしれません」と、真実を打ち明ける機会を手放した。

「礼拝堂のご遺体が誰なのか」

静かに話を聞いていた天羽が口を開く。

「気になりますね。今朝は皆びっくりして、すぐに外に出てしまいましたから」

「ええ。天羽先生のおっしゃる通りです」ミアが言う。「ご遺体の正体がわかれば、犯人がわかります。それによって、殺人の動機がまったく変わってきます。田中さんが犯人であれば、その動機は善意を持たない人間の排斥——きっと、亡くなった方を悪く言っていた野々村さんもその対象となってしまったのでしょう。であれば、今ここに残った私たちは安全です。みな間違いなく善意に溢れた、思い出した側の人間なのですから」

ミアは確信に満ちた目で皆を見渡した後、「ただ」と表情を暗くした。

「塙さんが犯人であった場合は、もしかしたら……彼を仲間として受け入れられなかった私たちを、恨んでの犯行ということも……。残念ですが、私はこちらの可能性のほうが高いのではないかと考えています」

「そんな！」桃木が高い声を上げた。

「そんなの、理不尽だわ。勝手だし、ひどいです。私たち、なにも悪いことしていないのに」

「首が見つかれば話が早いけど」

新堂が言う。

「残った身体の方だけじゃなあ……。体格は塙さんと相違ないように見えたけど、さすがに昨日今日会ったばかりの人間じゃあね。確実に見分けるのは難しい。中肉中背でこれといった特徴もなかったし」

「あ」増田が唐突に声をあげた。「特徴、私、知っているかも……」

「え？」

疑問の視線がいっせいに彼女に集まる。皆が知る以上の塙の特徴を、なぜ増田が知っているのだ？

「本当に？　なんですか？」桃木がたずねる。

「塙さん……左の腎臓が無いそうです」

「え、腎臓？　どうして？」

向かいの空席をぼんやりと見つめながら話す増田に、桃木が重ねて問うた。

「二年くらい前に、甥っ子さんに移植なさったそうです。まだ二十代の甥っ子さんが、腎不全を患われていて……腎臓の、型？　が一致した塙さんが、提供なさったとか。ご自身の配信で話されていました」

「へえ、それは……」

テーブルに微妙な空気が流れた。

皆が同じ事を考えている、という気配がした。自らの臓器を、病気の甥のために差し出す。それは……なんとも善意に溢れた行動じゃないか？

後藤はひとつ咳払いをし、「二年前。では、手術の痕も残っているでしょうか」と新堂を見た。

新堂は「ああ」とうなずき、自らの左のわき腹のあたりを指さした。

「今は腹腔鏡手術が一般的だから、そんなに大きな傷ではないだろうけど。こう、何カ所かを切って、膨らませるわけだ。その痕は残ってるんじゃないかな」

「私が確かめてきます」天羽が立ち上がった。

「皆さんは、引き続きヴィラの中から出ず、門には鍵をかけておいてください。できればひとりにはならず、ここに揃っていていただくのがよいと思います。それから……」

天羽は一瞬、教祖としての演じられた表情ではなく、心から気の毒そうな顔をして後藤を見た。

「残念ですが……被害者が増えてしまった以上、警察への連絡はすみやかに行わなければならないでしょう。電波が入り次第、通報しましょう」


「新堂さんも一緒に来てもらえませんか？」

一度後藤の個室に集まり、再び運営陣だけで今後のことを話そうとしていたタイミングで、天羽が新堂に言った。

「やっぱりお医者さんが見たほうが、死体のことはよくわかると思うので」

「いや、どうかな」新堂は首に手を当て、明後日の方を見やった。

「俺は検視医でもないし……道具もなにもない状況で死体だけ見たってどうしようもないよ。生きてるか死んでるかくらいは確かめられるけどさ。そんなのあんな死体見たら、誰だってわかることだしね」

「死亡推定時刻とか、わかりませんか？　彼が夜中に殺されたのか、明け方に殺されたのかとか」

「はは、わかんないって。そんなのがすぐにわかるのドラマの世界だけ。死後の環境によって硬直の仕方も死斑の出方も変わってくるんだから。胃の内容物と最後の食事時間からざっくり割り出したりすることはあるけど……勝手にそこまでやったら、さすがに死体損壊になるんじゃないかな。だから……誰が行ったって同じだよ。手術の傷なんて、すぐわかるから」

新堂はあくまで同行を拒否したいようだった。彼は田中が存在しないことを知らない。ミアの推理を信じ、ヴィラの外に殺人者が潜んでいるものと考えて、出歩くことを恐れているのかもしれない。

「そんなわけだから……俺は下に戻ってるよ。こっちは任せてもらっていいから。気を付けて」

新堂が出て行くと、金子がため息をついて「ほんとは私も行きたいんだけど」と苦い顔をした。金子は犯人が外にいるわけがないとわかっている。ヴィラに残ることの方が恐怖なのだろう。そう理解しつつ、後藤は首を横に振った。

「その捻挫じゃ無理だろ。とにかくひとりにならないようにして、できるだけ新堂さんの近くにいるんだ。頼りないかもしれないけど、あのひとはシロだろうから。あのひとは神様なんて信じてない。あの人が信じてるのはお金だけだから、金にならない人殺しなんてしない」

「うん……そうする」

「俺らで手がかりを探してくるよ。あと……野々村さん殺しのとき、犯人がヴィラから抜け出した方法も。なにか痕跡がないか見てくる。犯人はヴィラにいた誰かだ——ああ、ていうか、さっきは悪かったよ。軽率だった」

「え？　なにが？」

「田中が存在しないってこと。バラしたら天羽が疑われるって、一瞬頭が回んなくて」

「いや……それだけじゃないでしょ」

金子は暗い顔をして言った。

「運営が寄付者の数を誤魔化すために嘘を吐いてたってばれたら、私たち、やばいかもしれないじゃん」

「え?」

「塙さんだけじゃなく、野々村さんまで殺された。ご丁寧に花まで供えられて」

金子は自らの両腕を抱きしめるようにしながら、ぶるりと身震いした。

「犯人はBFHの教義を勝手に、過剰に解釈して、善意のない人間を殺してるのかもしれないいんでしょ。そしたらやっぱり、まずいじゃん。私たち、自分らの見栄のために他の参加者を騙してるんだよ。それって善意ある人間のすることって言える?」

見栄のために嘘をついて他人を騙した。

言われて初めて、後藤はその行為の善悪について考えた。

誰かを傷つけるような嘘ではない――と、まったく罪悪感なく田中の存在を作り上げていた自分に気づく。けれど、そんな――やばいかもしれないのか?　俺たちは。

「まさか。そんなことで殺されたりは」

「いやあでも、確かにまずいかもですよ。野々村さんが死んだ人を悪く言ったってだけで殺されたなら、ぜんぜん余裕で殺されるじゃないですか、俺ら」

天羽の言葉に、金子は表情をさらに暗くして後藤を見やる。その目が言っている。君は前科もあるんだから――?

「とにかく、ちゃんとした運営のふりは続けなきゃ駄目だよ。それから……スマホはずっとチェックしとく。電波が入るとしたらこっちだろうから。すぐにでも警察を呼んで、こんな状況終わらせなくちゃ」

「あ、そしたら俺のスマホもこっちに置いていきますよ。俺のスマホってみんなが圏外な場所でも謎に電波生きてたりするんで、使えそうだったら使ってください」

天羽はポケットからスマホを取り出し、金子に手渡した。

「いいけど……ロックしてないの?」

「あ、俺番号のロックで、7777です」

天羽はなんのためらいもなく口にする。後藤はスマホを差し出しながら「いや、緊急通報は解除しないでも使えるよ」とふたりに教えた。

「あ……そっか、ごめん天羽くん」

「いえいえ。俺、金子先輩ならもう、完全に信頼してるんで。ぜんぜん別にオッケーです。じゃあ、行ってきますね」

二人は一階に降り、皆に見送られながら外に出た。日差しは強いものの、風はもう涼しかった。

後藤はまずヴィラの石塀の周りを調べたいと思ったが、ひとまずは礼拝堂を目指すことにした。礼拝堂の死体を調べると言って出た人間がまっすぐ塀の方へ向かうのを目撃されたら、中の人間を疑っていると感づかれるかもしれない。

「後藤さんって、幽霊とか信じるタイプでしたっけ?」

湖を迂回する木立の道を進む途中、おもむろに天羽が言った。

「まさか。なんで?」

「足跡です。今朝ここを通ったとき、ぬかるみに残ってた足跡がワンセットしかなかったんですよね。あれが塙さんの足跡だとして、犯人のが残ってなかったのはなんでかなと思って」

「え、それでなに、幽霊の仕業かもとか思ったの?」

「いえ、後藤さんがそう言い出したらどうしようかと思って……俺幽霊とか信じてないんで」

「ああ、そう。大丈夫、信じてないよ」

「よかったです。でも、不思議ですよね」

「ボートを使ったんじゃないかな」

後藤は湖の方を見やって言った。木立の隙間から、きらきらと輝く水面が覗ける。

「そっか、ありましたね、ボート。そっかそっか」

足取りの軽い天羽の背中を見ながら、後藤はしばし迷った。しかし結局切り出した。「おまえさ」、と。

「野々村さんのこと、殺してない?」

「え!」

天羽は心底驚いたような大きな声をあげ、「ぜったい殺してないです」と答えた。

「じゃあさ、なんで野々村さんが来ないのにヴィラに戻ってこなかったわけ? 三十分以上もドームにひとりで」

野々村がドームに現れなかったという話を聞いてから、ずっと気になっていた。面談予定の参加者が何十分も現れずにいたら、ふつう様子を見に来ないものだろうか？　朝に他殺体を発見したという状況ではなおさら、なにかあったと気にするのが普通ではないか？

「おまえが信仰心を募らせて悪人を殺したなんて全く思わないけどさ。逆ならあり得るんじゃないかって。野々村さんにエセ教祖だってことがばれて、殺されそうになったところを返り討ちにしたとかなら」

「あり得ないですよ。本当に野々村さんは来なかったんです。それにほら、野々村さん、首と背中を刺されてたじゃないですか。あれは返り討ちじゃなくて、後ろから不意討ちって感じじゃないですか？」

「まあ……そっか。じゃあなんでお前はヴィラに戻らなかったんだよ」

「いや、それは……なんかこう、揉めてるのかなあと思って」

天羽は歯切れ悪く答える。

「揉めてる？」

「いや、揉めてるっていうか、話し合ってるっていうか」

「話し合うって、なにを」

「えっと、葛西さんが、面談で」

そこまで言って、天羽は言葉を切った。それからひとつ息を吸って、「いや、塙さんがあんなことになったわけですから」と続けた。

「ミアが面談でなにか言った？」

明らかに途中で話の方向を変えた天羽に、後藤はたずねた。できるだけ何気ないふうに聞こうと努力したが、その声は自分でもわかるほど強張っていた。「いや！」と天羽が大げさに手を振る。

「そんな大それたあれではないんですけど。でもそう、もしかしたら、当事者的には大きなことかもしれなくて。だからその、もし葛西さんが、そちらでその打ち明け話をしてるなら、俺は邪魔せずじっとしてたほうがいいのかなとか思った次第というか、そんな感じで……」

天羽の声は徐々に小さくなり、ごちゃごちゃとした語尾で終わった。

「塙さんを殺したことを自白した？」

あり得ないと思いつつたずねると、天羽は今度は明らかにほっとした様子で、「いやいや、違いますよ」と答えた。

「葛西さんも、あとあの学生さんも、塙さんのことはなんにも言いませんでした」

「そっか……じゃあ何？」

「いや――……」

天羽はまたひとしきり口ごもった後、観念したように「前の宗教の」とつぶやいた。それで後藤には、うっすらと想像がついた。「ああ……彼女の家族の話？」

「あ、はい。そうです」

「なんだ。それなら俺も知ってるよ。前に聞いた」

「え、そうなんですか？　……そっか、そうですよね。いや、俺的にけっこうびっくりだったんで、勝手になんか、動揺しちゃってました。野々村さんが来ないことも気にする余裕がなかったっていうか」

「まあ、ちょっと想像できない話ではあるよな。両親とお兄さんが、っていうのは」

家族の話を打ち明けてくれたときの、ミアの目に光った涙。そのあまりに澄んだ光を見たとき、後藤はなにか途方もないものに触れたような、畏怖の念すら覚えたのだった。同じ話を聞いた天羽が動揺し、野々村の遅れに気が回らなかったというのは、まあ、理解できなくもない。

「それで、学生くんは何を話したの？」

「……ああ、なんか、ふつうに将来の不安みたいな相談をされました。大学が楽しくないみたいなんですよね。ひととのコミュニケーションが苦手とかで、そんな感じなのに就活とか就職するのもキツイなあ、とか。でも親は安心させたいみたいな。いい子ですよね」

不破の相談については、天羽はなんの躊躇もなくぺらぺらと喋った。その内容を聞いて、後藤は不破に感じていた苦手意識をあらためて強くした。同族嫌悪だ。

「それで、なんて答えた？」

「え、まあふつうのことですよ。すごい悩んでたことも実際やってみたらぜんぜん楽だったみたいなこととってけっこうあるよって。すっごい行きたくない約束とかも行ってみたら楽しかったみたいなこと、わりとありますよね？『案ずるより産むがやすし』って、ちゃんと慣用句も織り交ぜて賢い感じで答えましたよ。あ、でも」

天羽は頭上に射す木漏れ日をちらりと見上げ、「不破さん、自分が善人かどうかちょっとわかんない、みたいなこと言ってましたね」と、気の毒そうにつぶやいた。

ヴィラでは全員がリビングルームに留まっていた。

桃木と増田はサンルーム近くのソファに座り小さな声で何事かを話し合い、ミアはダイニングテーブルにひとり腰掛けて、窓の外の正門あたりを心配そうに見つめている。今出て行ったばかりのふたりが帰ってくるのが、すでに待ちきれない様子だった。

金子はキッチンカウンターの中で、シンクの上に並べたスマホの圏外表示を眺め、ため息をついた。カウンターに座った新堂も、自身のスマホをポケットから取り出し「駄目だね」と首を振る。

「あの、この圏外って」落ち着かない様子でうろうろと歩き回っていた学生の不破が、彼らに近づき言った。「犯人が……ふたりを殺したひとが、電話線を切ったとか、ルーターを壊したとか、そういうことなんじゃ……」

「それは、たぶん違います」

金子は首を横に振った。

「もとから、この島に届いているのは近くの有人島にある基地局からの電波だけなんです。島内にいる人間が破壊工作でどうこうできるものではありません」

「そうですか……」

うつむいた不破に、新堂が「大丈夫？」と声をかけた。紙のように白い顔色で、明らかに大丈夫ではない様子の不破は、それでも「はい」とうなずいた。新堂は「まあ、座んなよ」と、自身の隣のスツールを引いた。その親切な振る舞いが、金子には少し意外だった。

「こうして固まって過ごしていれば問題ないよ。ずっと電話が通じなくたって、明後日には迎えが来るんだから。それに犯人が壊さんだろうが田中さんだろうが、善意ある俺たちには襲われる謂《いわ》れはないからね」

大人として若者を落ち着かせようとするその態度に、金子はまた、へえ、と思った。このひと、なんの得にもならなそうな相手にも、そういう言葉をかけてあげることがあるんだ――。

「……僕は」

よろめくようにスツールに腰かけながら、不破はかすれた声で言う。

「皆さんと違って……善人じゃあ、ないかもしれないです。だから、もしも……もしかしたら……殺されるかもしれない」

「なんで。そんなことないでしょ」

「いえ、だって、僕は……神様を信じていない」

懺悔するように吐き出された不破の言葉に、新堂はリビングルームを振り返った。金子もちらりと視線を上げて、そこに座る三人の様子を確認する。こちらの話が聞こえたような反応はなかった。

「大丈夫、こっちにいる俺らはみんなそうだから」

新堂はカウンターに身を寄せて、声をひそめて言った。「え?」と不破が顔を上げる。金子は「いや、私は」と口ごもりながら、再びリビングルームに座る三人を――ミアの背中を見た。依然なんの反応もない。けれど、ミアのまっすぐに伸ばされた背中、そこに落ちる艶やかな黒い髪が、金子には妙に不気味に感じられた。

「僕、僕は……新堂さんの名前を見つけて、このツアーに参加したんです。昨日も言いましたけど、僕は投資家志望で」

不破は堰を切ったように話し出す。

「新堂さんが関わっているということは、なにか、この団体には投資のチャンスが潜んでいるんじゃないかと思って。あのころ僕は……他の投資系配信者のサロンとかも、いろいろ参加してみたんですけどぴんと来なくて。ぜんぶ新堂さんが昔SNSで発信してた内容の受け売りみたいに感じちゃってて。そこで、投資仲間から新堂さんの新しい活動を聞いて、びっくりしたんです。まさか宗教団体なんて。新堂さんは、まったく新しいことを始めるつもりなんじゃないかと」

「新しくもないよ。俺が始めたわけでもないし。ただ、後藤君たちの活動が面白そうだなと思っただけで」

「でも、あの、昨日、暗号資産がどうとかって……」

不破の目にちらりと光が入った。新堂は幻を振り払うように顔の前で手を振って、

「仲間内に配るトークンを作ろうって計画してただけだよ。運営への貢献度で配布額を決めたりなんかしてさ。最初はBFH内だけで流通させて、価値が高まった段階で交換業者登録とかも目指してみようかってさ。それで販売までできたりしたら、まあ、夢があるよなってことで」

ま、こんなことになったらもう無理だろうけどねと、新堂はなんでもないように言った。それで、不破の目の光がすっと陰った。「そうですよね」と、虚ろな声でつぶやく。

「こんなことになっちゃったら、もう、終わりですよね」

「ああ。言っても俺は、兼業投資家だからさ。本業があって、余裕があるからこういう遊びもできたわけだよ。君も別に、最初から専業目指すことないんじゃない？　こんなのどこでだって言われてるだろうけど、投資はあくまで余剰資金でやるもんなんだから」

不破は言葉もなくうなずいた。

金子はこの学生に対する同情が湧き上がるのを感じた。余剰資金なんてどこを探してもなさそうな、ぱっとしない大学生。今回のクラウドファンディングの寄付金だって、奨学金や学生ローンに手を出して捻出したものかもしれない。

「……不破さんは、どうして投資家になりたいんですか」

金子はたずねた。不破は暗いままの目を上げ、「投資家になりたいっていうか……まあ、そこは正直、早いうちにファイアできるくらいのお金が欲しくて」と小さく笑った。

「僕みたいなのは、他に……道がないので」

「道が?」

「はい。なんの才能もないし、コミュ力もないし。このまま生きていても……勝ち組になれるルートなんて、存在しないなって。僕はそれに、高校生のときに気づいたんです。だから、みんなが音楽だのスポーツだのゲームだのって、楽しいだけの娯楽を追いかけてるときから、投資の勉強を始めて……」

不破は遠い目をして、そう遠い過去でもないはずの高校時代を振り返った。

「うち、家があんまりお金ないっていうのもあって……なんか、まあ、嫌じゃないですか、そういうの。食べていけないほどの貧乏ってわけでもないですけど、でもなんかこう、つねに息苦しい感じじっていうか……。あれ? なんか、すみません。なんの話だったのか……」

「いやいや、わかるよ、そういうの」

新堂が軽くうなずいたのを見て、金子はつい吹き出しそうになった。新堂に、今の話がわかるわけがない。絶対に理解なんてできない。医者の家に生まれ、自らも医師になりながら余剰資金で投資を楽しめるような人間には、永遠に。

私たちは皆、お金がほしかった。

それは決して、毎日豪華な食事をとりたいとか、ブランドものを買いあさりたいとか、一切働かずに遊び歩いて王様のような生活がしたいとか、そんな野望を抱いていたからではなくて――もちろん、そんなことが可能なら、そうすることだってやぶさかではないけれど――結局のところは、ただ安心したかった。背中を預けてすべての心配事を忘れ、目を閉じて静かに休むことのできる大木が欲しかった。それがお金だ。

金子の実家は副都心にある量産型の賃貸アパートで、2LDKの間取りで両親と祖父母、妹との六人家族で暮らしていた。ずっと自分の部屋が欲しかったし、犬を飼いたいと願ったこともあったけれど、お金がないから無理だということは、言われる前からわかっていた。それでも厳しい家計の中からお金を貯め、大学の学費を捻出してくれて、一人暮らしも許してくれた両親には感謝してもしきれない。いつか恩返ししたい、という願いは、呪いにも似た強さで金子の胸に深く根付いた。恩返しというのも、つまりはお金。

演劇サークルに入ったのは大きな間違いだった。高校のとき、芸術鑑賞会でたった一度だけ観た大きな劇団の公演が心に残っていたことを、サークル勧誘の際にうっかり思い出してしまったのだ。学生サークルの規模だって、舞台を作り上げ上演するにはお金も時間もかかる。授業とアルバイトとサークル活動に明け暮れる日々は、充実と疲弊のどちらをより強く感じているのか金子自身にもわからなかった。そのどれをも完璧にこなすことは彼女の気力と体力では難しく、やがてどれもが中途半端になった。

努力が足りない、と言われてしまえばそれまでだ。

サークルには、金子と同じく親からの仕送りには頼らず、奨学金とアルバイトで生活費をまかないながら、学業にもサークル活動にも精を出す仲間が何人もいた。ちえみ先輩もそのひとりだった。

高校を卒業してから自力で学費を貯めたというちえみは金子より四歳年上で、体格は小柄な金子とほとんど変わらないのに、そこから発せられるエネルギーはいつだって桁違いにパワフルだった。複数のアルバイトを掛け持ちし、ゼミの課題にも積極的に取り組みながら、サークルでも主要メンバーのひとりとして活躍する。金子はそんな先輩に憧れを持ちながらも、彼女は自分とは次元の違う存在なのだと壁を感じてもいた。

いつしかサークルからは、ほとんど足が遠のいていた。あるとき、ＳＮＳでのみ繋がりを保っていたサークル仲間のひとりから、北原先輩が始めた投資サロンの話を聞いた。

今だったら、あんなありふれた手口には絶対にひっかからないのに、と思う。

けれど当時はまだ、投資を騙った詐欺の話はそれほど世に出回ってはいなかった。そういった意味では、北原は先見の明を持っていたと言えるのかもしれない。そのときの金子は始まったばかりの就活に早々に疲弊して、精神的にも体力的にも余裕がなかった。

エントリーシートになけなしの自己アピールを書き連ねること、模擬面接で上辺だけ取り繕った受け答えの精度を上げていくこと――そういった就活の入り口そのものが嫌だったわけじゃない。ただ、今後も続く努力と苦労の先に目指すゴールが、週五日八時間労働が無限に繰り返される日々だという事実に、途方に暮れていた。お金を稼ぐにはそうしなければならないということはわかっている。ちえみのようなバイタリティ溢れる人間であれば、そんな仕事を情熱を持ってこなしたうえで、余暇には趣味や勉強や新たなコミュニティの形成に力を注ぎ、さらに充実した未来を切り開いていくことができるのだろう。けれど、自分はそういう人間ではないということを、金子はすでに実感していた。自分にはそんなエネルギーはない。日々の支払いや奨学金の返済に追い立てられるように働きながら、心身をすり減らしてただ疲れていくだけの未来が見える。

「お金を増やす手段を狭めているのは、結局自分自身なんだよね」

久しぶりに会った北原は、張り付いたような笑顔でそう言った。

「投資で稼ぐっていうのは、別に特別なことじゃない。確かな情報を共有し合える人脈と、チャンスをつかむ嗅覚さえ持っていれば、誰でもできることなんだよ。その事実に気づいているひとは少ないし、実際に行動に移せるひとはもっと少ないけど」

勧誘に際して、北原はよくビットコインの話をした。

二〇〇九年に初めて登場したときのビットコインはその通貨としての価値が認められず０円だった。数ヶ月後に初めてついた価格が０・０７円。それが十数年で、およそ三千万倍もの値段になった。一万円が三千億円に。

うまい投資話が全て詐欺なら、誰だってそんなものに引っかかったりはしない。けれど、世の中には信じられないようなサクセスストーリーが確かに存在してしまう。

「結局さ、何を信じるかは自分次第だよ。信じて、決断したものの連続で、人生が決まっていくんだ」

北原のそんな言葉が響いたわけではなかったし、彼の話を心から信じたわけでもなかった。けれど、すべてが嘘だと笑い飛ばすことも、金子にはできなかった。アルバイト代から投資を始めるのみならず、北原のサロンを手伝い始めるまでそう時間はかからなかった。金子が任されたのは主にチャットアプリでのサクラ要員で、北原や後藤が勧誘してきた新規会員を招いたグループチャットで、「自分が北原のもとでどれほど儲けたのか」を、複数のアカウントから投稿する役割だった。それはサークルの定期公演で、街娘Aという名前のない役を与えられ、アドリブで舞台を盛り上げたときの感覚とよく似ていて、詐欺に加担しているという自覚はまるでなかった。

その活動を、少し変わったアルバイトの話をするような気持ちで、友人のひとりに何気なく打ち明けたことがある。友人はすぐに眉をひそめて、心配そうに言った。

「それって大丈夫なやつなの？　ぜったい怪しいって。辞めたほうがいいよ」

いつも綺麗な服を着て、おしゃれなカフェでお茶をして、アイドルのコンサートに行くためだけにアルバイトをしている同級生だった。彼女は間違いなく金子より賢かった。金子よりも余裕があったので。

「ねえ……千香ちゃん。そんなうまい話なんて、あり得ないに決まってるよ」

金子からすれば、友人はまさにそんな「あり得ないほどうまい話」を生まれながらに叶えている人間だった。都内に裕福な実家があり、親子仲もよい。高校時代には留学も経験し、あらゆる文化に惜しみなく触れて育ち、心身ともに健康。そんな彼女に「上手い話はない」と言われたところで、湧いてくるのは反発と冷笑しかなかった。

「千香ちゃん、社会に出てふつうに働くのって、そんな悪いことばかりじゃないと思うよ。危ないこと辞めて、ふつうに就活しようよ。ふつうが一番幸せなんだから」

わからない。

正しくて幸福なあなたたちには決してわからない。

私たちが、どんな気持ちで、なにを信じたかったかなんて。

「大丈夫ですよ」

うつむいた不破に、金子は言った。

「安心できる未来が……なにひとつ不安のない未来が、きっと来ます」

ＢＦＨを信じる者と同じ言葉を、金子は知らず口にしていた。


死体の首は、どこを捜しても見つからなかった。

その切断に使われたとみられる斧も、どこからも発見されない。海か湖に捨てたのではないか、と天羽は言った。

確かにそうかもしれないと思い、後藤は捜すのをあきらめて、首のない死体に向き直った。組まれた両手を避けて、オレンジ色のウィンドパーカーの裾をめくる。

もしも傷跡がなかったら……ということを、一瞬だけ考えた。これが塙の死体ではなかったら。自分が生み出した架空の人物、田中の死体が、実体を持って現れたのだとしたら――。

そんなことはもちろんあり得なかった。変色しつつある死体の腰には、茶色に沈着した長短複数の古傷がはっきりと残っていた。新堂が説明した通りの、腹腔鏡を使った生体腎移植の痕だ。

「塙さんですね」

ああ、と後藤はうなずきながら、塙は本当に自分の腎臓を甥に差し出したのだな、とあらためて思った。後藤は注射が大の苦手で、献血にすら行ったことがない。回復可能な血と二度と戻らない臓器とでは、そもそも比べ物にもならないだろう。二つしかない腎臓をひとに分け与えるなんて。

「日本だと、生きている人間の腎臓を移植するには血縁者とか配偶者とかに限られるって法律で決められてるらしいんですけど。なんかアメリカとか海外だと、他人が匿名で、無料で腎臓をくれたりするのもぜんぜんアリらしいですよ。ボランティア・ドナーとかいって。他人にただであげちゃうひとがいるってことですよね、腎臓。すごいなあ」

天羽は死体の周りをぶらぶらと歩きながら言った。「へえ」と答えながら、後藤はそのある種、驚異的ともいえる善意について考える。人間の脳に宿る、生物としての本能的な利害や損得の感情すら超越した、神秘的ともいえる善意について。

「こっちもやっぱりがっつり埃が積もってます」

祭壇の左手に位置する、裏口にもつながる控室の扉の前で、天羽が言う。

先ほど首を捜す際、後藤も自らの目で確かめた。今朝彼らが荒らした身廊を除いて、祭壇の周りには埃が厚く積もっていた。正面の扉は施錠されていなかったとはいえ、死体を発見する直前に見たときには、ぼろぼろの古いクモの巣が垂れ下がっていたのを覚えている。塙と犯人は、いったいどうやって礼拝堂内に侵入したのか。

「あのステンドグラスの窓がぱかっと開くようになってて、そこからこう、ロープなんかを渡して、すーっと滑り込んだ、とかですかね」

天羽は自分の発言の実現可能性について、まったく興味がなさそうな口ぶりで言った。

「出よう」後藤は深く息を吐いた。「もう調べられることもなさそうだ」

最後にもう一度だけ死体を振り返った。供えられた花はもう、花びらが透けるように生気を失い萎れていた。

それでも、残された腐肉を栄養にして、こぼれ落ちた種からいつか芽が出るかもしれない。やがて白骨化した身体には、絡みつくように花が咲き、朽ち果てた礼拝堂とともにこの島の自然に調和する。

塙はこの島の一部となり永遠に生き続ける。

そんな画が一瞬で脳裏に浮かび、後藤は自らの想像したその風景に、胸を打たれた。首のない死体を綺麗だと言った桃木の言葉が、不意に理解できた気がした。


「おかえりなさい」

ミアの微笑みを見て、後藤は胸の内に膨らんでいたあらゆる戸惑いを一瞬忘れた。

ついでに彼女との関係を信者たちに隠していることも忘れかけ、その細い肩を衝動のまま抱きしめようとしたが、ミアの「どうでしたか？」の言葉に踏みとどまった。

「ええ……塙さんでした。死体の腰には、手術の傷跡が」

「まあ」

ミアは両手を口に当て、大きな目を見開いた。

「では……犯人は、やはり田中さんだったのですね。ごめんなさい、私、首のすり替えだなんて、混乱させるようなことを言ってしまって……」

「いえ、そんなことは」

「田中さんが、塙さんと野々村さんを殺した……お二人に善意が欠けているものと思い、それを嘆いて……」

沈痛な表情を浮かべ目を伏せたミアを、後藤は今度は抱きしめたいとは思わなかった。ただ、伝えたいと思った。違うんだ、ミア。田中は存在しない。二人を殺した人間は、このヴィラの中にいる。

しかし、先ほどヴィラの門をくぐる前に天羽と共に確かめた、石塀の周囲の様子を思い出して、戸惑いがまた膨らんだ。野々村殺害の際、犯人がヴィラから抜け出した方法を探した。しかし、塀の周辺には足跡やその他、塀を乗り越えるために必要な脚立等の跡も、なにも残されてはいなかった。

「崖側の窓から降りれば、どうにかなるかもしれないですけど」

夕日の落ち始めた海を眺めて、天羽は言った。ヴィラの裏手一辺は塀がなく、窓の下が直接崖に繋がっている。

「窓からロープとか垂らして……どうですかね」

「危なすぎるだろ。一歩間違えれば自分が落ちて助からない」

崖から波の打ち付ける海面までは三、四階建ての建物に相当する高さがあった。真下には岩礁が広がり、ごつごつとした尖った岩が波に洗われているのが遠く見下ろせる。

結局、なにひとつ収穫のないままヴィラに戻ることになった。殺されたのは塙であったという、後藤たちには当然わかっていたことを改めて確認しただけの捜索だった。

「でも、それなら私たちは安心ですね」

リビングのソファに腰掛けていた桃木が立ち上がって言った。

「私たちは皆、善意溢れる思い出した側の人間だし、死んだ人を悪く言ったりもしていないし。あの、私と増田さんは、天羽先生との面談がまだなんです。大変なことになってしまったのはわかりますが、どうか、ツアーの行程を再開していただけないでしょうか？」

「え……ええ」

あくまで明るい声で言う桃木に、後藤はどこか空恐ろしいものを感じつつ、うなずいた。正常性バイアス。二人目の被害者が出てなおそれが働いているのか、あるいは桃木にとって、教祖との面談の優先順位は野々村の死よりも上にあるのか。

「……そうですね。では夕食後に、時間を設けましょう」

「ありがとうございます」

桃木は心からうれしそうに両手を合わせた。そして対面に座った増田を振り返ると、「よかったね、増田さん。友哉くんのことも相談できるわ」と華やいだ声を上げた。

「では、夕食の準備を行いましょう。――当初の予定通り、皆さんで」

皆がばらばらとキッチンに立った。とはいえ、今夜のメニューは取り寄せをした冷凍のポークソテーがメインディッシュとして決まっていた。天羽が中心となり副菜のサラダをちぎったり、パンを温めたりする中、グルテンフリーにこだわる桃木は持参したオートミールを取りに部屋に上がった。新堂もまた、私物のジンのボトルをキッチンの片隅でこっそりとグラスに注いでいた。

「後藤くん」

料理が揃いかけたとき、金子が小さな声で後藤を呼んだ。エントランスの方へと移動し、周囲にひとがいないことを充分に確かめた後で、口を開く。

「学生の不破くんが言ったの。神様を信じてないって」

後藤もキッチンの様子を一度振り返り、「ああ」とうなずいた。

「それっぽいこと天羽から聞いた。自分が善人かどうかもわからないって」

「彼はこっち側ってことだよ。信じてない側。そうしたらもう信じている側の人間は、三人だけってことになる」

金子は後藤の肩越しに、キッチンの方を鋭くにらんだ。そして、「あんな小柄な増田さんに、首なんて切り落とせるかな」とつぶやいた。

「それは……わからないだろ。道具さえあればどうとでもなるって新堂さんも言ってたし。油断した相手に不意打ちを食らわせたんだったら、体格差なんて関係ない」

「桃木さん、あのひとが犯人だったとしたら、自分でそう言いそうじゃない？　善意を理由にした犯行を、自分で誇りに思いそうだもん。田中さんを見かけたなんて嘘までついて隠そうとするの、あのひとらしくないっていうか」

「会ったばかりの俺らにあのひとらしいとか、らしくないとか、わかんないだろ。そういう風に見せているだけかもしれない」

話しているうちに、後藤の中に苛立ちが湧いた。「金子がミアのこと苦手に思ってるのは知ってるけど」と、自ら話の核心に踏み込む。

「苦手じゃないよ。いい子だなって思ってた。でも、今、なんか……こうやって消去法で考えちゃったときに……」

「不確定な情報しかない状況で、消去法なんて意味ないよ。神を信じていないっていうのも、嘘かもしれないだろ。あの学生くんの」

「……私には、そうは思えなかった。あの子はたぶん、私たちと同じ……」

金子は強張った表情で、瞳だけをぐるりと後藤に向け、「ねえ」と続けた。

「後藤くんは、信じてないよね？　神様」

後藤は一瞬言葉に詰まり、しかし真っすぐに金子を見つめ、「信じてない」と答えた。金子はひとつ息を吸い、「そうだよね」と吐き出した。

「とにかく、やみくもに疑う対象を限定するのはよくない。特定の誰かを疑うってことは、他の人間を無意識に信じてしまうことになる。ひとまず今は善い人間のふりをしながら、全員で過ごすんだ」

「……わかった」

渋々ながらもうなずいて、金子は皆のもとへと戻った。後藤もそれに続く。リビングルームのテーブルには、すでに食卓のセッティングが出来上がっていた。昨日からお決まりになった定位置の椅子に、それぞれが腰をおろす。空席は二つに増えた。

「よかったら席を替わりましょうか？　どうやらお二人、すっかり仲良しのようだから」

新堂が隣に座る増田に声をかけた。増田はちらりと微笑み、「ありがとうございます。では……」と席を立った。新堂と入れ替わり、桃木の隣に移る。

「正直、最初はこんなに仲良くなれるなんて思ってなかったわ」

桃木が言った。

「だから今、とっても嬉しいです。タイプの違うお友達が欲しいなって、ずっと思っていたの。善意の溢れる、信頼できる優しいお友達が」

天羽の挨拶で食事は始まった。

最初に短く、皆で野々村への祈りを捧げた。

いつの間にか外には闇が満ち、ぴたりと閉じられた窓ガラスには皆が座る長テーブルがくっきりと映し出されていた。温かで、穏やかな食卓に見える。しかし視線を戻し、目の前の現実に目を向けると、学生の不破は依然青ざめた顔をして、金子はテーブルの上に載せた通じないスマホを睨み続けている。正常性バイアスの外れてしまったふたり――いっぽう天羽は正常そのものの呑気な顔で、前菜のサラダを飛ばしてメインの肉に口を付けている。桃木と増田はカフェに来た友人同士のように、新堂は常連の店にでもいるように気楽な様子で、各々食事を始めていた。

ミアは――ミアはフォークを手にしたまま、水のグラスに落ちるライトの光をぼんやりと瞳に映していた。

「葛西さん、大丈夫ですか?」

後藤が声をかけると、ミアははっと顔を上げ、「はい」とぎこちなく微笑んだ。

「本当ですか? どこか、体調でもすぐれないのでは……」

「いえ、すみません、大丈夫です。ちょっとまた、いろいろと考えてしまって」

「いろいろと言うのは……」

「ええ、野々村さんのことを」

ミアは細い顎をかすかに上げ、天井のライトを今度はその瞳に直接映した。

「塙さんの首が切り落とされた理由は、死体のすり替えではありませんでした。野々村さんが推理されていた通り、その理由が善意の宿らなかった脳を切り離すことだったとしたら、なぜ、野々村さんの首は無くなっていないのでしょうか？　塙さんの首を落として、野々村さんの首を落とさなかった理由、それが気になってしまって……」

「確かに」と、肉を飲み込んだ天羽が答えた。

「しかし、野々村さんの首の後ろには包丁が突き刺さっていました。あれでよしとされたのかもしれません」

「はあ……なるほど」

ミアが曖昧にうなずいたそのとき、なんの前触れもなく、増田が激しくせき込んだ。話を中断し、皆がそちらを見た。「ああ」と新堂が声を上げた。

「増田さん、すみません。それは私のグラスです。ジンを入れていた……失礼、そちらに置いたままでしたね」

新堂は苦笑まじりに腕を伸ばし、増田の手の中にあるグラスを取ろうとした。しかし新堂が触れる直前で、グラスはするりと落下し床に落ちた。

「増田さん――？」

肩で息をし始めた増田の背中に、桃木が手を添える。ぱっと顔を上げた増田の顔は、異様なほどに赤かった。すでに酔いが回ったように――あるいは、まるで誰かに首でも絞められているように。

「増田さん、大丈夫？」

桃木が高い声を上げた。皆が彼女の異変に注視した。その数秒の間に、増田の顔色は赤から青に変化していった。アルコールによる反応にしては、様子がおかしい。そう察した後藤が立ち上がる間にも、増田はがくんと身体を折り曲げ、胸をかきむしりだした。のたうつように息をしながら、やがてその全身が、がたがたと痙攣し始める。

「増田さん！」

電流でも走ったように、増田の上体がびくんと跳ね上がった。

カッと見開かれた目が、後藤を見た。

食いしばった歯の隙間から、どす黒い血の泡がにじみ出している。

あまりにも急激なその変化に、理解が追い付かなかった。ただその苦悶の表情を眺めながら、後藤は一歩、二歩と後ずさった。なにかを考えるよりも先に、生理的な恐怖を感じていた。増田の顔色は今やまだらに変化し、紫色の斑点が現れ始めている。昔サークルの先輩に見せられた、ホラームービーの中の怪物のように——。

「誰か、水を！」

ミアが声を張り上げた。その言葉を合図にしたように、増田は床に崩れ落ちた。桃木が彼女の名前を呼びながら、身体に縋りつく。

「増田さん！　ねえ、嘘でしょ？」

後藤はふらふらとテーブルを回り込み、立ち尽くす新堂の背中越しに、床に倒れた増田を見た。

今や青黒く染まった皮膚に、斑点が散っている。弛緩した表情に、唇の周りにこびりついた血。薄く開いた瞼からは、充血してほとんど赤くなった白目が覗いていた。

「シアン化合物……」

誰かがつぶやくのが聞こえた。見ると、学生の不破が呆然とした表情で、ぶつぶつと言葉をもらしている。

「これは……酸素が。間違いない、きっと……」

「死んでるわ」

増田の背を揺すっていた桃木が、呆然と顔を上げて言った。涙にぬれた頬で、立ちすくむ皆を順番に見つめる。

「どうして？」

7　二日目　夜

「絶対におかしい。あり得ない。間違ってる」

これまでになく取り乱した様子で、桃木は言った。

「だって、増田さんは間違いなく善いひとなのに！」

床に伏した増田の前で、桃木は金切り声を上げる。

なぜ増田が？　常に控えめで目立つような言動もなかった。後藤の脳裏にも、同じ疑問が浮かんでいた。善意を尊ぶ人間に殺されなければならないような落ち度など、彼女には見つけられないように思われた。

「毒は何に？」

震える唇を開き、誰にともなくミアがたずねた。

「他のひとは、なんともありませんよね？　毒は、いったい何に入れられて……」

そこで、他の皆と同じくただ呆然と立ちすくんでいた新堂が、はっと息を呑んだ。

「俺だ」

「え？」

「俺の酒……これは、俺だ。俺を狙ったんだ！」

新堂はぐらりとよろめき、テーブルに手を付いた。足にぶつかった椅子が派手な音を立てて倒れる。その残響が去った後、「なによそれ」と桃木が低い声を出した。

「そんな……人違いということ？　増田さんは、間違って殺されたの？　そんなのひどすぎる。

彼女は本当に優しい、素晴らしいお母さんだったのに。それに……どうして花が無いの？」

桃木はいっそう声を張り上げた。

「塙さんにも野々村さんにもたくさんの花があったんでしょう？　なんで増田さんにはそれがないの？　ひどい！　こんなのおかしいわ」

増田が殺されたことと同じ温度で、死体に添えられた花がないことに桃木は憤っていた。桃木とは対照的な平坦な声で、天羽が「本当にお酒に毒が？」と首を傾げる。

「それしか考えられない」

新堂が吐き捨てるように言った。

「異変があったとき、彼女は俺のグラスを持っていた。間違いない、俺を狙ったんだ。俺が殺されるところだった！」

取り乱す新堂に、「落ち着いてください」とミアが声をかける。

「新堂さんが殺されなければならない理由だって、あるはずがないです。だって……新堂さんはひとを助ける、お医者様なんですから」

「どうかな」新堂は引きつった笑いを浮かべた。

「どうせ俺は出来損ないだし、長男のくせに医院も継げない落ちこぼれだよ。ひとを助けたいと思ったことなんて一度もないね。人間の脳に宿った善意なんて、俺は――」

そこで新堂は自らに集まる視線に気づき、「いや」と言葉を切った。なにかを振り払うように頭を振り、

「――理由なんて、どうとでも作れる。金を持ってるってだけで逆恨みしてくるやつだっている。

田中はそんな手合いなんだろ。金を稼ぐことが汚いっていう、くだらない価値観の――」

「いつ毒は入れられたのでしょうか？」

新堂のぼやきには触れずに、天羽が再び疑問を口にした。

「食事の準備中は誰かしらテーブルの近くにいました。外にいる人間が、こっそり侵入してグラスに近づくことは無理だったと思います」

「お酒のボトルに直接入れたのかもしれません」ミアが答える。「新堂さん、ボトルはどこに？」

「そこだ。キッチンのカウンターに置いてある」

皆がいっせいに振り返り、カウンターの上に鎮座する透明なジンのボトルを見た。

「昨日も一杯、飲んだんだ。そのときは別に、なにも……」

新堂は自分の喉に手をやり、床の上の増田をちらりと見た。

「昨夜からカウンターに置きっぱなしだった。だから……今朝全員でヴィラを離れたときかもしれない。そのときに、田中が侵入して」

「ということは、野々村さんが殺される前には、すでに……」

ミアの言葉に、新堂は低い唸り声を上げた。

「――シアン化合物、とおっしゃいましたか？」

後藤は不破の方を見てたずねた。不破は椅子から腰を上げる途中の微妙な角度で凍り付いたまま、増田が座っていた空席を凝視し続けていた。

「不破さん？」後藤は重ねて声をかける。

「え、あ、ああ……はい」

「先ほど言っていたシアン化合物というのは、毒の種類ですよね？　なぜそれがわかったんですか？」

「え、いや……たぶん、そうかなって」

「たぶんって……ふつうそんなのわかりませんよ」

「あの……酸素が、血液に、取り込めなくなるんです。薬物による窒息が起きて、だから、その、様子を見て、そうかなと……」

全員が不破を見た。少しの沈黙の後、「君か？」と新堂が言った。「君が、俺の酒に入れたのか？　シアン化合物を」

「え？　いや、違います！」

「なんでそんなこと知ってるんだよ。おかしいだろ。君は薬学部かなにかなのか？」

「いえ、違いますけど……でも、本当にただ、興味があって知ってただけで」

「毒に興味がある？　へえ、善人らしからぬ趣味だな。さっきは金にしか興味がないようなことを言っていたのに」

新堂が嘲るように言うと、不破は「本当に違うんです！」と声を上げた。ミアが再び「落ち着いてください」とふたりをなだめる。

「私たちが疑い合うなんて間違っています。犯人は……先ほどお話しした通り、田中さんです。残念ながら彼は、私たちが思っていた以上に危険な人物のようです。善意への高い理想が暴走して、こんな恐ろしいことを」

「許せない」

ミアの言葉に被せるように、桃木が言った。

「田中さんを捕まえましょう。こんなひどいことして、こそこそ外をうろついてるなんて卑怯だわ。捕まえて——そうだ、そのお酒を飲んでもらいましょうよ」

桃木の目がカウンターの上のジンを睨んだ。思いついたように報復を口にする桃木が、どこまで本気なのかはわからない。後藤はとりあえず、「こんな暗い中、外に出るのは危険です」と彼女を制した。本当に危険なのは、外に注意を向けたまま分散することだと瞬間的に思った。「田中」という想像上の犯人の陰に隠れて、内側に潜んだ真の殺人者が再び行動を起こさないとも限らない。新堂が言った通り、犯人が「金を稼ぐこと」を卑しいと捉えて彼を狙ったのだとしたら、自分だって危ういのではないか？　この島に来てから、新堂と暗号資産の話をちらりとしてしまったことを覚えている。あれは誰に聞かれていた？

「とりあえず全員で、朝まで固まって過ごしましょう」

天羽が言った。「念のため、食事には手を付けずに」と付け加える。

「備蓄用の飲料水は多めに搬入しています。新品のペットボトルなら、何かを入れたような跡があれば気づくはずです。それと確か、缶詰もいくつかありました。長くとも明後日までの辛抱です。少なくとも、餓死するようなことにはならないでしょう」

餓死、という言葉に陰鬱な空気が流れたものの、誰も反対の声を上げはしなかった。犯人が誰であろうと皆で過ごしたほうが安全なのは確かだし、今はなにも口にする気になれないという気持ちは全員が共通していた。

訪れた沈黙に、「ご遺体をどうしましょうか」とミアが控えめに問いかける。ふとその隣を見ると、金子は遺体と反対方向の壁を睨んできつく目を閉じていた。後藤もできることなら見たものを忘れたかったが、死に際の斑な顔色をした増田と目が合ってしまったインパクトは、到底脳裏から消し去れるものではない。

「ひとまず……そこの、サンルームに運びましょうか。今の季節なら、夜は窓辺の方が涼しい。外に出してしまっては、野生動物に荒らされるかもしれません」

自分でそう話しながら、荒らされる、という言葉を鮮明に想像してしまって、後藤はまた少し気分が悪くなった。

新堂と天羽と協力して、増田を運んだ。サンルームにその死体を横たえると、三人はリビングルームとの境の掃き出し窓をきっちり閉めた。明日、日が昇れば窓辺の気温はかなり上昇するだろう。長くは置いておけないだろうが、ひとまず凄惨な死体と物理的な隔たりを持つことができて、後藤はほっと息を吐いた。疲れのためか、天羽もふらふらとした足取りでリビングルームのソファに深く沈みこむ。

そこで、増田が運ばれる様子をじっと黙したまま見つめていた桃木が「私、自分の部屋に戻ります」と言った。「え？」と皆が彼女を振り返った。

「あの……桃木さん、先ほどお話しした通り、ここは全員で一カ所に留まっていたほうが」

気遣うようなトーンでそう話すミアに、桃木は「いいえ」とはっきり首を横に振った。

「嫌です。私、もう皆さんとは一緒に居たくありません。だって皆、ひどいじゃないですか。誰も増田さんの死を、ちゃんと悼んでくれる気がないみたい。毒の話とか、自分たちの安全の話ばかりし……私、皆でお花を集めに行きましょうって、誰かがそう言ってくれると思ってたのに」

「いや」

そんな場合じゃ、と新堂が口にしかけたが、桃木の巨大な目で睨まれると視線を逸らし、うんざりしたような表情で口を閉じた。

「桃木さん、すみません」天羽がソファから立ち上がる。

「増田さんが亡くなったことについて、桃木さんの気持ちを汲めていませんでした。どうか許してください。彼女の死を悼む気持ちは、もちろん皆さんの中にあります。増田さんは本当にお優しい、善意に溢れた素晴らしい方でしたから。ただ、皆動揺して、どうしても目の前のことに必死になってしまって……外ももう暗いですし、今は皆で心からの祈りを捧げて、明日の日の出を待ちましょう」

天羽は慈愛を込めた声で説得にかかった。しかし桃木はひとつ洟をすすった後、「いえ」と小さな声でつぶやいた。

「ごめんなさい、天羽先生。私、わかっているんです。自分がわがままを言っているっていうのは」

桃木は深くため息をつき、震える息を整えるように胸に手を当てる。

「でも、やっぱり……今はひとりになりたい。私、ダメなんです。こういう気持ちになっちゃうと、もう、しばらくはちゃんとできないの。ひとりになって落ち着かないと、どうしてもリセットできないから……」

話しながら、桃木はもうリビングルームを出て玄関ホールへと足を向けていた。「桃木さん」とミアが再び呼びかけたが、桃木は一度も振り返らずに階段の方へ去っていった。

「いい歳をして、十代みたいな拗ね方だな」

新堂がため息交じりに洩らす。

「どうする？　彼女をひとりにして、危険があるかどうか……」

「大丈夫ではないでしょうか」天羽が答えた。「他の皆がここに留まっていれば――ええと、そう、田中さんも、私たちがここで気を付けていれば、玄関ホールを抜けて二階に行くことはできないでしょうし」

「ああ……まあ、そうだね」

新堂はキッチンのカウンターテーブルにもたれかかり、疲れたように首を振った。後藤はひとつ咳ばらいをして、やや呆然となった皆の注意を引く。

「では、残った皆さんで夜明けを待ちましょう」


いつの間にか雨が降り始めたらしい。

音でそう気が付いた天羽は足を止め、掃き出し窓の向こうの暗闇に目を凝らした。視力２・０の目をもってしても、屋内の灯りにぼやけた闇の中に、雨の軌跡は捉えられなかった。それでも天羽の脳裏には、島に降り注ぐ大粒の雨が、屋外キッチンに放置されたままの野々村の死体を激しく洗うさまがはっきりと想像できる気がした。誰も野々村の死体をヴィラに運ぼうとは言い出さなかったな、と今さらながら思う。

気の毒に、とひとつ息をついたところで、リビングルームのソファの角で身を縮ませながらこちらを見ている不破に気が付いた。

「不破さん、大丈夫ですか？」

天羽は両手に持っていた水のボトルのうちひとつを不破に差し出しながら、自分も彼の隣に腰掛けた。かすかに身じろいだ不破の反応から、彼がそれを快く思っていないことがわかった。元気づけるつもりだったのに、警戒されているらしい。教祖だからというだけで自分を手放しに信じてくれるのは、今やミアと、二階に引っ込んでしまった桃木だけになってしまった。

「恐ろしいですね、毒って」

頭に浮かぶまま、天羽は話を振った。

「あんなふうに、苦しそうに亡くなるなんて……薬物で、窒息？　と言っていましたっけ」

不破は天羽と目を合わせないまま、それでも「はい」と小さくうなずいて答えた。

「私は昔、大学で演劇サークルにいたとき、毒で死ぬ役を演じたことがあるんです。でもまったく、毒っていうのがあんな感じだなんて知らなかったな。ロミオとジュリエットって、ご存じですか？　敵対する家に生まれたロミオとジュリエットが愛の逃避行を企てて、失敗する話です」

「はあ……」

「ジュリエットは神父様から貰った仮死状態になる薬を使って、死んだふりをするんです。そして霊廟でロミオと落ち合うはずが、神父様の計画がロミオには伝わっていなかったんですね。死んだように眠るジュリエットを見て、彼女が本当に死んでしまったものと勘違いしたロミオは、自ら毒を飲んで死ぬ」

一年生にしてロミオの役を与えられた天羽は、しかし度重なる練習への遅刻により、ジュリエット役のちえみの判断で役を下ろされることとなった。そんなことは今あえて口にするまでもないと思い、「眠るように死ぬ、という演技プランでした」と話を続ける。

「あれは、なんの毒という設定でシェイクスピアは書いたんだろう……でも、眠るように死ねるなんて便利な毒は、きっとあまり現実的ではないのでしょうね」

「はあ……」

「増田さんが飲んだのは――シアン化合物、でしたっけ？」

「はい。あの……青酸カリ、なんかが、有名だったりもします」

不破は自らの手元に視線を落としたまま、深く思い悩むような顔でつぶやいた。

「ああ、なんだかそれは聞いたことがあるような気がします。ドラマとか漫画とかにもよく出てくるやつですよね。毒殺といえば青酸カリ、みたいな」

「それが……実際には、そうでもないんです」

不破はそこでようやく天羽の方を向いて、語気を強めた。

「昔から、シアン化合物は殺人にはそれほど向いていないとされていました。死体を見れば、一発で毒殺だとわかってしまうからです。青酸カリはむしろ、自殺に多く使われていた。他人を殺そうとするのなら、もっと病死や自然死に見せかけられるような毒がたくさんある……なんていうか、犯人は……捕まることを、恐れていない感じがする」

「ああ、それは、確かにそうですね」

もはや毒の種類など無関係に、容疑者の限られる閉鎖空間で三人も殺してしまっては、必ずどこかで足が付く。

「捕まってもいいと思っているのかな？　それとも……ここで起こったことすべて、警察にばれないと思っている、とか？」

実際、三人が死んだことはまだ島外には漏れていないわけだ。皆で結託して、組織ぐるみの隠ぺいを続ければ、永遠に隠し通すことだって不可能じゃない——と、犯人は考えているのかもしれない。

「僕は殺される気がします」

「え？　いや、そんな」

「新堂さんが狙われるなら、僕だって狙われる。僕は……神様を信じていないと、皆さんに打ち明けてしまいました。それが田中さんにも漏れたら……」

「大丈夫ですよ。今はまだ神の存在を思い出せていなかったとしても、不破さんはいいひとです。輝かしい未来のある素晴らしい若者です」

「本当にそう思いますか？」

もちろんです、と即答すべきところなのは明らかだった。

しかし不破の、諦念と渇望がない交ぜになったような強い視線に刺され、天羽は一拍にも満たないような短い時間、意図せず沈黙した。本当だろうか？　本当に彼に——自分たちに、輝かしい未来はあるのだろうか？

一瞬のうちに浮かんだ疑問を打ち消して、「もちろんです」と天羽は笑った。

金子は目薬を注し、強く目頭を押さえた。このところ持病のドライアイと眼精疲労が悪化している。ＢＦＨの動画編集や運営に関わる事務作業に忙殺されていたせいだ。忌々しく思いながらも、もうそんな地に足の付かない仕事とはおさらばなのだと思うと、一抹のさみしさを感じてもいた。「終わったな」という後藤の言葉が頭の中で繰り返される。私たちは、終わった。

「大丈夫？　それ」

すっかり定位置になったキッチンカウンターのスツールの上で、新堂が薄笑いを浮かべながら金子の目薬を指さした。「毒なんか入ってない？」と。

「やめてください」

金子は充血した目で新堂を睨んだ。先ほど見た増田の変色した皮膚や、血走った瞳の恐ろしい形相を思い出し、手の中の薬をぎゅっと握りしめる。この薬はずっとポーチの中に入れて肌身離さず持ち運んでいた。誰も毒など入れられるはずがない。

「本気で心配しているんだよ」新堂は自嘲気味に肩をすくめた。

「毒を盛られかけた俺が心配するのは当然だろ」

そう話しながら水のボトルを酒のようにあおる新堂の手が、微かに震えていた。キャップを開ける前に、過剰ともいえる神経質さでボトルの状態を確かめていた彼の様子を金子は見ていた。注射器なんかが使われる可能性を考慮すれば、どんなに小さな針の穴ひとつだって見落とせない。

「俺はまた、狙われるかもしれない」

自らに言い聞かせるように、強張った表情で新堂は言った。

「でも俺は、死ぬ気はないよ。こんなわけのわからないところで」

「でも……、どうして新堂さんが狙われたんですかね」

「俺がクソ人間だからだろ」

新堂は即答した。ミアとは違い、そのことについて金子に異論はなかった。新堂はクソ人間だ。北原主催の講演会で、裏で学生やアルバイトに威張り散らしているのを見たときからそう知っている。

「だけど、どうしてそれが犯人にばれたんですか？」

新堂は鼻から息をもらして、「さあ」と首を振った。

「あの学生君は俺の名前を知っていた。しばらく前のコンサル以降は追えてなかったらしいけど……他にもっと詳しく知っている人間がいてもおかしくない。もしかしたら、北原のサロンで講演会に出てたことも」

声をひそめた新堂に、金子は周囲を見渡して、自らも可能な限り声量を落として答えた。

「でも……そこまで知られているのなら、当然犯人は私たちが北原先輩のサロン出身だということだって知っているはず。それなら犯人は、そもそもＢＦＨを信じたりしなかったと思います。善意のための殺人なんて動機が生まれることもなかった」

「わからないよ。運営は詐欺集団だけど教義は本物だ、と信じる人間がいてもおかしくない。あるいは、教祖だけは本物だ、とかね。信じたいものを好きに取捨選択して譲らない人間は大勢いる。医者の言うことは信じないくせにネット上の自称医学生の話は信じたりとか」

「じゃあ、犯人……えっと、田中さんも、そのタイプ？」

金子は若干の後ろめたさを感じつつ、その名前を口にした。しかし新堂は「田中ね」と低くつぶやくと、「本当に田中はこの島に来ているんだろうか？」と眉根を寄せた。

「え？」

「考えてみたんだ。田中の姿を見たと言っているのは桃木だけ。彼女の話がどこまで信用できるものか、今となっては疑わしい。礼拝堂の死体だって塙のものだった。田中がいることをはっきりと示す証拠はなにもない。……あちらの葛西さんは、すべて田中の仕業だと信じ切っているようだけど」

新堂は首をひねり、リビングルームのテーブルに座って後藤となにごとかを話しているミアを見た。

「……新堂さん」

金子は迷った。新堂にならば、話してもいいかもしれない。田中が運営のくだらない見栄のために作られた存在だと知れたところで、新堂は失望もしなければ怒り出したりもしないはず。嘲笑され軽蔑されたところで、今さら困ることもない。「実は」、と切り出そうとしたとき、新堂が先に口を開けた。「もしも田中がいないなら」、と。

「明らかに疑わしい人間がいる」

「え？」

「天羽くんだよ。野々村氏殺害時のアリバイがない」

そうだ、と金子は思い出す。天羽以外の犯行は不可能だ、ゆえに田中が存在するのだと、野々村の死後にミアが推理を披露していたのだった。

「……でも、ヴィラから誰かこっそり抜け出したんだとしたら、他のひとのアリバイだって」

「どうやって？　あの石塀は二メートル以上ある。裏手は崖になってるし、外に出られたとして、戻るのは難しいんじゃないかな。それに天羽くんなら、俺がクソ野郎だってことはもちろん知っている」

「でも天羽くんは」

人殺しなんてしない。彼はそんな人間じゃない。そう口にしようとして、いや、こんなものはまったく説得力を持たない、なんの根拠も客観性もない主張だ、と気づく。

「天羽くんって、憑依型の芝居をするタイプだよね。俺はサークル時代の彼を知らないけど、昔からそうだった？」

黙り込んだ金子を見据えながら、新堂は続ける。

「教祖様の役を続けるうちに、本気で自分が特別で尊い存在だと信じ込んでしまったんじゃない？　信者たちにちやほやされて、みんなが自分の言葉を鵜呑みにしてありがたがってくれる環境に置かれてさ。ほら、スタンフォード監獄実験くらい君らも知ってるだろ？　ひとは簡単に肩書や役割にのめり込むって」

「……あの実験は、研究者が自分の望む結果になるように看守役に働きかけていた疑いがあるって、後に反論が出てます。それに天羽くんは、別に憑依型でもないです。後藤くんや私が細かく口出しして、配信カメラの前でだけなんとか取り繕って……」

でも――、と金子はこの二日間を振り返る。

島に来てからの天羽くんは、確かにとてもうまくやっている。すぐにでもボロを出すんじゃないかと心配していたので、正直意外だった――。

「そんなふうに考えているのは君と後藤くんだけかもよ？　天羽くんはもう彼なりの教義を持っているのに、君らが的外れな指示を出してくることにうんざりしているかも」

「そんなこと」

「他人が何を考えているかなんてわかるわけがないんだからさ、君らだって安心はしないほうがいいと思うけどな。信じている後輩に実は死ぬほど恨まれている可能性がないと言い切れるか？　運営方針とか、力関係とか、金の取り分とかさ、チームっていうのはぜったいに誰かは不満を持つことになるんだから」

新堂は露悪的な笑みを浮かべる。

「だから、俺は本気で心配してるわけだよ。大丈夫？　その目薬。天羽くんなら、無邪気な顔で近づいてこっそり手を伸ばすことだって」

「――新堂さんって、長男だったんですね」

金子は言った。それはある種、信頼している後輩への疑いと、その不快な笑みに対して、とっさの反撃のつもりだった。

「前は、次男なんだって聞いた気がしますけど。だから医院を継がなくて済んで、時間がたっぷりあって助かってるって――」

新堂の顔色がさっと変わった。作られた表情が消え、口元が神経質に引きつる。目には一瞬にして恥と憎しみが宿った。

やっぱり、先ほど増田の死体を前にした際の発言は、新堂にとってまったくの失言だったのだ。そう理解すると同時に、金子は自分が考えなしにそこに触れてしまったことを後悔した。ここまであからさまな反応が返ってくるとは予想していなかったのだ。

「いや……、すみません」

「別に。どうでもいいよ」

新堂はふいと視線を逸らし、無表情を保ったまま言った。ただ、水のボトルを傾ける手の震えは先ほどよりも増していた。

「……生まれたときから負けが決まっている人間は、楽でいいよな」

吐き捨てられた新堂の言葉には答えず、金子は後ろを向いて食料の備蓄された棚に手を伸ばした。在庫を確認するふりをしながら、目を閉じて深く息を吐く。うんざりだった。くだらない諍いをふっかけてしまった自分にも、そのカウンターをまともに受けて傷ついている自分にも。

食器棚の上に置かれた時計を見ると、時刻は二十一時の五分前を示していた。


「大丈夫?」

何度目かになる問いを口にしながら、後藤はミアのかすかに震える白い手に触れた。その氷のような冷たさに、いつも新鮮な驚きを覚える。後藤がこれまで出会い、触れてきたひとのなかで、ミアはとりわけ冷たい手をしている。

「うん、平気」

他には誰もいなくなったダイニングのテーブル、隣り合う椅子に、ふたりは斜めに向きあって座っていた。膝の触れ合うその距離感は、はたから見れば明らかに恋人同士のそれとわかってしまうだろう。しかし、もう後藤は気にしていなかった。桃木は二階に去り、学生の不破はリビングのソファでうなだれながら、天羽となにか話している。気にするべき視線があまりにも減った。

「ただ……やっぱり、田中さんのことが気にかかってしまって」

ミアは雨のそぼふる窓の向こうを見やった。

「田中さんはこちらの状況を、どのくらい把握されているんだろうって……自分が、意図しないひとを殺めてしまったことに、気づいているのかな」

ミアはずっとそれを気にしているようだった。誤って増田を毒殺してしまった田中の心理状態を。田中が自殺でもするのではないか、と危惧している様子の彼女に、後藤は当然共感を寄せられずにいた。彼女の中ですっかり像を結びつつある「田中」という人物は、いったいどのような性格で、どのような姿形をしているのか――。

「わからないけれど……いずれにせよ、許されることじゃない。増田さんは本当に善意に満ちた……思い出した側の人間だったんだ。どうかこれで、自らの行いを悔いてほしいと思うよ」

「うん、それに、新堂さんも。さっきは取り乱してしまっていたけれど、本当は彼だって、優しいひとのはず。塙さんだって、野々村さんだって、命を奪われなければならないようなひとではない……」

そこでミアは深いため息をつき、「どうして、こういうことが起こるんだろう」とつぶやいた。

「こういうことっていうのは？」

「神様から授かった善意の存在をひとの中に感じられたとき、私、すごく嬉しかった。でも、せっかく与えられた善意なのに、そこから生じた行動がすべては善い結果に結びつかないことが悲しい。人間はいつも間違えてしまう。間違えたいと思っているひとなんて、誰もいないはずなのに……」

ミアの澄んだ目が、ヴィラの壁を突き抜けて、どこか遠くの幻を追うように揺らいだ。彼女のそんな目を、後藤は以前にも見たことがあった。彼女が自分の過去について話してくれた時。

「ミア、家族のことを考えてる？」

後藤の問いにミアは小さくうなずくと、「すごい。どうしてわかるの？」とさみしそうに微笑んだ。

ミアの両親は、とある宗教の熱心な信者だった。具体的に何の宗教のどのような宗派であるのか、後藤はたずねなかった。ミアはただ、「ふたりともとにかく厳格だった」とだけ語った。

「でも私は、その厳しさが嫌じゃなかった。その背景には深い愛があるって、ちゃんとわかっていたから。私は自分のこと、両親にも神様にも愛された、幸せな子供だって信じてた。……それは兄も同じだったと思う」

ミアには二つ年上の兄がいるのだそうだ。幼少期の思い出を語るとき、彼女の顔には柔らかく温かな安らぎと幸福がありありと浮かぶ。後藤の脳裏にも、愛情あふれる家族に囲まれ、絶対的信頼を寄せることのできる神に守られた、美しい少女の姿がはっきりと想像できる。

「でも、兄が十八になったとき」

しかしその幸福は、突如として終わりを告げる。

「夕食のお祈りの席で、兄が言ったの。自分は同性愛者だって」

それがどれほどの重みを持った告白であったのか、やはり後藤には想像がつかなかった。世代的にも周囲の環境的にも、マイノリティへの差別など前時代的であるという意識が強かったものの、では実際に当事者やその家族が現代の社会でどのような環境で、どのような心境で日々を過ごしているのかという点については、理解が適うほど多くの具体例を知らなかった。そこに宗教的な要素まで加わるとあってはなおさらだ。その日の夕食にいったいどんな衝撃が走ったのか、後藤には皆目見当がつかなかった。

「私は、すごく驚いた。でも、そんなこと、別にいいじゃないって思った」

ミアは小さく首を振る。

「いいとか悪いとか、他人が口を出すようなことでもないじゃないって、思ったの。私たちの教えでは、それは禁止されていることだっていうのは、もちろん知っていたけれど……。でも、教えを、神様のご意思を、解釈をするのはどうしたって人間なの。人間なら、間違えることや取り違えることだってある。だからこそいつの時代も、ひとは祈り、学ぶことを続けて、少しずつ新たな解釈がなされ、新たな宗派が生まれ、変化を重ねてきた。それは神様を否定することでも、裏切ることでもないって、私は信じている。私は……」

ミアは熱い息を吐き、目を閉じる。

「私は……兄が誰を愛したとしても、神様もきっと認めてくださると思った。それから、父と母も、きっと同じように考えるはずだって信じた。でも、違ったの」

再び開かれた彼女の目は、遠い夕食の日のテーブルを見つめている。両親と兄、そして誰より、途方に暮れた自分自身の姿を。

「父は、それが事実ならお前を自分の子供と認めない、と言った。母は、すぐに治療をするか、家を出て行くか選びなさい、と」

彼女の子供時代は、きっとそこで終わりを告げたのだ。

「兄はしばらく悩んで、でも結局家を出て行った。……今なら、両親の戸惑いやショックも少しは理解できるけど……でも、私は兄を許さなかった両親を許せなくて、すぐに彼の後を追って、両親から離れた」

両親が深く関わりを持っている信仰のコミュニティからも、離れざるを得なくなった。彼女は同じものを信じ、共感しあえる温かな仲間から切り離された。

語り終えた彼女の顔からは、つい先ほどまでそこにあった温もりが去っている。かつての少女は心から安らげる、信頼できる世界を失った。後藤はミアの話を聞いたとき、彼女の新しい拠り所になりたいと強く願った。戻らない過去を思い返すときに浮かべる彼女の幸せな表情を、自分と過ごす今現在のこの瞬間にも見せてほしいと。

その望みは、未だ叶っていない。自分を見つめる彼女の目には、どうしても消せない陰がある。

「ごめん、俺がツアーに誘ったせいだ。ミアは一度断ったのに、俺が無理を言ったから」

「ううん、そんなこと言わないで。私、望くんが誘ってくれて、本当に嬉しかった」

ミアは精一杯の笑みを作り答えた。

「望くんや、同じ善意を与えられた仲間たちや、天羽先生と同じ空間にいられることが本当に嬉しかったの。私、こんなふうに旅をするのもすごく久しぶり。自然に触れたり、いつもと違う景色で目覚めたりっていうことが、ぜんぶ嬉しい。連れてきてくれてありがとう、望くん。私に居場所を与えてくれて」

「ミア」

後藤はミアの肩を両手で包み、その顔をまっすぐ見た。心からの感謝を伝えてくれる彼女に、ずっと側にいたい、守り守られ共に歩んでいきたいという想いがこみ上げた。しかし同時に、ほんのわずかな不安がよぎった。金子の言葉が思い起こされる。

——BFHの教えって、いろんな宗教から現代人にウケそうな部分をちょっとずつ継ぎはぎした、いわばキメラ宗教でしょ。

——なんでそんな適当にもの信じられるのか、本当にわからない。

ひとは何だって信じる。追い詰められた人間は、特に。

自分は本当に、ミアに感謝されるに値する人間なのだろうか？

そんな迷いと共に、さらに自覚できる意識の外で、彼女が天羽の名前を上げるという事実に、ほんのわずかな焦りを覚えてもいた。

「ミア……こんな状況になってしまって、今言うべきことじゃないかもしれないけど。でも、言わせてほしい。俺がこの島にミアを連れてきたいと思ったのは——そもそも、この島にこんなにも心惹かれたのは、あの礼拝堂を見たからなんだ」

そこには今や首なしの死体が転がるという事実を思い出し、後藤はすぐに「もちろん」と続ける。

「この島では悲しいできごとが起こりすぎてしまった。もう俺があの礼拝堂に思い描いた風景は叶わないかもしれない。でも、俺の気持ちは変わらない。今すぐミアに心を決めてほしいわけでもない。でも、いつかどこか、別の場所で……ふたりで式を挙げることができたらって、思ってる」

「え？」

「俺は、ミアとの将来を真剣に考えてる」

「私との、将来？」

ミアの目に、純粋な驚きが浮かんだ。その奥に、後藤は驚きとはまた違う、なにか読み取りにくい複雑な感情の揺らぎを見た。それが喜びであってほしいと願った。でも、なんだろう？ これは——。

ミアは瞳を覗かれることを避けるように、顔を伏せて目を閉じた。なにか痛みに耐えるような表情で、「後藤くん、私」と切り出す。

「私……実は、わからないことがあって」

そのときヴィラの灯りが消え、すべてが闇に包まれた。


ひっ、と息を呑むような声を最初に聞いた。それから、「停電だ！」という新堂の叫び声。後藤は暗闇の中、手の中にいたミアの輪郭がいつの間にか失われていることに気づき、前方に腕を伸ばした。

「ミア」

手は空を切るばかりで、そこにいたはずの彼女に触れることができない。中腰になりながら再び名前を呼んだとき、闇のどこかから荒い息遣いが聞こえた。それで思い出した。彼女は暗闇が苦手なのだ。幼いころ、祖父母の家に預けられたとき、彼女がなにか粗相をすると、決まって暗い押し入れの中に閉じ込められたことが、今でもトラウマになっていると。

「ミア、どこだ？」

彼女を落ち着かせようと再び闇にその存在を捜したが、依然として後藤の腕は彼女を探り当てることができない。がた、と誰かが立ち上がる音がした。「灯りは？」という金子の声がキッチンから聞こえる。リビングのソファの方から、「えっと、確か発電機がどこかに」と天羽が答えた。

ヴィラの電力は外の物置にある常用発電機でまかなわれている。そこになにか不具合が発生したのかもしれない。物置には非常用の懐中電灯もあったはずだが、その場所や発電機の仕様を把握しているのは後藤だけだ。

「俺が見てきます」

ミアを捜すことをあきらめ、後藤は言った。

「ミア――皆さん、落ち着いて、灯りが戻るまで、その場を動かないで。どうかじっとしていてください」

そう話す間にも、誰かががたがたと移動する音が聞こえてきた。後藤は小さく舌打ちをしつつ、テーブルに片手をつきながら慎重に玄関ホールの方へと移動した。両手を前に出しながら進み、なんとか玄関扉までたどり着く。手探りで鍵を開け、扉を押し開けて外に出ると、雨の音と匂いが強くなった。一筋の月明かりや街灯りすら望めない本物の闇を、後藤は初めて目の当たりにした。

雨の中に足を踏み出し数歩進んだところで、屋内のほうで何かガラスが割れるような大きな音が鳴るのを聞いた。誰かがグラスか皿でも割ったのかもしれない。気になりつつも、後藤は前に進むことを選んだ。ヴィラを回り込むように壁に手を這わせて、物置とその入り口の位置を探る。扉と取っ手を見つける頃になって、ようやく目が闇に慣れ始めた。しかし、苦労して開いた扉の奥にさらに深く濃い闇が広がっているのを見て、後藤はまたひとつ舌打ちをした。ミアが語った闇への恐怖心に初めて共感の気持ちが湧く。

そこで、ああ、スマホのライトを使えばよかったじゃないかと思い至った。スマホは金子に預けたままになっていたが、最後に見たときにはキッチンカウンターの上に並べられていたのを覚えている。突然のことで頭が回らなかった――。

見えない、という生理的な恐れを努めて無視しながら、入って左手の壁に設置してある非常用懐中電灯をなんとか手に握る。

灯りを手にして、まず物置の中にざっと光を走らせた。何があると思ったわけでもないし、誰かいると考えたわけでもない。闇の中に田中が潜んでいるかもしれないなどとは決して考えなかったが、それでも心理的にそうせざるを得なかった。なにも動くものがないことを確かめて、後藤はようやく奥に設置された発電機に近づいた。島に来た朝に給油して稼働させたきりだが、特にぱっと見てわかるような大きな不具合は無いように見受けられた。物置の雨漏りにより漏電していたり、塙の首を切断した斧がわかりやすく突き刺さっていたりはしない。

と、発電機の足元、配線のうちの一本に、覚えのない小さな電子機器が取り付けられているのを見つけた。その形状を見た瞬間、後藤は直感的にその用途を理解した。デジタル表示のウィンドウに並ぶ時刻表示。タイマーだ。

それは正確にはタイムスイッチと呼ばれ、設定した時刻で負荷のオン、オフを切り替えることのできる制御機器の一種だった。そんなことは後藤の与《あずか》り知るところではなかったが、それでもひとつ、はっきりとわかることがあった。

この停電は、タイマーによって引き起こされたものだ。誰かが人為的に、計画的に――。ショックから立ち直るのに数秒かかったものの、後藤は発電機の横にしゃがみこみ、挿入されている機器を見た。ただシンプルに差し込まれているだけのタイマーを引き抜き、配線を繋ぎなおす。数秒と待たずに物置のフットライトがあっさりと点《とも》り、電力が回復したことがわかった。

外した機器を握りしめ、雨の中に戻る。水を吸った芝を踏みしめながら、考える。

毒に、タイマー。犯人は間違いなく、島を訪れる前から犯行を計画し、準備していた。善意のための殺人を、あらかじめ計画？　島に集まる人間が善意を持たないということを、あらかじめ知っていたとでもいうのか？

もしかしたら一連の犯行の動機は、これまで自分たちが考えていた「善意の暴走」ではないのかもしれないと、初めて後藤は疑った。とするならば、神を信じていない人間がすなわち潔白とも言い切れない？　例えば――新堂や金子は？　金を目当てとしていたり――あるいは復讐？　そうだ、四年前に自殺した先輩、あの女優と金子は仲が良かった。自分が知らないだけで、もしかしたら新堂だって――？

しかし、もし犯人の動機が、自分たちが過去に起こした詐欺事件への復讐であるのなら、塙や野々村が殺された理由に説明が付かない。あの件で最も憎まれるべきは当然主犯であった北原のはずだ。一発で懲役刑を食らった彼は、今年の暮れに出所してくるはずだった。北原の出所を待たずにこんな用意周到な復讐劇を始めるというのは、人間の心理に適っていないように思える。

雨音の中、際限なく広がりそうになる疑いを抑えながら歩いていたため、後藤は窓から漏れ聞こえていたはずの騒ぎを察知するのが遅れた。玄関扉を開いて初めて、騒然とした空気に気づく。

「誰も動くな！」という新堂の声に、足早にリビングルームへと戻った。

キッチンの中の金子と、ソファの前に立つ天羽の姿がまず目に入った。それから、サンルーム側の掃き出し窓の辺りで、なにやら膝をついて身をかがめている新堂。

ミアがいない――、と一瞬心臓が跳ねたものの、テーブルの下にすぐその姿を見つけた。停電前に後藤が腰掛けていた椅子にすがりつくようにしながら、新堂の方をじっと見つめている。

「何が……」

あったのですか、と歩み寄りながら、後藤は新堂の手が赤く濡れていることに気づき息を呑んだ。足元には昼間、金子の捻挫の手当てのために使った救急箱が転がっている。新堂の背中越しに、仰向けに倒れる学生の不破の身体が見えた。投げ出された四肢はぴくりとも動かない。その側頭部に、新堂が施したのであろう止血の布がちらりと覗けた。白い布が、もうほとんど赤に染まっている。

それから――花だ。薄い色の大ぶりの花が、彼らの周辺にいくつか落ちている。

「殴られたみたいです」

ソファの側に立つ天羽が言った。

「電気が消えた後、たぶん、後藤さんが出て行ってすぐくらいかな。窓のほうですごい音がして……電気が点いたら、不破さんがそこに倒れていて」

再び不破のほうに目をやる。彼が倒れているすぐ真横に、割れた花瓶が散乱しているのを見つけた。落ちている花は、どうやらそこに挿されていたもののようだ。あれは――と記憶を手繰り、後藤はそれがソファの前のローテーブルに飾られていたものだと思い出す。どっしりと重厚そうな、ガラス製の大きな花瓶だった。

「でも、いったい、誰が……」

そこで後藤は、頬に触れる湿った風に気が付いた。不破のすぐそばの窓が、数十センチほど開いている。

「停電の間に、きっと外から田中さんが……」

テーブルの下で、ミアが震える声で言った。

「あの……不破さんは？　怪我は……大丈夫なんですか？」

いつの間にか、新堂は治療の手を止めていた。その手が不破の顔の辺りに一瞬だけ、撫でるように触れる。

「駄目だ。死んでる」

吐き捨てるように新堂は言った。それで後藤は、ああ、瞼を閉じたのかと理解した。

「そんな……」

肩を震わせるミアを、後藤は後ろから支えた。「なんてひどい……田中さんは、どうして不破さんを……」

立ち上がった新堂が、サンルームへ続く掃き出し窓を開けた。不破の身体を足で押し、リビングルームから締め出す。そんなやり方はないだろう、と抗議の声を上げる間もなく、新堂は窓を元通りに閉めた。後藤は、これでサンルームの死体が二つになった、と呆然と考える。

「本当に田中か？」

前庭に向け、開いたままになっている窓から外を眺め、新堂が言った。

「ここのカギは、閉まっているものと思っていたけど」

「え、ええ。今日の昼間、野々村さんのご遺体が発見された後、私が確かに」

「それに……外から人が入って来たにしては、床が濡れていない。そもそも、不破くんはなぜこんな窓の近くで殴られたんだ？　電気が消える前は、そこの――ソファに座っていたよな？　天羽くんの正面に」

新堂は立ちつくす天羽を睨んだ。天羽はさすがに動揺を見せつつ、「はい」とうなずいた。

「間違いなくここにいました。私と話していました」

「田中じゃないんじゃないか？」

新堂は言う。

「田中じゃなくて……俺たちの中の、誰か」

「やめてください！」

腕の中のミアが急に声を張り上げ、後藤はびくりと肩を震わせた。

「そんなはずありません。こんな恐ろしいことをするひとが、私たちのなかにいるはずがない。犯人は田中さんです。彼が、きっと道を誤って……」

「じゃあ、鍵が開いていた理由はどう説明する？　外から侵入してきた田中が犯人だというなら、床が濡れていない理由は」

「でも……それなら、私たちの誰に犯行が可能だったって言うんです？」

ミアはか細く震えながらも、きっぱり言い返した。

「あの突然の暗闇の中で、誰が不破さんを襲えたんですか？　外の闇に潜んでいた田中さんなら、きっと目が暗さに慣れていて……」

「闇の中でも、音と気配で多少は当たりをつけられるだろ。……近くにいた人間なら、なおさら」

新堂が誰を疑っているのか、その険しい視線を追うまでもなく明らかだった。天羽なら目と鼻の先に不破がいた。目の前のローテーブルから花瓶を手に取ることも、天羽ならたやすかった。

しかし……と後藤は考える。不破が倒れていたのは座っていたソファの上ではなく、そこから数メートルほど移動した先の窓辺だ。不破はなぜそんな位置に移動したのか――。

「後藤くん？」

キッチンの中、カウンターテーブルに寄りかかるように立っていた金子が目を細めてたずねた。

「それ……、手に持ってるの、なに？」

「ああ」後藤は握りしめたままのタイマーを掲げて見せる。「発電機に取り付けられていた。たぶん、時間設定で作動するような装置だと思う。ある時間になったら、停電するように――」

「ほらな」

新堂が確証を得たように声を張り上げる。

「外に潜んでいる人間が、どうして時限式のタイマーなんか使う必要がある？　停電を起こしたければ発電機なんて自分の手で壊せばいい。これは内側にいる人間の犯行だよ。本当は毒殺しそこねた俺を殺したかったとこだろうね。でも、暗闇で狙うには距離があった。だから一番近くにいた不破くんを襲ったんだ」

「あの」天羽が困ったように口を開いた。「私は、殺してないです。ええと、あの、本当に……

信じていただくしかありませんが」

ミアと新堂がそれぞれ同時に、「信じます」「信じられない」とはっきり答えた。新堂はミアを睨んだ後、「とにかく」と自らを落ち着かせるように首を振った。

「俺は個室に戻る。君らと一緒にいることはもう安全じゃないようだから」

「そんな……私は反対です。私たちがばらばらになっては、きっと田中さんの思うつぼです」

田中じゃない、という点においては、新堂が正しいとわかっていた。田中なんていない。もうここですべてを明かしてしまいたい、という衝動がこみ上げたが、一度黙すると決めたことを覆すには、嘘をつき続けるよりさらに大きな意志と決断力が必要だった。後藤は苦し紛れに金子の方を見た。ちょうどこちらを見ていた金子と目が合うと、彼女は「あの」と気まずそうにつぶやいた。

「私も……部屋に戻ります」

金子は後藤から――あるいはミアから――視線を逸らして言った。

「私も、これ以上ここにいるのは嫌です。こんな開けた場所でまた停電が起きたりしたら、どうしたらいいかわからない。個室の方がまだ、鍵もかかるし……」

金子は無防備な背中をかばうように首をすくめた。今にも背後から殴られることを恐れているかのように。

「どうやらここは、解散したほうがよさそうですね」

天羽が言った。ミアは身体をぐっと強張らせ、何らかの反論を試みかけた様子ではあったものの、結局は「わかりました」とうなずいた。

「皆さんがそうおっしゃるなら――ええ、その方がいいのかもしれません」

そこで新堂が思い出して言った。

「確かに個室は鍵がかかる。ただ、マスターキーがあったよな？」

そこから、誰がマスターキーを管理するかでまたひと悶着があった。ミアは天羽先生に、と提案したものの、当然新堂が反対した。

「俺が持つんでいいだろ。俺は毒殺されかけたんだから。それで身の潔白は証明できたはずだ」

新堂はそう自身を推薦したものの、今度は天羽から「それはどうでしょう」と反論にあった。

「犯人が新堂さんを狙ったというのは新堂さんご自身の推測にすぎません。毒が入っていたのが本当にお酒だったのかどうか、確かめることはできないわけですから」

「……へえ、そういうことを言いだすわけか」

「では、金子さんにお願いするというのはどうでしょう？」ぴりつく空気を払うように、ミアが金子を振り返った。

「ＢＦＨの運営として、中立な立場の方ですもの」

しかしまたしても新堂が、「いや」と苦い顔をしてみせる。

「金子さんも野々村氏殺しのときのアリバイが完璧とは言えないだろ？　外に出て、野々村氏に接触できる時間があったという点では」

「……その話はもう終わったと思いますけど」金子がどこか冷たく言い返す。後藤には、心なしか彼らの間の雰囲気が、先ほどまでよりも険悪になっているように感じられた。

「そちらの……葛西さんが、説明してくれました。私と葛西さん、野々村さんを殺せても、花を集めるのは無理だったたって」

「花、ね……」

新堂は床に散らばったままの花瓶と花を見て、鼻から息をもらした。そんなものどうとでもなる、と言いたげに。

「後藤さんたちに持っていていただくのがいいのでは？」

テーブルの二人を見て、天羽が言った。

「もう隠す相手もいないので、いいですよね。お二人には同室で過ごしていただいて、二人で鍵を見ていてもらう。野々村さんの殺害時に揺るぎないアリバイを持つ後藤さんと、皆で一緒に過ごすことを希望されていた葛西さんです。お二人に任せるなら、誰も異論はないのでは？」

「え……」

金子が明らかに異論を唱えたそうな反応を見せた。金子はまだミアを疑っているのか、と後藤は苦い気持ちになる。その疑惑にはなにも根拠などはないはずなのだ。感情だけで疑いをかけられなければならない謂れなど、ミアにはない。

「二人に、ね」新堂はしばし逡巡の表情を見せたものの、「まあいいよ」と言った。

「考えてみれば、どのみち内側からドアガードはかけられるわけだし」

新堂の発言を受けてか、金子もしぶしぶといった様子でうなずいた。そうして鍵の扱いは決まった。全員そろって二階に上がる。そこで、桃木をどうするか、という話題が出た。

「桃木さんに伝えたほうがいいでしょうか？　不破さんが亡くなったこと」

桃木の部屋のある三階を見上げながら、天羽が首をひねった。

「伝えなくていいんじゃないかな。増田さんのときみたいに、また動揺させてしまうかもしれない」

最後に会ったとき、自分の情動を制御できない様子でいた桃木を思い出し、後藤は答える。

「でも、彼女が明日起きてきて、皆に会うより先にサンルームの遺体が増えていることに気づいたりなんかしたら、動揺じゃあ済まないかもしれませんよ」

「……確かに」あらかじめ教えておいたほうがいいかもしれない。後藤がそう考え始めたとき、

「というか」と新堂が口を挟んだ。

「停電が起こったのに、彼女は特に騒ぐ様子もなければ部屋からも出てきていない。もう寝てるんじゃないか」

「私たちで様子を見ておきましょうか？　私のお部屋が三階なので……」ミアが提案し、それで話は決まった。捻った足を庇うように階段を上る金子を天羽が横で支え、その下を後藤とミア、少し距離を置いて新堂が続く。二階に部屋がある天羽と金子とは、それぞれの扉の前で別れることになった。

個室に消えていく天羽は、いつになく落ち込んで見えた。直前まで話していた学生の死に責任を感じているのかもしれないし、新堂に疑われていることを単純に悲しんでいるのかもしれない。あるいはただ、疲れているのかもしれなかった。その向かいの金子の部屋、後藤たちの去り際に金子は後藤の袖をつかんで一瞬引き留めると、耳元で、「絶対鍵から目を離さないでね」と言った。

「わかってるよ」

「うん……じゃあ、おやすみ」

奥の階段から三階に上がり、すぐの角が桃木の部屋だった。ミアが控えめにノックをしてみるものの、反応がない。続いてやや大きな音で扉を叩くが、それでも中からは何の物音も聞こえなかった。

「開けてみたらいい」

新堂が言った。勝手に入るのは……と気がとがめたものの、この非常事態だ。結局、後藤は手にしていたマスターキーで鍵を開いた。ドアガードはかかっていなかった。室内は真っ暗で、廊下からの灯りが部屋の奥までくっきりと伸びる。それでも念のため、ミアが「桃木さん？」と呼びかけながらベッドサイドまで様子を見に行った。念のため——桃木が死体になっていないことを確認するために。

そろりとした足取りで戻ってきたミアは安心した様子で、「よく眠っているみたいです」と言った。

「ベッドの横に、お薬のケースが置いてありました。それを飲んで眠ったんだと思います」

「薬？　毒じゃないだろうな」

「いえ……見たことのあるお薬でした。たぶん、睡眠導入剤だと思います」

新堂が予想していた通り、桃木は停電が発生したときにはすでに就寝していたのだろう。へえ、とうなずいて、新堂は隣にある自分の部屋の扉を開けた。それから、「もし明日俺が起きてこなくても、今みたいに開けたりしないでくれよ」と言った。

「まあ、俺は絶対にドアロックをかけるけどね」

「いや、ちゃんと起きてきてくださいよ」

「……そうだね。じゃあ、明日」

扉が閉まる。ミアと後藤はなんとなく顔を見合わせ、向かいのミアの部屋に入った。彼女の部屋はシンプルなツインルームで、窓側のベッドはベッドメイクがされたままになっている。後藤はそちらに腰を下ろし、サイドチェストに鍵を入れた。「こっちのベッドを借りるね」と声をかけながら、やや緊張している己を自覚した。

誰にも話していないことだったが、後藤とミアはまだ同じベッドで眠ったことがない。彼女の生来の宗教では、婚前交渉は禁止されていると聞いた。「あまり真面目に守っているひとはいないけど」と苦笑するミアに、後藤はそれでも彼女のタイミングを待つと伝えた。誰にも話さなかったのは、大げさに驚かれたり、不必要に面白がられたり、意識的にでも無意識的にでも、彼女に対してなにか不躾なコメントをされるのではないかと、想像するだけで不快に感じたからだ。二人で決めたことを、他人にとやかく言われたくない。

「望くん、鍵は望くんが持っていて」

廊下側のベッドに座って、ミアが言った。

「私は……たぶん、なんていうか……望くんほど、信用されていないと思うから」

彼女は金子に疑われていることを察している。そう気づいて、後藤は胸が痛んだ。「いや」と大きく首を振る。

「いいんだよ、そんなの。俺がミアを信じているんだから」

ミアは微笑んで「ありがとう」と答えたものの、「でもやっぱり」と続けた。

「望くんに持っていてもらうのがいいと思う。皆が安心できるのが一番だもの。大丈夫、田中さんが捕まれば全員の疑いが晴れる。新堂さんも、天羽先生を疑うなんて愚かなことだったとわかるはず」

そうだね、と即答できないことにもどかしさを感じている後藤を残し、ミアはバスルームへと消えた。後藤はミアに言われた通り、チェストから鍵を取り出し、胸ポケットに入れた。ベッドにあおむけになりながら、眠れるだろうか、と考える。

悪夢のような一日だった。首のない死体に、首と背中を刺された死体、今も目に焼き付いて離れない、顔中に血が滲んで変色した壮絶な毒殺体。考えてみれば、その死に顔をはっきりと見たのは増田の遺体のみだ。先ほどの不破の死に顔も、正面からは見なかった。

見なくてよかった、と後藤は思った。昔の自分の愚かさをどうしても投影してしまうあの学生の死に顔を見たら、他の死体とはなにか違うダメージを受ける気がした。

あるいは天羽と金子も、あの学生に対して似たような感情を抱いていたかもしれない。北原のサロンにいたころの自分たちを重ねた。空虚な高揚感と付け焼刃の自尊心、甘い選民意識に背中を押されながら——頭の片隅に過る不安を振り払いながら——北原を、自分たちを信じた。

天羽はあの朝の一週間前にスマホを無くし、連絡ツールやチャットのグループを早々に抜けていたことから逮捕に至らなかった。金子は北原の勧誘していた投資サイトが偽物だと本当に知らなかったものと判断され、不起訴になった。後藤はすべてを知ったうえで北原の犯行に手を貸していたものと見なされ起訴された。ＳＮＳ上に作った複数の架空アカウントで北原の投資サイトを宣伝したり、新規投資者から集めた資金の一部を配当金と偽り既存投資者に配ったりして、北原の詐欺に持続性を持たせ更なる被害を拡大させていた、と。

自分も知らなかったのだと、後藤は最初、弁護士に訴えた。父がつけてくれた弁護士だった。穏やかで理知的でありながらプライドの高そうな灰色の髪の弁護士は、それはちょっと厳しいだろう、と苦笑して答えた。勧誘のみならず顧客管理や出入金にまで携わっていながら、まったくなにも知らなかったでは通らない。罪を認めなければ反省の色なしと見なされ、罰が重くなる可能性も高い。すべてを認めて反省の意を示せば、君は初犯だし執行猶予を付けられるかもしれないよ、と。

刑務所に入ることを何よりも避けたかった後藤は弁護士に従った。刑務所などという未知の閉鎖空間での生活や人間関係に、自分が耐えられるとは到底思えなかったからだ。納得したうえでそうしたつもりだったが、それでも未だに考える。自分は北原の活動が詐欺だったと、知っていたのか？　知らなかったのか？

知らなかったのだ、とあくまで主張する自分がいる。そうだ、自分は確かに知らなかった。しかし、知ってはいけない、知らないようにしよう、と意図して目を逸らすよう努めていた自分もいたように思う。そんなふうに努力する時点で、つまりは知っていたということではないか？少なくとも、勘づいてはいた。ただ、自分の勘よりも北原を信じることに決めたのだ。それは――金のため。つまりは幸せのため。

そんなことを思い返していると、漠然とイメージしていた不破の死に顔が、脳内で自分の顔にすり替わった。空想と夢の境目のような像を見ながら、後藤は眠りの中に落ちて行った。

8　三日目　朝

目を開く前から快晴がわかった。

ちらちらと揺れる影に瞼を持ち上げると、見慣れない白いワンピースを着たミアがこちらを覗き込み、にっこりと微笑むのと目が合った。「おはよう」という涼やかな声に、天国かもしれない、と思う。しかし徐々に覚醒する脳が、いや、そうじゃないと思い出す。

後藤は重い体を起こし、まずシャワーを浴びた。脱いだシャツの胸ポケットの中に、マスターキーが確かに収められていることを確認する。バスルームを出ると、窓辺で風を浴びるミアが振り返った。「お腹がすいちゃった」と笑う彼女に、後藤の脳は、やっぱり天国なんじゃないかとしつこく夢をみせる。

リビングルームに降りていくと、すでに新堂がいた。お気に入りらしいキッチンカウンターに座り、なにかの缶詰を開けて直接フォークで食べていた。ふたりに一瞥をくれると、「スマホはまだ圏外だ」と告げた。

「狼煙《のろし》でも上げたほうがいいんじゃないか？」

「ああ……、それはいいかもしれませんね」

ふたりも昨日と同じテーブルの席に着いたものの、昨夜のまま放置されて冷めた料理のにおいにうんざりし、後藤は窓を開けようと腰を浮かしかけた。しかし、サンルームのブラインドが下げられているのを見て、そこにある死体の存在を思い出す。そちらに足を向ける気になれず、黙って椅子に座りなおした。

　やがて天羽が、そして桃木が降りて来た。後藤が桃木に昨夜の学生の死を告げると、彼女は寝起きのぼんやりとした表情のまま、「あら、そうなの」とだけ答えた。よく見ると、いつも完璧に施されていた化粧を今日はまったくしていない。

　金子だけが、いつまでたっても姿を現さなかった。疲れて眠っているのだろうと思いつつ、次第に不安が募っていった。天羽の「金子さんにしては珍しいですね」という言葉に、後藤は席を立った。天羽とミアと共に二階に上がり、金子の部屋の前まで来る。

　天羽が呼びかけたものの、返事はなかった。昨夜の桃木だってそうだったのだ。気にすることはないと思いながらも、後藤は胸ポケットからマスターキーを取り出した。鍵を開けて扉を引くと、ガチャンという金属音と共に扉が止まった。わずかに開いた扉の隙間に、ドアロックが覗いている。

「金子」

　後藤は室内に向け呼びかける。十センチほどの隙間からは、中の廊下の一部しか見えず、金子がベッドにいるのかどうかもわからなかった。

　ふと視線を下ろす。

　金子の個室、その廊下に、数輪の花が落ちていた。

　白い山百合の花だ。

　花びらの内側に浮かぶ黒と茶色の斑点模様に、濃い黄色の花粉が散っている。

後藤はそこに、昨夜見たシアン化合物で窒息した増田の、斑になった死に顔を重ね合わせた。

「後藤さん?」

背後から天羽が呼ぶ。

後藤は「花が」とだけ伝え、扉の前の場所を譲った。中を覗き込んだ天羽が、はっと息を呑む気配が伝わった。

「金子先輩!」

天羽はいつになく真剣な声色で、金子の名を呼んだ。反応はない。波の音だけがやけに平和的に、遠く聞こえた。

「いや、でも、花が落ちてるだけだ」

後藤は廊下の壁に背中を付けて、言った。

「それだけだ。まだ、なにもわからない」

「波の音がする」天羽が振り返る。「窓が開いてるみたいです。隣の部屋から覗けるかもしれません」

後藤ははじかれたように、金子の隣室、より扉が近かった左隣の部屋に向かった。鍵穴にマスターキーをねじ込みながら、この部屋は確か——と考える。塙の部屋だ。昨日の朝もこんなふうに鍵を開け、その不在を確認した。彼の死体を発見した後も、放置したままになっていた。

焦りにもたつきながらも扉を開ける。まっすぐに正面奥の窓へと向かいながら、右手のベッドサイドに置かれたままの塙の荷物が目の端に映った。なんとなく気になるものを感じつつも、窓の錠を開けベランダに出た。こんなときでさえ、朝日を受けて煌めく雄大な海を見て、美しいと感じた。それと同時に、今朝は波の低い穏やかな海であるのに、そのどこまでも広がる果てのない壮大さに、うっすらと本能的な恐怖を覚える。それは学生の頃に感じた、無限に広がるように思える未来に対する計り知れなさに似ていた。

「見てください、そこにも」

遅れてベランダに出てきた天羽の言葉に、後藤ははっと我に返った。彼が指さす先を見る。金子の部屋のベランダ、白い石造りの手すりから覗けるその床に、数輪の花が散っていた。はっきり百合とわかるものもあれば、名前のわからない野の花もある。塙や野々村の死体の周りに落ちていたものと同じだ。

「金子」

開かれた窓に向かって、後藤は呼びかけた。白いレースのカーテンがひらひらとそよいでいるせいで、中の様子がうかがえない。ヴィラにある個室の造りはどの部屋もだいたい同じはずだ。奥の壁に設えられたベッドの影が、カーテン越しにうっすらと見えるような気もした。しかしそこにひとが寝ているかどうかまでは、判別することができない。ましてやそこにいる人物に、首がついているかどうかなど——。

「俺、飛び移れる気がします」

石柵から身を乗り出して、天羽が言った。隣のベランダまでの距離は、一・五メートルほど。

「いや、でも」

平地であれば難なく飛び越えられる距離だが、柵により助走を付けられないことと、何より真下に広がる海までの致命的な高さが後藤を躊躇させた。向こう側の柵をうっかり摑み損ね転落する天羽の姿がはっきりと想像できてしまう。しかし、ならば自分が飛ぼうという決心もすぐにはつかなかった。自分が天羽より運動神経も、ここぞというときの勝負運も弱いことは明らかだった。

「待って！」

後藤の後ろで、ミアが声を上げた。

振り返ると、彼女は金子の部屋のベランダではなく、その遥か下を見ていた。海風に乱される髪を気にも留めない様子で、手を口に当て両目を見開いている。

彼女の視線をたどり、後藤も柵から身を乗り出した。

二階分の部屋の高さに加えて、およそ三、四階建ての建物ほどはある崖。三十メートルはあろうという海面までの距離に、後藤の目はピントを合わせるのにやや手間取る。それでも、やがて見つけた。突き出た岩礁の上、絶えず押し寄せる波に洗われている、うつ伏せに倒れた人間のシルエットを。

「金子――」

一瞬のうちに頭に浮かんだのは、彼女と初めて出会った、サークルの新歓での光景だった。

まだ二人とも十八歳だった。

小柄な金子はまるで中学生のようにも見えて、しかしその視線の強さと、先輩たちに物怖じもしなければおもねりもしない、はっきりとした喋り方に、後藤はどこか惹かれるものを感じたのだった。

そうだ――。

あのとき俺は、金子のこと、ちょっといいなと思ったんだった。

その後、特になにかがあったわけではない。金子とは互いにサークルの仲間、友人のひとりという関係性が出来上がり、それが続いた。それぞれに恋人ができたり、別れたりするのを微妙な距離から見ていた。後藤からなにか積極的に行動を起こしてみようかという気持ちは、日ごとに薄まっていった。互いの存在を特別に強く意識するようなきっかけやタイミングは、以降の長い付き合いのなかでも、一度も訪れなかった。

だから、今の今まで忘れていた。自分が最初に金子のことを、どんなふうに思ったか。

ちょっといいな。

それだけだ。

ただそれだけの――。

「金子先輩――」

天羽がベランダに座り込むのが気配でわかった。後藤は手すりに両手をついた体勢のまま身動きができず、崖下のシルエットから目を離せずにいた。

凝視するうち、だんだんとその詳細の判別がついてくる。下半身はほぼ水に浸かり、妙な角度に折れ曲がった左脚が、黒い靴下をはいた足の裏を天に向けて突き出している。上半身も、胸から上は海面に突っ伏すように沈み、頭部は栗色の髪だけが岩の隙間に揺蕩《たゆた》っていた。顔面を海に沈め、呼吸をしていないのは明らかだった。ノースリーブのシャツから覗くむき出しの肩が、波に濡れて妙につやつやと輝いて見える。

「金子」

「望くん」

ミアの手が、後藤の肩にそっと触れた。それだけで、後藤はぐっと胸が詰まるのを感じた。同情と慰めを求めてミアを見る。しかし彼女の目には、戸惑いと困惑、なにかを躊躇し決めかねている人間の迷いが見えた。

「あの……望くん。こんなときに、こんなことを言うのはどうかと思うんだけど。でも、私、気になって」

「ミア……何を」

「あれって、金子さん？」

「え？」

「本当に、金子さん？　金子さんで間違いないのかな？」

後藤は再び波間を見下ろす。そこに落ちている人間のシルエット。金子だ、と直感的に思う。しかし――。

「うつ伏せで顔が見えないよね。服装は金子さんだけど、でも、服なら着替えさせればいいし……」

「いや、でも」

後藤は大きく頭を振って遮った。

「金子じゃないとしたら、誰がいる？　残った中で、姿を見せていないのは金子だけだ」

「私、増田さんなんじゃないかと思って」

増田。後藤の脳裏に、昨晩サンルームに運んだ増田の死体が浮かぶ。

「体格は、金子さんと同じくらいでしょ？　肌は、変色していたけど……ここからだと光の加減でよく見えない。髪も増田さんの方が長かったから、切ってしまえば」

言われるうちに、わからなくなった。崖下に目を凝らそうとするタイミングでまた波が割れ、白い飛沫が彼女を覆い隠す。今が満ち潮なのか引き潮なのかも不明だったが、少しでも水位が上がれば、すぐにでも流されてしまいそうに思えた。

後藤は石柵を離れ、ミアの横をすり抜けて駆け出した。

簡単に確かめる方法がある。サンルームの死体を見ればいい。

廊下を走り、階段を駆け下りながら、後藤は祈った。増田であってくれ、と。崖下で今も無残に波にさらされるあの死体が、金子であってほしくない。

しかし、金子の服を着て金子の部屋から落ちたと思われるあの死体が金子でなかったら、それはどういう意味を持つ？　増田の死体を金子に誤認させようという犯人の目的はなんだ？　ミアが昨日話していた、塙の首のすり替え説と同じ——犯人が自分の死を偽装しようという目的以外、考えられない。増田の死体がサンルームになかったら、それはすなわち、金子が犯人であるという証では——。

それでもかまわない、と後藤は思った。

金子が犯人でもいい。

金子が死んでいるよりはマシだ。

十八の頃からの友人が、あんなふうに死ぬよりは——。

階段下では、新堂と桃木が騒ぎを聞いて、何事かと二階を見上げていた。「何が」と問いかける新堂を無視して、後藤は足早にサンルームへと向かった。朝の爽やかな光が漏れるブラインドに手をかける。この向こうには増田と不破、二人の遺体があるはずだ。

いや、違う。

今はそこに、ひとつだけ、不破の遺体だけがあるはずなのだ。増田の遺体は、偽装工作に使われて——。

永遠に躊躇してしまいそうになる自分を鼓舞し、後藤はブラインドを開けた。

陽光に満ちたサンルーム。

光の中に横たわる遺体は——ひとつしかなかった。

後藤が望んだとおり。

ああ——。

よかった——と思わず呟きかけ、気づく。

違う。

これは——違う。

投げ出された手足。洋服から覗く肌は、一夜明けても赤黒い斑点が消えないままの——青酸化合物による窒息を起こした死体だった。

後藤はその壮絶な死に顔を、昨夜とはまったく違う感情で呆然と見た。なにかを探すような気持ちで視線を上げると、昨日の雨が無数の光の粒となって残る庭が、窓の向こうに幻のように輝いていた。天国のように完璧なその画の中にも、花瓶で頭を割られた若者の死体はもちろん見つけられない。

ここに死体はひとつしかない。増田の死体だ。

昨夜確かにあったはずの、不破の死体が忽然と消えた。


「どういうことだ？」

ダイニングテーブルとソファの間をうろうろと往復しながら、新堂が言った。

「金子さんはなぜ落ちた？　ドアロックはかかっていたんだろ？　あんなに警戒していたのに、犯人はどうやって彼女の部屋に入った？」

「それに不破さんの遺体は……どこに消えてしまったんでしょう」

どこかぼんやりとした面持ちで首をひねる天羽を、ソファに座った桃木が見上げる。

「ねえ、そしたら、その崖下に落ちていたというのが学生さんの死体なんじゃないですか？　だからそう、本当の犯人は金子さんなの。自分が死んだと見せかけようとしてるのね。そういうのって、なんかありそうじゃありません？」

ミアが唱えた死体増田説を、桃木はそのまま不破に置き換えて語った。天羽はやはりどこか夢見るような目で、しかしはっきり「いいえ」と首を振った。

「あれは不破さんの体格ではありませんでした。身体の前半分が水に沈んで、出ている背中も波に揉まれてはっきりとは見えませんでしたが——小柄な女性であることは間違いないと思います」

「あら、そうなんですね」

桃木は小さく肩をすくめた。

「ごめんなさい、私……」

沈痛な表情を浮かべたミアが、もう何度目かになる謝罪の言葉をつぶやく。崖下の死体が増田かもしれないと、あの場で思い付きを口にしてしまったことを悔いている。ほんの一瞬でも、後藤と天羽に存在しない希望を抱かせてしまったことを。

「ミアのせいじゃないよ」と答えながら、実際のところ、後藤はその数秒だけ味わった「もしかしたら」という感覚と、その希望があっさりと絶たれたショック、そこにすかさず発生した謎、というめくるめく情報の更新に、乗り物に酔ったような浮遊感を覚えていた。金子が死んだのだ、と知った瞬間に沸き起こった純粋な悲しみは、今はどこか遠く、おぼろげにしか感じ取れない距離まで離れてしまった。

「じゃあやっぱり、金子さんは突き落とされたってことですよね？」桃木が言う。

「ああ、そうだよ、くそ。ロックがかかったままだったということは、犯人は窓から侵入したのかもしれない」

「でも……」天羽が口を開く。「窓から侵入したとして、犯人はどういうルートを辿ったのでしょう？　金子さんの部屋に隣接する空室にも、鍵がかかっていました。さっき塙さんの部屋に入るときも、マスターキーで開けてもらったんです」

「マスターキーは――」

新堂に睨まれ、後藤はすぐに胸ポケットの中の鍵を取り出して見せた。

「ずっと僕が持っていました。誰の手に渡る機会もありませんでした。それに……窓から侵入されたのなら、気づいた時点で叫び声を上げませんかね？　突き落とされる以前に、抵抗して大騒ぎしそうなものですけど……金子なら、たぶんそうした」

「静かに侵入して、彼女が眠っている間に静かに殺したのかもしれない。その後で、死体を窓から投げ落とした」新堂が言う。

「なぜわざわざそんなことを？」

後藤が問うと、新堂は嘲るような口調で「なぜそんな？」と繰り返した。

「知るかよそんなの。なぜ塙の首を切り落とした？　なぜ無駄に花なんか散らしてる？　まともな答えなんてあるはずない。犯人の中にはもう、正常じゃないひとりよがりの理論が出来上がっているんだろうよ。落下により人間の善意は昇華されるとか、花のエネルギーは死後もひとを善良化させるとか……なんでもいいんだ。そういう手合いはなんだっていいんだ。どんな離れた点同士だって勝手に結び付けて線にする。自分で点を打ったりもする」

「……それでも、やっぱり鍵の問題はあります。窓からにしろドアからにしろ、犯人はどうやって金子の部屋に侵入したのか……」

そう話しながら、問題を鍵だけとするなら、そこを主張することは自分の首を絞めることに繋がりはしないかと後藤は語尾を小さくした。鍵を持っていたのは他でもない、自分ひとりだ。

「新堂さん。不破さんは間違いなく死んでいましたか？」

天羽がたずねた。新堂は一瞬虚を衝かれた顔をしたものの、すぐにきっぱりと「死んでたよ」と答えた。

「間違いない。脈も呼吸も止まって瞳孔も散大し始めていた。あれで生きてたはあり得ないね。ＩＣＵに入れて輸血やら手術やらあらゆる蘇生が試せたってんなら話は別だけど」

「そうですか……」

小さく息をついた天羽に、桃木が「あ」と高い声を上げた。

「わかりました、天羽先生、不破さんが犯人かもって考えたんですね？　昨夜死んだふりをしていた彼が実は生きていて、夜中に金子さんを訪ねていって、ベランダから突き落とした。それでそのまま、今も金子さんのお部屋のドアロックの内側に隠れているって」

天羽が「ええ、その通りです」と力なく微笑むと、桃木は得意そうな笑みを返した。そこでミアがはっと息を呑み、「まさか」と上階を見上げた。

「田中さんがそうやって――金子さんをベランダから突き落として、今もドアロックをかけて潜んでいるのでは――」

ぎょっとしたように新堂も天井を見上げた。桃木は立ち上がり、「本当に？　田中さんが上に？」と鋭い声で言った。

「だったら私、言ってやりたいことがあるんですけど。やっぱり納得いかないわ。金子さんのお部屋にも花があったんでしょう？　なんで増田さんのときは」

「待ってください。それはあり得ません」後藤は慌てて言った。

「田中さんが侵入しているはずがない。だって、そう――」

話しながら後藤は部屋の面々を見渡し、そして、自分が無意識に金子を捜していることに気づいて、一瞬言葉を失った。彼女が失われたことについて、先ほどまでとはまた違う、新鮮な恐怖を覚えた。田中の不在を知っている者が、天羽と自分だけになってしまった。信者たちの人数も減り、その割合は変わっていないはずなのに、三人で、三点で支えていたバランスが崩れたことで、田中の存在を信じる者の圧力がぐっと増したように感じられた。

「――ヴィラの玄関には鍵がかかっています。窓の施錠も昨夜確かめました。田中さんがこの島にいたとして、ヴィラの中には侵入できなかったはずです」

「それに」と、天羽が後藤の話を引きついだ。

「田中さんがドアの前に現れたとして、金子さんは決して鍵を開けなかったでしょう。室内への侵入が不可能だったという問題は、やはり残ります」

その言葉に、桃木がすとんと腰を下ろした。「それもそうですね」と、憮然とした表情でうなずく。

「いずれにせよ」険しい表情のままで、新堂が言った。

「もうここにはいられない。どういうわけだかさっぱりだが、個室すら安全ではないとわかってしまったからね。俺はあの――ドームに移るよ」

「ドームって……」

昨日の面談でも使用したグランピングドーム。ヴィラから五分ほどの距離に位置する丘下に、三棟が独立して建っている。

「かまわないだろ？　三つもあるんだ。どれかひとつ使わせてもらう。確認だけど、そのマスターキーはドームの鍵にまで対応してたりしないよな？」

「え……はい」後藤は答える。

「ドームの鍵は、ここに。それぞれ独立したものがひとつずつあるだけです」

後藤はキッチンカウンターの側にある鍵棚を開いた。ドームの鍵はA、B、Cとシンプルなタグが付けられ、棚の下段に揃ってぶら下がっていた。新堂は特に考える様子もなく、Ｂのタグが付けられたキーを無造作に手に取った。

「もちろん、ひとりで行く。食料はある程度持っていくが……かまわないだろ？」

新堂は誰の返事も待たず、二階へと上がった。すぐに降りてくると、手にしていた自前のキャリーケースに、水のペットボトルや備蓄の缶詰を投げるように詰めていく。ひとり分と考えてそれほど非常識な量、というわけではなかったが、その乱暴な手つきに後藤は略奪を受けているような不快な印象を受けた。しかし最後に、新堂がキッチンのスタンドに立てかけてあった包丁を手に取ったのを見て、不快どころではなくなった。新堂を遠巻きに見ていた全員が、同時に息を吞んだ。

新堂はその刃先を、彼に視線を注ぐひとりひとりに向けながら言った。

「残念だけど、こうなってしまった以上は誰も信用するつもりはない」

新堂の声は冷静だった。しかしその目は焦点が定まらず、包丁を握る手は小刻みに震えている。酔った人間が素面であると取り繕おうとするかのように、理性的な態度を装いながら、彼は平静を失いかけていた。

「新堂さん」

ミアがなにか語りかけようとするのを、後藤は腕を上げて制した。おそらくは見栄とプライドによって最後の体裁を保とうと努めている彼を、どんな言葉が刺激してしまうかわからない。

「わかりました」とだけ言って、後藤はうなずいた。

「俺がいるドームに近づいたら、誰であろうとその時点で犯人と見なす。俺は自分を守るために、たとえ攻撃を受ける前であっても、反撃せざるを得ない。だから、誰も、姿を見せないように。それがお互いのためだ」

「はい、そうします」

後藤が再びうなずいたのを見て、新堂は包丁を掲げたまま、彼らとは一定の距離を保ちながら玄関ホールへと足を進めた。玄関扉を開け、出て行く直前で、その刃先をまっすぐに天羽に向けた。

「俺ならそいつは隔離しておくけどね」

捨て台詞のように吐き捨てて、新堂はヴィラを出て行った。リビングルームの窓から、彼が前庭を通り門扉を抜けていくまでを、後藤たちは黙って見送った。

「すっごく失礼なひとね」

やがて桃木が言った。

「私、最初からあのひとは無礼なひとだと思ってた。こちらを見下してる嫌な感じを隠そうともしてくれないの、すごく悲しくなったもの」

桃木は新堂が、食事の席でちょっとした失言でもしでかしたような温度で不満を漏らした。それで後藤は、今しがた知人に包丁を向けられた、というショックが急速に遠のいていくのを感じた。遠のかせていいはずがない、と思う気持ちはあったものの、それは金子を失った悲しみと同じく、正常を望むバイアスの向こうに速やかに隠れてしまった。

「でも不思議……今はぜんぜん悲しくないわ」

桃木は本当に不思議そうにそう呟くと、新堂とは真逆の、なにものも警戒していないような軽やかな足取りで席を立った。そして「私、ちょっとお散歩してきます」と言った。

「え、散歩って……外に?」ミアが驚いた様子でたずねた。

「ええ。だって、すごくいいお天気だし」

「でも、危ないです。もしも田中さんに出くわしたら」

「出くわしたら私、言ってやりたいことがあるって言ったでしょ？　お花のこと。そこだけは絶対に譲れないわ。それに毒だなんて……間違えるような方法を使わないでくださいよって」

新堂とは違って、桃木の目は揺らいでもいなければ恐怖に曇ってもいなかった。彼女は自然そのもので、初めて会ったときと同じ、その歳にしては落ち着きのない、情動がそのままうかがえるような刹那的な態度を保っている。さらにそこから初日にはあった、こちらの反応を探るような、周りの空気をなんとか読み取ろうとするような、緊張感が失せていた。

「ああ、それから」

桃木はいたずらっぽく笑った。

「田中さんに会えたら、教えてあげるわ。新堂さんは今、グランピングドームにひとりぼっちでいますよって。もう絶対、間違いようがないでしょう?」

その発言の意味するところに何も言葉を返せずにいると、桃木はしっかりとした足取りでヴィラを出て行った。前庭を通り過ぎていく彼女は、ランウェイを歩くモデルのように堂々としていた。

「彼女、どこまで本気なんでしょう?」

囁くような声で天羽がたずねた。「わからない」と後藤は息を吐く。

「桃木さんに悪気はないはずです」ミアが言う。「今は少し、動揺しているだけ。増田さんが亡くなってしまったショックで、あんなことを言っているだけだと思います。だから、田中さんもきっと、それだけで彼女を悪人だなんて判断したりは……」

そこまで言って、ミアは突然ぐらりと身体を傾けた。テーブルに手を突き、しかしそれでは自らを支えきれず、床にしゃがみこむ。

「ミア！」

後藤の脳裏には、一瞬にして昨夜の夕食の光景が蘇った。突然グラスを取り落とし、床に崩れ落ち死に至った増田の様子が。しかしミアは、駆け寄った後藤の腕に手を重ねると、「ごめんなさい、大丈夫」と弱々しく微笑んだ。

「ちょっと、くらっとしただけ。昨日、うまく寝付けなくて……」

ミアは後藤に上体を預けながら、なんとか立ち上がる。その顔はいつにも増して白く、青ざめて見えた。「大丈夫ですか？」と、天羽も心配そうに声をかける。

「はい、平気です。ただ……ごめんなさい、私、少し部屋で休んでいても――」

「もちろんだよ。側にいる」

後藤はミアを支えながら、三階の彼女の部屋まで戻った。廊下の対面にある新堂の部屋は、扉が開けっ放しになっていた。もうここに戻るつもりはないのだろう。ちらりと覗くと、開け放たれた窓からの風で、カーテンが大きく揺れていた。

ミアをベッドに寝かし、後藤は昨夜使った隣のベッドに腰掛けた。ミアは小さく微笑み、「ありがとう、望くん」と言った。

「でも、ひとりでも大丈夫。少し休めばすぐ良くなると思うから」

「いや、ここにいるよ」

「それは嬉しいけど……私より、天羽先生が心配。おひとりにして、もしも新堂さんが戻ってきたりしたら」

きっとトラブルになるから、というミアの言葉に、後藤もその危険性を考えた。今ここで発生しうる「トラブル」とは、即ち刃傷沙汰だ。後藤は立ち上がり、部屋の窓を閉めた。

「ミア、俺が部屋を出たら、一度起きてロックをかけられる？」

「うん」

ミアは上体を起こし、しっかりと顎を引いた。先ほどまでと比べると、その頬にはすでに若干の血の気が戻りつつあるように見えた。少し休めば、という彼女の言葉を信じ、後藤は下に降りていくことにした。今朝早く、まだ金子の事件に気が付く前の新堂が、「狼煙」と口にしていたことも思い出していた。

「じゃあ、ゆっくり休んで……わかっていると思うけど、誰が来ても部屋は開けないで」

「うん。後でね」

後藤はミアの部屋を出て、彼女が扉の鍵とU字ロックをかける音を確かに聞き届けてから、階段を下りた。天羽は玄関ホールの奥、物置部屋やバスルームに繋がる廊下の腰窓の前に立ち、つま先立ちでその向こうを見下ろしていた。外には海が広がるばかりのはずだ。

「あ、大丈夫ですか？　葛西さん」

後藤に気づくと、天羽は顔を上げてたずねた。

「うん、寝不足か貧血か……その辺りだと思う」

後藤は天羽の隣に立ち、「何を見てた?」と同じ窓の向こうを覗き込んだ。

「一階からなら、崖の下がもっとよく見えるかなと思って。でも駄目ですね。崖の縁で死角になって、真下は見えないです」

「そっか」

「やっぱ二階のベランダからですかね。引き上げられるとしたら」

「え……引き上げる?」

その言葉がなにを指すのか、理解するのに数秒かかった。金子の死体を、と気がついて、後藤は天羽をまじまじと見た。天羽は逆に、後藤がそのことをまったく考えていない様子だったことに驚いていた。

「え、だってやっぱ、死体はあったほうがいいじゃないですか。お葬式とか挙げるのに」

「葬式……そうか。そうかな」

「そうですよ。わかんないですけど、たぶん。潮の流れが変わったら、流されちゃうかもしれないし。そうなる前に回収したほうがいいですよ。たぶん」

正直なところ、後藤は気が進まなかった。天羽の言うことが正しいのだろうということはわかっていた。それでも、あの生命を亡くした金子を崖下から引き上げ、その姿を間近で見ることが恐ろしかった。においを嗅ぎ、冷たくなった身体や、水を吸った皮膚の気配を身近に感じることが怖かった。

「……死んでから落ちたんだったらいいですね、金子先輩」

天羽は窓の外をぼんやりと見つめて言った。ああ、金子は高い所があまり得意ではなかったな、と後藤も思い出した。

数秒の沈黙があった。天羽とふたりでその沈黙に向き合っていると、金子が死んだ、殺されたという事実に生々しさが増していくように感じられた。天羽を目の前にただ黙っていると、ついその隣に十八の頃の金子の姿を思い浮かべてしまう。せっかく遠のいてくれた痛みが迫ってくるように感じ、後藤は沈黙を破るため「よし」と声を上げた。

「二階に戻ってみようか。あと……物置にロープかなにかあったはずだ」

ふたりはまず物置部屋に寄って、奥の棚に置かれた防災用品の中に、「避難用はしご」と書かれた袋を見つけた。袋を担ぎ、ヴィラに戻って二階に上がり、廊下を進んだ。

無意味と知りながら、後藤はまず金子の部屋の扉に手をかけた。先ほど確かめたときと同じように、ドアロックはかかったままで、扉の隙間から見えるわずかなスペースに一輪の百合が落ちている。

「……あの、後藤さん。さっきは言わなかったんですけど」

後ろから覗き込んだ天羽がおもむろに口を開いた。

「このU字のロックって、外から開ける方法があるんですよね。あと、外からかける方法も」

「は？」

後藤は勢いよく振り返った。気まずそうな顔をした天羽と目が合う。

「嘘だろ。いったいどうやって」

「ビニール紐を使えば簡単にできます。俺、確かユーチューブかなにかで見たんですよ。詳しいやり方は忘れちゃいましたけど……とにかく、これ、正式名称はドアガードとかなんとかいうんですけど、防犯上はあんまり意味がないって」

「そんな……そんなの、どうしてさっき」

言わなかったんだ、とたずねようとして気づいた。このU字のドアガードが、知識のあるものならば簡単に外から開閉可能というならば、金子の部屋への侵入を拒んでいたものは部屋の鍵ひとつとなる。マスターキーさえあれば、出入りが可能だった。

「でも、マスターキーは確かに俺が」

「わかってます。だからあえて言わなかったんですよ。言ったらたぶん、一番疑われていたのは……」

天羽は言葉を濁した。腑に落ちない気分のまま、後藤は金子の隣室の扉に手をかけた。塙の個室だ。

ベランダから見下ろすと、岩礁の上の彼女は依然そこにいて、水面に浮いた髪や衣服の一部が、打ち寄せる波に遊ばれるように揺れていた。心なしか、先ほどまでよりも水位が増しているような気がする。ふたりは急いで「避難用はしご」の袋を開いた。折り畳まれていた縄はしごがずるずると出てくる。その片方の先端には、金属製の丸いカラビナが取り付けられていた。想像していたよりもずっと単純でわかりやすく、やや不安になるほどシンプルな造りのはしごだった。

「え、でもこれ、引っ掛けられるとこないですよね？」

ベランダをぐるりと見渡して、天羽が言った。ヴィラのベランダは地中海風とでもいうのか、眩しいほどに真っ白な石造りの手すりになっていて、丸い金具を引っ掛けられるような部分がない。少し考えて、後藤は室内のベッドの脚にそれを掛けられないか試してみた。サイズや形状的には問題がなかったものの、そうして垂らしたはしごを見下ろしてみると、はしごの先は水面数メートルほどの高さで揺れていて、降りたところで岩礁まで手が届くような長さではなかった。

「駄目ですね。ていうか、防災的にもぜんぜん駄目ですよね、こんなベランダの建物にこのはしごじゃいざというとき意味ないですよ。なんかそれっぽいグッズ置いとけばいいだろっていうてきとうさがうかがえます」

天羽が腕を組んで、これらの防災用品をそろえたであろう前所有者への文句を言った。「確かに」とうなずきながら、後藤は室内に戻ってベッドに掛けたカラビナを外した。顔を上げたところで、その上にぽつんと放置されたバックパックに気が付いた。今朝から何度か視界には入っていたものの、崖下の死体に気を取られて意識が向いていなかった。塙の荷物だ。

続いてベランダから戻って来た天羽も、後藤の視線をたどりその存在に気付いたらしかった。「あ」とひと声あげた後、すぐに「開けてみましょうか」と提案した。

「いや、どうかな」

故人の荷物だ。勝手にあさるのはどうしたって気が引ける。「でも、なにか入ってるかもしれませんよ」と天羽は言った。そりゃあなにかは入っているだろう、と答えつつ、後藤は結局バックパックの一番大きなファスナーに手をかけた。天羽の言う「なにか」に自分も期待するところがあった。なにか入っていてほしい。この状況を好転させるようななにか、すべてを解決に導くようななにか。

「首が入っていたりして」

ファスナーを三割ほど開けたときに天羽に言われ、後藤は一瞬手を止めた。その可能性はある、だろうか？　一昨日の深夜、あるいは昨日の早朝、塙はバックパックを背負って礼拝堂に向かい、犯人に殺され、犯人はその首をこのバックパックに詰めてヴィラまで持ち帰り、ずっとここに放置していた？

さすがに可能性は低そうだ、と思い、後藤は残りのファスナーを一気に開いた。それでも無意識に呼吸を止めていたが、中に入っていた無難な品々を見て息を吐く。詰め込まれていたのは、四隅を揃え畳まれたタオル類に着替え、丁寧に小分けされた下着や靴下に、衛生用品。バンドで束ねられ、専用ポーチに収納されたモバイルバッテリーと充電用のコード。塙はあれで意外と細やかな整頓をするタイプだったんだな、と後藤は意外に思った。参加者たちの性格や人間性を、自分はなにも知らないのだとあらためて思う。他人のことなんて、なにもわからない――。

それらの品をひとつひとつ取り出す後藤の傍らで、天羽がバックパックの前面に位置する小ポケットのファスナーに手をかけ、開いた。すぐに「おお」となにやらうれしそうな反応を見せる。そして彼が取り出したのは、スマホだった。鮮やかな赤色のカバーに見覚えがある。塙が使っていたものだ。

「さすがにそれは」

勝手に触るのはどうだろう、と後藤は口にしかけた。自分が死んだあと、第三者に勝手にスマホを暴かれたらと思うとぞっとする。別に大きな秘密があるというわけでもないが、例えばミアに送った、若干甘えた文体のメッセージだとか……。

しかし天羽はなんの躊躇もなくスマホのサイドボタンを押し、画面を開いた。「なにかあるかもしれません」と。ただ、その声はすぐに落胆に変わった。

「駄目ですね、顔認証が……」

ちらりと天羽の手元を覗くと、スマホには顔認証によるロックの解除画面が表示されていた。

塙は生体認証を使っていたらしい。そこで後藤は、天羽がまじまじと自分を見ていることに気づいた。

「もしかして、そういうことですかね？」

「え、なにが？」

「首ですよ」

「え？」

「首です。首」

「は？」

「認証するじゃないですか。首で。顔認証」

そこまで言われて、後藤もようやくそこに思い至った。

「塙さんの首が切り落とされていたのは、スマホの顔認証を解除するため？」

「あるいは、解除させないためかも」天羽は言った。

「どっちでしょう？　ヴィラにある塙さんのスマホの中身が見たくて、首を持ち帰ったのか。他の人にその中身を見てほしくなくて、首をどこかに捨てたのか」天羽は首をひねって続ける。

「礼拝堂の祭壇の上に斧の傷が残っていたので、首が切られたのはあそこで間違いないはずです。

血もすごい出てたし、塙さんが殺されたのもあの礼拝堂だった気がします。犯人は塙さんを礼拝堂に呼び出して殺した。スマホの中身を見ようとしたけど、塙さんは手ぶらで出てきてスマホを持ってきていなかった。だから首だけ持って帰った？　身体全部を運ぶのは重いから？」

「でも……それならヴィラに帰ってスマホを取ってきた方が楽な気がする。往復の時間はかかるけど、首を切り落とす手間に比べたら」

「そうですよね」

「……いや、でも、犯人はスマホを手にすることができなかったのか。塙さんの荷物がある彼の部屋には鍵がかかっていたわけだから」

思い出して、後藤は言った。一日目の晩、マスターキーは後藤の個室のチェストの中に入れてあったのだ。

天羽は「ああ」とうなずいた後、「あれ、でも塙さんが自分の鍵を持ってたはずですよね。それを奪って部屋を開けられたんじゃないですか」と言った。

ああそうか、と答えながら、後藤は頭が混乱し始めるのを感じた。「いやでも」とすぐに反論する。

「鍵を開けられたなら――スマホの中身を見たかったにせよ見られたくなかったにせよ――、やっぱり、スマホを持っていくか捨ててしまえば済む話だったはず。わざわざ首の方を移動させる必要はない。犯人は、塙さんから鍵を奪えなかったんじゃないか。塙さんがうっかり失くしたか、殺される際に取り落としたかなんかして」

「なるほど」天羽は天を仰いだ。

「犯人は塙さんを殺したあとで、彼が手ぶらであることに気づいた。おそらくは鍵のかかった個室の中にスマホを置いてきたのだろうと察した。それじゃあ首をヴィラに持って帰ったところで意味ないし……やっぱり、塙さんのスマホには犯人にとってなにか他人に見られたくないものが入っていた、だから首を切り落として捨てた、と考えたほうがよさそうですね」

「ああ、そうかもしれない」

「よっぽど見られたくないものですよね、絶対。だってふつう首なんて切りたくないですもん。俺だったらめちゃめちゃ嫌です。かなり嫌だ。それでも切るしかないなって思ったってことは、もうそのものずばり、犯人の正体がわかっちゃうような決定的なものだったりするんじゃないですか」

「ああ、そうかも」

「もう思いっきり、犯行の瞬間をとらえた動画とか」

「いや、塙さんは最初の被害者だから」

「あ、そっか」

天羽は声を落としてつぶやいた。

「塙さんが殺されるまでは、なにも事件は起こっていなかったわけか。じゃあ、これから起こす事件の証拠となってしまうようなものが、彼のスマホの中にすでに入ってたってわけですかね？　それってなんでしょう。やっぱり動画かな？　塙さん、ちょいちょい無許可で動画を回していたし……それとも、犯人と塙さんは実は以前からの知り合いで、メッセージのやり取りが履歴で残ってたりとか？」

「わからないな。どうしたって知りようがないな。犯人の狙い通り、認証は解除できないし」

「そうですね……いや、でもこんなに頑張って考えたのに、やっぱりただ儀式的なノリで首を切っただけだったら悲しいですね」

「まあ、その可能性だってないわけじゃない」

しかし、と後藤は思う。

「でも塙さん以降、首を切られたひとはいない。野々村さんは刺殺、増田さんは毒殺、不破さんは撲殺、金子は——突き落とされて」

「確かに、儀式的なやつだったとしたら、どんどん雑になっている気はしますね」

天羽はうなずく。

ふたりは二階からの引き上げ作業をあきらめ、ヴィラの門の外側から崖下の様子をうかがえないか、移動してみることにした。外は気持ちよく晴れていて、状況とは不釣り合いだと感じつつ、後藤は生理的な清々しさを感じた。空を仰ぐだけで幸福を感じられる脳も神から賜った祝福である——と、ＢＦＨの教えが頭に浮かぶ。

昨日、野々村殺しの際にヴィラから抜け出した者の形跡を探したときと同じように、ふたりは正門を出てまずは左手に進み、白壁を迂回して崖の方へと足を進めた。強くなる海風を額に受けながら、後藤はすぐに「無理そうだな」と思った。崖と石塀の間には人ひとりが何とか通れそうな隙間程度しかない。はしごを掛けられそうなものは、塀の外側に張り巡らされた、転落防止用の簡易的な木の柵くらいだ。腰の高さほどで、風雨にさらされた木板は表面がぼろぼろと劣化している。それに命を預けて崖下に降りたところで、金子の個室真下の落下地点までは距離がある。

後藤は眩しさに目を細めながらヴィラを見上げた。そこでふと、ある考えが頭を過ぎった。どうして自分は、金子が自身の個室から落ちたものと考えたんだ？

それはもちろん、あの花だ。塙や野々村の殺害現場に残されていたのと同じ百合の花が、金子の部屋やベランダに落ちているのを見たから。しかしそれは、そんなものは――。

「あれ、桃木さん？」

天羽の言葉に、後藤は振り返った。天羽の背中越し、湖へとつながる遊歩道の辺りをぶらぶらと歩く桃木の姿が目に入った。

「なにしてるんでしょう？　なにか……手に持ってますけど」

近づいていくと、茂みの中に分け入っていく桃木の右手に握られているのが、大ぶりな鉄製のハサミであることが分かった。後藤はぎくりとして足を止める。しかしその時にはもう、天羽が「桃木さん」と声をかけていた。

「あら」

振り返った彼女の左手には、大きさも色もさまざまな花が抱えられていた。

「それ……増田さんにですか？」

天羽がたずねる。「ええ」と桃木は微笑んだ。

「増田さんと、それから私のぶんも、前もって」

「え？」

「私だって、いつ死ぬかなんてわからないんだから。私、そのときは絶対に花が欲しいわ。あの広告の撮影のときくらい」

「はあ……なるほど」

曖昧にうなずき視線を下げた天羽は、桃木が脚にいくつもの細かな傷を負っていることに気づいた。

「桃木さん、それ、大丈夫ですか？」

彼女はひざ下までの薄い生地のスカートに、細いストラップの青いサンダルを履いていた。どう見ても草木の間を歩くのに向いている装いではない。桃木は「平気です」と答え、そのサンダルで足元の枝をパキ、と踏んだ。

「思い出したんだけど、私、子供の頃はロビンソン・クルーソーに憧れていたのよね。無人島に漂着する空想をいつもしていたのに、すっかり忘れてたわ。だから、これくらいの怪我は大丈夫なんです」

「なるほど、そうですか」

どこか状況にそぐわないふたりのやり取りを、後藤は口を挟まずに黙って聞いた。「それでは」と桃木は背を向け、再び草木生い茂る湖の方へと歩いて行く。後藤もヴィラへの道を引き返そうとした。しかし天羽は去っていく桃木の後ろ姿をじっと見つめたまま、動こうとしない。

「天羽？」

後藤は問いかける。「あ、はい」と答える天羽の目は、それでも依然桃木を見つめていた。

「どうかした？」

「いや……いえ、なんでもないです」

天羽はようやく動き出し、ふたりは木漏れ日の落ちる遊歩道から広い空の下へと出た。

しかしヴィラの正門に差し掛かったとき、天羽は再び足を止めると、「俺」と口を開いた。

「やっぱすみません、ちょっと気になることがあって。ちょっと、見てきます」

「え、なに？　気になることって……桃木さん？」

「いえ、野々村さんのことで」

天羽はそう答えると、屋外キッチン――野々村の死体を発見してから誰も足を踏み入れていなかった、入り江側の森林へと顔を向けた。

「野々村さん？」

「はい。ちょっと行ってきます。あの、ほんと、ちらっと思い付いただけなんで、気にしないでください」

そう言い切ると同時に、天羽は軽やかな足取りで駆け出していた。引き留めようかとか、追いかけようかという判断を瞬時に下すには、後藤は疲れすぎていた。屋外キッチン――分岐した道の先にはグランピングドームがある――の方へと小さくなっていく天羽の背中を、呆然と見送る。しばしその場に立ちすくんだ後、結局ひとり、ヴィラへと帰った。

無人のリビングルームには、エアコンの稼働音だけが低く響いていた。昨夜の夕食がそのまま残るテーブルに、乱れた椅子。増田が座っていた辺りの床には、毒入りのジンが入っていたと思われるグラスの破片が散乱している。視線を窓際に移せば、ソファとローテーブルの応接セットの向こう、さんさんと日が降り注ぐ床に、赤黒い血の染みが広がっている。

後藤はふらつく足取りで、いつも新堂が座っていたキッチンカウンターのスツールに腰掛け、もう一度リビングを振り返った。ホラー映画の世界にでも入り込んでしまったかのようなうすら寒い恐怖心と共に、強い孤独と虚しさを感じた。それは四年前、逮捕後に留置場で目覚めるたび感じた、舌の根が痺れるほどの強い絶望が去った後の、ぞっとするような虚無感に似ていた。

「望くん？」

鈴のような声が、わだかまる瘴気を払うように響いた。見ると、玄関ホールに繋がる階段を、ミアが一段一段降りてくる。白いワンピースのチュール素材の透ける裾が、その動きに合わせひらひらと翻る。ノースリーブの袖から伸びる細い右腕が、手すりにそっと添えられていた。寝起きらしい表情は、少女のようにあどけない。彼女の姿をひとめ見た瞬間、後藤はぐったりとスツールに預けていた身体に、温かな血が通うのを感じた。

「ミア」

立ち上がり、すぐに彼女のもとへと歩み寄る。細い身体を抱きしめる。

彼女さえいれば、と思った。過去や未来になにが起こっても、どんな絶望が訪れても、彼女さえいれば、自分は希望を失わずにいられる。

「体調は？　大丈夫？」

後藤は腕の中にたずねた。

「うん、平気。少し眠っていたみたい。すっかりよくなったから」

ミアは答える。それから、後藤の肩越しに無人の室内へと視線を巡らせた。

「望くん……天羽先生はどちらに？」

彼女の問いかけに、後藤は腕の力をほんの少しだけ強めた。

「彼は……気になることがあると言って、出かけて行ったよ。大丈夫、すぐに戻るとのことだから」

「え、そうなの？」

ミアは不安げに外を見た。後藤は彼女の肩に手を置き、その視線を遮るように身体の位置をずらした。

「そうだ、俺もひとつ、気づいたことがあったんだ」

先ほど塀の外からヴィラを見上げたとき、ふと頭に思い浮かんだこと。「気づいたこと？」と聞き返すミアに、後藤は答える。

「金子が突き落とされたのは、彼女の部屋からではなかったのかもしれない。その上の――」

ミアははっとした表情で後藤の言葉を引きついだ。

「あ……そうか、もしかして、屋上から……？」

後藤は「ああ」とうなずきながらも、しかし、本当のところは別の考えを持っていた。一拍を置いて、その予想を口にする。

「あるいは――新堂さんの部屋から」

新堂の個室は金子の部屋の真上に位置する。ミアは大きな目をさらに見開き、「そんな」とつぶやいた。

「でも、あのドアロックは？　事件現場が新堂さんのお部屋だったとして、金子さんのお部屋のドアロックを外側から掛けることはできないはず」

後藤は先ほど天羽に聞いた、U字ロックは外から開閉可能だという話をミアに伝えた。「そんな」と繰り返し、ミアは細い指を口元にあてた。

金子が疑っていたのはミアだった。ミアへの疑いが強ければ強いほど、他の人間への警戒は弱まる。何らかの口実で——例えば、ミアが犯人である証拠を見つけたとか——新堂は金子を自室に呼び出し、ベランダから突き落としたのではないか？　そして集めておいた花を、二階のベランダへと投げ落とす。塙や野々村の「殺害現場に花が手向けられている」という印象から、現場は二階のベランダだったと思い込ませることができる。

「そんな……新堂さんが、犯人だったということ？　でも彼は、本当に怖がって、他のひとを……天羽先生を、疑っているように見えた。あんなふうに、包丁まで持ち出したりして……」

「ああ。でもそれが、本心からの振る舞いだったかどうかはわからない。すべて、演技だったのかも」

「そんな……私、そんなの……」

ミアがショックを受けたように首を振る。後藤は「もちろん、まだわからないけれど」とできるだけ穏やかな声で言った。

しかし、学生の死体が消えた謎についても、後藤には思うところがあった。昨夜、新堂は不破の死を確認した後、やたら乱雑にその死体をサンルームへと押しやった。他の者の目に触れる機会をできるだけ無くそうとするかのように。あれは——不破の死体に、なにか犯人の正体を示すような痕跡を見つけてしまったためではないか？　それが果たして具体的に何であるのかはわからない。とにかく新堂はその「何か」を隠すため、皆が起きてくる前に死体を隠した。いや、きっと海にでも捨ててしまったのだ。金子は運悪く岩礁に乗り上げたが、不破の死体は波にのまれて——。

「新堂さんの部屋を調べてみようと思う」

後藤は言った。

「それから……屋上も。なにか痕跡が見つかるかもしれない」

「私も行く」

後藤の手に両手を重ねて、ミアは言った。

「私……やっぱり新堂さんを信じたい。皆と食卓を囲んで言葉を交わし合ったひとが、たとえ善意のためであっても、あんな恐ろしいことをしたなんて思えないの」

ふたりは三階に上がり、新堂の個室へと向かった。ドアも窓も開け放たれた部屋はがらんとして、涼やかな風と波の音だけが通り抜けていく。新堂は貴重品の類をすべてドームの籠城に持って行ったらしく、残されていたのは昨日までの洗濯物や、部屋で出たゴミくらいだった。ベランダから崖を見下ろすと、金子の部屋から見たのと同じ光景が、一階分の高さを伴ってそのまま見える。当然、現場の真上だ。岩場に打ち捨てられた人影はより小さく、アウトラインが曖昧で、後藤の目にはなぜだかより不気味に見えた。

バスルームまでざっと見て歩いた後、屋上へと上がった。吹きあがってくる海風が、まるで船上のように強く感じられた。髪を押さえながら、後藤は恐る恐る崖側の石柵の向こうを覗き込む。そして気づいた。屋上にはベランダのような張り出しがない。ここから誰かを突き落としたとしたら、その身体は先ほど見た新堂の部屋のベランダに落下し、崖下まで落ちることはなかったのではないか。

「ここから突き落としたんじゃなさそうだ」

後藤は言った。隣で同じ光景を見ていたミアは、「でも」と首を振った。

「昨日の夜も海風が強く吹いていたとしたら……風で多少流されることはあると思う。ここから落ちたわけではないと、はっきり言い切ることは難しいんじゃないかな」

後藤が反論を試みる前に、ミアは眉間にしわを寄せ「だけど」と続けた。

「ここからじゃ、金子さんの部屋のベランダに花を落とすことはできなかったよね……新堂さんの部屋のベランダを避けて、そのひとつ下の部屋に、あんなにたくさんの花を狙って落とすのは……新堂さんの部屋のベランダには、ひとつも花なんてなかったし」

ミアは風に乱れる前髪を押さえながら、きゅっと唇を引き結び、痛みに耐えるような表情を見せる。彼女は田中が犯人だと、新堂は犯人ではないと信じたいはずなのに、自身で気づいてしまったその矛盾について、口をつぐんだりはしない。

そういうところも、後藤がミアに惹かれた理由のひとつだった。自身の信じるものにとって不都合な事実から、目を逸らそうとしない。己自身を偽り、騙そうとしない。自らに嘘をつかないのは、彼女の強さであり、弱さでもあると思った。それは自分にはないものだ、と後藤は知っていた。

「戻ろう」

短く告げて、後藤はミアの肩にそっと手を触れた。静かにうなずいた彼女と共に柵を離れる。

屋内への階段へ向かう途中で、後藤は遠く、入り江側の森から歩いてくる人影を見た。屋上からでも、すぐに天羽だとわかった。ひと目を意識せず気を抜いているときの天羽は、左右にぶれるようなやや特徴的な歩き方をする。上から見られていることにはまるで気づいていない様子だった。

後藤はなんとなしに立ち止まって、彼の姿を眺めていた。正門までぶらぶらと歩いてきた天羽は、そこでふと足を止めた。門をまっすぐに見つめながら、ぴたりと静止する。それからおもむろに後ろを振り返り、また前を向き、腕を組んだ。じっとその場にたたずみ、ヴィラに入ることを、なぜか躊躇しているようだった。

「天羽先生？」

後藤の視線に気づいたミアが、正門を見下ろして言った。

「戻られたのね。よかった」

「そうだね」

後藤が答えるのと同時に、天羽は意を決したように門を開け、ヴィラの中へと消えた。いったい何をためらっていたのか、不可解に思いながらも後藤もミアと共に階下へと降りる。玄関ホールの天羽は降りて来たふたりを見上げ、一瞬、まったくの不意を突かれたかのような空白の表情を見せ——しかし、すぐに笑みを浮かべた。カメラの前にいるときの、配信用の笑みだ。

「葛西さん。体調は大丈夫ですか？」

「ええ、もうすっかり。天羽先生は、どちらに？」

「私は、野々村さんの様子を見に。ご遺体が吹き曝しになっているのが忍びなくて」

天羽は今朝からややてきとうになっていた「教祖」の顔をきちんとこしらえて答えた。後藤に先ほど話した「気になること」と、今述べた建前は別物だろうということは簡単に察しがついた。ミアの前では、それ以上を語るつもりはないらしい。

「天羽先生。今、葛西さんと話していたのですが」

後藤も天羽にならい、畏まった態度をつくろいながら、先ほどミアに話した自らの疑念について語った。金子が突き落とされたのは、彼女の個室ではなく——という。

話を聞き終えた天羽は、しかしミアのように驚いた反応は見せなかった。「ああ、なるほど」と、どこか上の空とも取れる返事をする。それから一拍をおいて、天羽の腹がぐう、と鳴った。そのあまりの緊張感の無さに、後藤は心底呆れる。

「あ、そういえば、今日はまだなにも食べていません」

ミアが言った。

「もうお昼も過ぎています。なにか口にしませんか？」

三人はキッチンを漁り、残された缶詰とレトルトのスープを温めた。増田が死んだテーブルの席にも、死の直前まで不破が座っていたソファにも腰を下ろすのは気が引けて、狭いキッチンカウンターの上にどうにか食卓を整えた。スープを口に運びながら、後藤は言った。

「俺は正直、新堂さんを野放しにしておくのは危険だと思い始めています」

「野放しに……でも、彼はドームに」ミアが答える。

「うん。でも、新堂氏が犯人だったとしたら——彼のあの狼狽した態度がすべて演技で、俺たちを遠ざけひとりになるためにあんな芝居をして出て行ったのだったとしたら——彼はまだ、何かを起こすつもりかもしれない。誰かを狙うつもりで、一旦ここから離れたのかも」

ミアは銀のスプーンに視線を落とし、

「でも、新堂さんが犯人だなんて、まだ決まったわけじゃないよね？　金子さんが落ちたのが、彼の部屋からだったかもしれない、というだけで」

「ああ、もちろん」

「私は……犯人は、やっぱり田中さんだと思うんです」

ミアはふたりに向けて言う。

「きっと昨夜、田中さんがどこかからヴィラに侵入して、金子さんの部屋の前までやってきたの。金子さんはもちろん扉を開けずに、窓からベランダを伝って逃げようとした。でも、そこで足を滑らせてしまって……」

「もちろん、その可能性もある。あらゆる可能性があるとは思う」

その可能性だけはあり得ない、と知りつつ後藤は言った。

「だからと言って、刃物を手にして皆の前から姿を消している新堂さんを、明日まで放っておくのは危険だと思う。せめて様子だけでも確かめに行きたい。そして会話が可能なら、さきほどの疑問を直接ぶつけてみようとも思う」

食事を終えた後藤は少し考えて、キッチンに置いてあったフルーツナイフを手に取った。木製の鞘がついた小ぶりなものだ。まさかこんなものを振り回すつもりなど毛頭ないが、相手が刃物を持っている以上、丸腰で向かうのは軽率すぎると感じたのだ。

「望くん……」

ミアは、「私も一緒に行く」と言った。しかし後藤は、また自室に鍵をかけて、ヴィラで待っているようにと頼んだ。彼女になにかあったらと思うと耐えられない。それに、もしも新堂を正面から問い詰めるような事態になった際、彼女には近くにいないでほしいという思いもあった。

後藤も天羽も神などまるで信じていない、ＢＦＨが張りぼてのビジネス宗教であることを、今の新堂ならミアの前でも、ためらわず口にしてしまうだろう。

結局、後藤と天羽のふたりがドームまで様子を見に行くことになった。ミアは天羽と新堂が顔を合わせることに不安を感じている様子だったが、後藤は新堂が犯人であるならば、天羽を疑って敵対してみせたあの態度もすべて演技に過ぎなかったのだろうと考えた。「大丈夫だよ」と彼女に声をかける。

「様子を見てくるだけだから。すぐに戻ってくる」

ふたりは再び外に出た。ヴィラから離れてすぐ、後藤は天羽にたずねた。先ほど言っていた「気になること」とはなんだったのか、と。

「え、あ、はい」

天羽は少し口ごもり、そして言った。

「あの、後藤さん。もし本当に、金子先輩が落ちたのが新堂さんの部屋からだったとしたら……金子さんの部屋の施錠をしたのは、金子さん自身ってことですよね？　鍵を持っていたのは彼女自身だったわけですから」

「うん？　ああ、そうなるかな」

自らの質問が棚上げされたことは気にかかりつつ、後藤は答えた。金子は部屋を出た際、外からドアロックをかけた。天羽がユーチューブで見たという紐を使った方法を、彼女も知っていたのだろう。そして通常の鍵も施錠し、新堂の部屋に向かった。

「それってなんか、釈然としないものを感じるんですよ。なんで金子先輩が、外からドアロックまでかける必要があったのか。いや、そもそも、夜中に新堂さんの部屋に呼び出されたとして、ひとりで向かったりしますかね？　こんな状況じゃなかったとしても」

天羽の反応に、後藤は口を閉じた。

釈然としないもの。それは後藤だって感じていなかったわけじゃない。今頭で思い描いた流れに、はっきりと違和感を覚えてもいる。そこからあえて目を逸らし、気づかないふりをしていた。

なぜならば――。

「それに、あの花。ベランダだけじゃなく、金子先輩の部屋の中にも花が落ちていましたよね？犯人は、あの花をどうやって室内に入れたのか……」

なぜならば、もうすっかり人数が減ってしまった。

新堂が犯人じゃないとするなら、他に誰がいる？

新堂犯人説を否定するということがどういうことなのか。天羽はそれをわかって疑問を口にしているのか？

後藤は答えなかった。ふたりは黙々とドームへの道を下る。屋外キッチンへの分岐路を横目で見ながらまっすぐに進み、やがて木々の途切れた先に、半球形のグランピングドームが現れる。

三つのドームは二十メートルほどの間隔をあけて建っていた。土地の起伏や木立等の自然が仕切りの役割を果たすよう配置され、互いの存在を気にせず過ごせるよう計算されている。ヴィラから望むよりも、海はより視線の高さに近く、身に迫って感じられた。透明なアクリル面と、それぞれに設置された太陽光パネルの鏡面が、陽光を受けて異なる質感の光を放っている。

「新堂さん、どのドームにいるんでしょう？」

昨日天羽が面談で使用していたのは、一番手前に立つドームだ。警戒しつつ近づくが、そちらに人がいる様子はない。

「彼はBの鍵を持って行った」

素通りし、二つ目のドームが迫ったとき、一つ目との明らかな違いに気が付いた。アクリル造りの扉の向こうに備え付けのソファベッドが置かれ、その上にはチェスト類などの大小さまざまな家具、備品が積まれている。ああ、バリケードだ、とわかった。新堂はあの中にいる。

じりじりと歩を進めながら、後藤はズボンのベルトに差し込んだフルーツナイフの柄に、一度だけ触れた。

9　三日目　昼

十メートルの距離まで迫っても、透明なドームの中に人影は見えなかった。

後藤は天羽を木立の陰に待たせておくことにした。ひとりきりで、じりじりと歩みを進める。

家具のバリケードはいかにも頑強そうに見えた。これをひとりで組み上げるのはなかなか骨が折れただろう。バリケードを崩さず隙間から外に抜け出すことは、中にいる人間にも不可能なはず。新堂は間違いなくこの中にいる。しかし、その姿はまだ見えない。

きっとトイレだろう、と後藤は考え始めた。バスルームはガラス張りではなく、簡易的なキッチン等と一緒に、海を望むのとは反対側の不透明な半円に収められている。トイレから出たところでドームの間近に迫った人間をいきなり目にしたのでは、新堂は驚きから即座に攻撃に転じるかもしれない。本人がそう宣言していた通り。

五メートルの距離で足を止め、後藤はどうしたものかと考えた。新堂が出てくるのを待とうか。待ったところで結局は顔を合わせるなら、衝突は避けられない。このまま引き返すか？　新堂は間違いなく籠城しているということは確認できた。再び外に出て誰かを襲う気があるのなら、あんな大げさなバリケードなどこしらえたりするだろうか？

後藤は首を伸ばし、入り口に積まれた家具をもう一度ながめた。内側のドアノブが、なにか紐状のもので家具のひとつの脚に括り付けられている。外開きのドアを固定するためだろう。

最下段に置かれたソファの足元、その陰に倒れているものに、後藤はようやく気が付いた。

息を呑む。

赤黒いなにかだ。

麻痺したように思考は鈍り、しかし足が勝手にそちらに向いた。一歩、二歩と踏み出すごとに、そのディテールが摑めてくる。床に横向きに倒れた人間。間違いなく、人間だ。

そして間違いなく、死んでいる。こちらを向いて倒れた死体の顔に、後藤は二重の意味で見覚えがあった。

新堂だ。

顔中に赤い斑点が浮かんだ、青黒い顔。

「これって――」

すぐ後ろで声がして、後藤は地面を五センチは飛び上がった。振り返ると、天羽が険しい視線をまっすぐ死体に向けている。後藤を通り越し、もう慎重さの失われた足取りでドームへと近づく。透明な半球に手を突いて、中を覗き込んだ。

「増田さんと同じ死に方っぽく見えます」

後藤は黙ってうなずいた。

「どうしてでしょう？　いつ、どうして毒を口にしちゃったんでしょう？　新堂さん、未開封の食べ物しか持って行かなかったはずなのに」

「わからない」

後藤は首を振った。

「チェックが甘かったのかもしれない。犯人は注射器かなにかを使って毒を入れて、新堂さんは、小さな穴を見落としたのかも」

天羽はドームを壁伝いに移動して、角度を変えて中を見た。「食べ物っぽいものはありませんね」と断言する。「飲み物も。キャリーケースから出したような形跡がない」

後藤は天羽に追いついて、その隣に立った。天羽の言う通りだった。増田のときのように、手にしていたグラスがわかりやすくその場に転がっていたりはしない。開いている缶詰や、ペットボトル等のゴミが周囲に落ちている様子も一切なかった。

「もしかして……毒は遅効性のものだったのかな」天羽は言った。

「増田さんが飲んだ毒がジンのボトルに入れられていたというのは、あくまで推測にすぎませんでしたよね。増田さんが苦しみだしたときに手にしていたのがたまたまジンの入ったグラスだった。そのグラスがたまたま新堂さんのものだったから、良心を重んじる犯人が狙いそうなのは増田さんよりも新堂さんっぽいなという理由で、みんな納得してしまったけれど……もしかしたら、増田さんは夕食が始まるよりもずっと前に、すでに毒を盛られていたのかも」

後藤は強化アクリル板越しに覗ける、新堂の死に顔から目を離せずにいた。血走った目。血の泡のこびりついた唇。薬物による窒息死。「いや、でも」と反論する。

「不破くんが。あの学生が、使われた毒を知っていた。シアン化合物——というものが、遅効性だなんて言っていなかっただろ」

「カプセルにでも入れられていたとしたら、体内で溶けるまで時間を稼げますよ」

「カプセルなんて、どうやって飲ませる？　こっそり飲ませるのは無理じゃないかな」

「うーん……確かに。でも、そもそもどのくらいの量を飲んだら死んでしまう毒なのかも、ビジュアル的にどんな感じの毒なのかも、俺たちにはいまいちわからないですよね。不破くんにもっと詳しく聞いておけばよかったな。彼が生きているうちに」

「え？」

「ああ――でも、これではっきりした。犯人は桃木さんだ」

天羽は振り返り、まっすぐに後藤を見た。後藤は目を逸らして遠く水平線を見やった。波の音がかすかに届く。いや、これは葉擦れの音だろうか。

「残ったのは四人だけだ」

後藤は言った。

「俺も、お前も、ミアも犯人じゃない。だから――」

桃木が犯人だ。そうでなくてはならないんだ。

後藤はちらりと視線を戻した。天羽は眉間にしわを寄せ、難しい表情をしていた。

「桃木さんは……野々村さん殺害時にヴィラにいたっていうのは、間違いないと思いますけど」

「ああ。だけど彼女は部屋にこもってひとりになっていた時間がある。どうにかして塀を越えて」

「そんな痕跡見つけられなかったじゃないですか」

天羽は首を振って言った。消去法で犯人を指名しようという後藤の態度を受け入れていないのは明らかだった。後藤は「それを言い出したら」と反論する。

「お前以外の誰にも犯行は無理だって話だろ。お前……まさか今になって、自分がやったとか言い出すんじゃ」

「俺じゃないです」

天羽は答えた。「でも」と続けようとした彼を、後藤は遮った。

「それに、考えてみれば……増田さんは死ぬ前、桃木さんと一緒に居ることが多かった。ふたりでお茶を飲んで、いかにも平和そうに仲良く喋っていたり……桃木さんなら、増田さんに警戒もされずに、毒を盛ることは可能だったんじゃないか。そう、夕食のときに効いてくるような、遅効性の毒を」

話すうちに、後藤はこれがなかなか的を射た推測なのではと思い始めた。「不破くんの殺害も」と続ける。

「停電があったとき、彼女は自室に引っ込んでいた。あのときすでに、時限式の停電装置を仕掛け終えていたんだ。そして設定した時間が迫ると、彼女はこっそり階段を下りて、玄関を抜けて庭に出た。目を暗闇に慣らし、電気が消えると、窓から侵入して不破くんを殴りつけ殺害した。窓の鍵はあらかじめ開けておいたんだ」

話せば話すほど、確信が持ててくる。桃木が犯人に間違いないと、心から信じることができそうな気がした。しかし、

「あの、俺、さっき野々村さんのところに行ったじゃないですか」

天羽はうつむいて言った。

「あれ……野々村さんの手を、確認しに行ってたんです」

「手？」

「はい。あの、桃木さんが花を摘んでいたのを見て。彼女、言ってたじゃないですか。増田さん

と、それから自分のために花を集めてるんだって。それで思いついたんです。野々村さんが殺されたとき、彼の周りに散っていた花を集めていたのは……彼自身だったんじゃないかって」

「彼……自身？」

自分の死体の周りに散らす花を、自分自身で？　それでは彼は……。

「自分が殺されることを知っていたっていうのか？」

「あるいは、誰かを殺そうとしていた、とか？」

天羽は首をひねる。

「あ……じゃあまさか、塙さんを殺したのは、野々村さん？　彼が塙さんを殺して……さらに誰かを殺すつもりで、その二人目の被害者のために、花を集めていた？」

そこで返り討ちに遭い、図らずも自らがその被害者となった？

「そのへんの詳細は、正直俺もわかってないんです。ずっと考えてはいるんですけど」天羽は言った。

「でも、野々村さんが塙さん殺しの犯人で、さらにその次の殺人まで計画していたのだとしたら、この島には連続殺人をたくらむ人間が二人も来ていたってことになっちゃいますよね？　野々村さん以降のひとを殺した犯人だって、毒やらなにやらかなり準備をしてきてたっぽいですし。それってちょっと、偶然としてあり得ないんじゃないかなって」

「ああ、あり得ないと思う」

「でも実際、野々村さんの指先は緑色に染まってました。花を摘んだのは彼自身だった」

天羽は顔を上げた。そして、いかにも申し訳なさそうな目で後藤に告げた。

「これで、花を集めることができなかったからという言い分は、通用しなくなりました。野々村さん殺しのアリバイは、葛西さんにはなくなる」

しばらく押し黙ったのち、後藤は「うん」とうなずいた。

「そうなのかもな。でも、アリバイどうこうなんていうのは、なんの証拠にもならないだろ。ていうか、なんども言うようだけど、あのとき一番自由に動けたのは」

「そうですよね、俺でした」

天羽はうなずく。それからあらためて、自分を納得させるように「そうですよね」と繰り返した。

「まだわかっていないことがいくつもあるし……。金子先輩がどうやってつき落とされたのかも、不破くんの死体がどこに消えたのかも……そもそも最初の殺人で、塙さんと犯人が密室状態の礼拝堂にどうやって入ったのかも」

「とりあえず、ヴィラに戻ろう。ミアが心配だ。三人で固まって、桃木さんを捜そう。必要なら、どこか個室にでも一晩、隔離して——暴れられたとしても彼女なら脅威じゃない。交代で見張って、朝を待てばいい」

「えっと……そうですね。とにかく戻りましょうか」

天羽はヴィラへと続く道を指さした。後藤はうなずき、元来た道を歩き始めた。

足取りは重かった。新堂の死体を見たショックはもちろんある。しかし後藤の中で、ひとの死を目の当たりにすることへの衝撃というのは、すでに感覚が薄れつつあった。今はそれよりも、ずっと仲間としてやってきた後輩との明確な意見の不一致——天羽は、桃木が犯人だと信じようとしない――に、ストレスを感じていた。連日の慣れない野歩きも足腰に影響を与え始めている。いつしか息が上がり、後藤は上り坂の途中で立ち止まり、両膝に手を突いた。

「大丈夫ですか？」

軽い足取りで前方に回り込んだ天羽がたずねた。後藤は「ああ」と答えながらも顔を上げる気にはなれず、右手に広がる林をなんとなしに見やった。湿った風が、木の葉の上にまだわずかに残った昨夜の雨をぱらぱらと散らす。目の端できらりと輝いたものに、後藤は意識をひかれた。

クモの巣だった。

ハニカム構造の六角形を持つ中心部から始まり、放射状に広がるピンと張った縦糸の合間を、ゆったりとした横糸が垂れる。ひとの髪の毛の何十分の一も細い糸から成るその網は、ビーズのように付着した雨粒とささやかな木漏れ日の加減で、繊細な輝きを放っていた。

なんて完璧なのだろう、と思った。

仔馬は生まれてすぐに野を駆け、渡り鳥は遥か彼方にある未踏の目的地を見定め、ミツバチは幾何学的な正六角形の巣を造る。イワシの群れは巨大な魚影となり、カメレオンは自在に体色を変え、コトドリはあらゆる生物の声を真似、サンゴは満月に産卵する。あらゆる生物は細胞に記憶を持っている。

人間は神を信じる。

他のことはできない。

細胞に持っている記憶でしか、為せないことがある。

人間には、完璧なクモの巣を作りだすことはできない。

しかし――。

そうだ、でも、そういえば――。

後藤は記憶を巡らせた。

大学時代。皆で作り上げた舞台。一年の自分は大道具、小道具、舞台美術のすべての雑用を担った。あれは確か、ロミオとジュリエット。駆け落ちを目論む二人の計画はすれ違い、舞台は丸い月の浮かぶ豪奢なバルコニーから、地下深い霊廟へ。薄暗い霊廟には――。

後藤は上体を起こした。

陽光に目がくらむが、もう息は整っていた。「大丈夫ですか?」と天羽が再びたずねる。「ああ」と後藤はうなずく。

景色がすこし違って見えた。

それでも後藤は、その事実から目を逸らした。


ヴィラに戻り、ふたりはまっすぐにミアの部屋をたずねた。出てきた彼女に新堂の死を告げると、ミアは衝撃に目を潤ませた。

「そんな……では田中さんは、他の食べ物にも毒を……」

「ああ」後藤はうなずいた。

「もう、水以外には口をつけないほうがいい。水のボトルも、これまで以上に慎重にチェックして」

ミアはこくんとうなずきを返した。まつ毛の先に、小さな涙の粒が光る。

「それから……、桃木さんを捜しに行こう」

「桃木さん？　そっか……彼女にも教えないとね。なにも口にしないよう伝えなきゃ」

「ああ、そうだね」

三人で再び外に出た。午前中に桃木を見かけた湖の方へと足を向ける。

三人とも、口数は少なかった。ミアは新堂の死について思いを馳せ、桃木の身を案じているのだろう。天羽はきっと、先ほどのドームの前でのやり取りについてまだ考えている。

自分はなにを考えている？　と後藤は自問した。

もちろん、桃木のことだ。彼女を捕え、拘束すること。桃木が犯人であることは今となっては間違いないのだから。そういえば桃木は大きなハサミを持っていた——。

後藤はベルトの左側に手を伸ばして、フルーツナイフがまだきちんとそこにあることを確認する。

「彼女と会ったのは、確かこのあたりだった」

礼拝堂へと続く小道の上に立ち、後藤は言った。三人はぐるりと周囲を見渡した。人の姿はない。しかし、天羽が茂みの中に何かを見つけて指さした。

「ここ、花が切られてます。そっちも」

天羽の指し示す先、豊かな葉の生い茂る真っすぐに伸びた茎の先端が、ぷつりと不自然に途切れているのを見つけた。明らかに、鋭い刃物による切り口だ。

「桃木さん、お花を集めていたんでしたね」ミアがつぶやく。「増田さんのために……」

「彼女は自分のためとも言っていました」

天羽はミアの方を見て言った。

「自分が死んだときには、たくさんの花に囲まれたいから、と」

「そんな……」

ミアは痛ましい表情を浮かべる。

「そんなことにはなりません。もうこれ以上、田中さんの好きにはさせない」

天羽は答えなかった。花を失って尖る針のような茎を辿って、湖のほうへと分け入っていく。

「桃木さん！」

後藤が声を張り上げる。

「桃木さん！　どこですか！」

やがて三人は湖のほとりに出た。水の匂いがむせかえるほどに濃い。靴のつま先がぬかるんだ泥にすべる。

「あれはなんでしょう？」

最初に、ミアが見つけた。彼女の指す方に目を凝らすと、木製の小さなボートが一隻、岸辺の茂みに頭を突っ込むように止まっているのがわかった。白い塗装が剝げかけている。遊覧用の手漕ぎボートだ。

塙殺害の際、礼拝堂へ続く足跡はひとりぶんしか残されていなかった。犯人はボートを使ったのではないか、と話していたことを思い出す。あれがそのボートだろう。

先頭を行く天羽がそちらに足を向けた。足元のぬかるみをものともせずに進んでいく。後藤は泥に足を取られ、やや歩みが遅れた。白い華奢な靴を履いているミアとはさらに距離が開く。後藤は立ち止まって、彼女が追い付くのを待とうとした。

「ああ」

天羽が声を上げた。驚きとも感嘆とも、深いため息とも取れる声だった。

彼はボートへと歩み寄る。

後藤も数歩、先へ進んだ。

視界を遮っていた太い木に手を突いて、湖のほうに顔を出す。数メートル先のボートの縁から、白い足が膝下から投げ出されるように伸びているのが見て取れた。青いサンダルを履いたつま先が、湖面にわずかに触れている。その細いストラップに覚えがあった。桃木の履いていたものだ。

「ああ」

ボートの縁に手を突いて、天羽が再び息を吐いた。桃木の膝から上は、ボートの中にあって後藤の位置からは見えない。それでも、容易に想像がついた。桃木がボートの上で、優雅にうたた寝を楽しんでいるわけではないことは。

「後藤さん」

天羽はボートをのぞき込んでいた顔を上げて、まっすぐ後藤を見た。縁に突いた手にぐっと力を込め、ボートを大きく傾けた。その中身が明らかになる。

花がひとつ、湖面にこぼれた。

小さな白い花だ。

ボートの中は、桃木が自身の手で集めたと思われる花で満ちていた。

彼女がいつか広告の撮影をしたという色とりどりの花と比べれば、即席で集めた野の花は鮮やかさには劣るだろう。しかし、その上に横たわる桃木自身が、ひときわ鮮烈な色彩を放っていた。大量に流れ出した血はまだ酸素を失っておらず、鮮やかな赤い色を保っている。

血の出どころは、ひと目で分かった。

桃木の右側頭部。

耳の横から顔を二つに割るようにして、斧が深々と突き刺さっている。

水の抵抗を受け、ボートは天羽が傾けたのとは反対方向に大きく揺れた。水面から跳ね上がった桃木のつま先が、水滴を空へ高く飛ばした。ゆらゆらと揺れ続けるボートの縁に隠れ、桃木の顔はもう見えなくなった。彼女が視界に入っていたのは、ほんの数秒のことだ。それでも後藤の脳裏には、顔を割られた桃木の目が投げかけてきた、虚ろな視線が鮮明に残った。

「桃木さんも死んだ」

天羽が言った。

「これ、たぶん塙さんの首を切った斧ですよね。俺らが捜しても、見つからなかった。海にでも捨てられたものと思っていたけれど」

柄の長さが五十センチほどの、扱いやすそうな斧だった。片手でも易々と振るえそうな――。

ガサッと音がして、後藤は背後を振り返った。後藤から数メートルのところに立ったミアが、近くの木にすがりつくようにして、膝から地面に崩れ落ちる。目を見開き、こぼれた涙が頰を伝う。「ひどい」という彼女のつぶやきが、風に乗ってかすかに聞こえた。

「田中さんは、桃木さんまで……」

「葛西さん」

天羽は言った。

その声色を聞いて、後藤は天羽がなにを告げようとしているのか、直感的に理解した。制止しようと息を吸い込んだときには、もう天羽は次の言葉を言い終えていた。

「田中さんはいません」

「え?」

「田中さんは存在しません。すみません」

「天羽先生、なにを――」

「この島にはもう、俺ら三人しかいないんです」

ひときわ強い風が湖を渡り、木々を揺らした。立ちすくむ三人の間を吹き抜けた後、三人しかいない、という天羽の言葉を肯定するように、唐突な静寂が訪れた。

「俺は犯人じゃない」

天羽は続けた。

「自分でそれはよくわかっています。それから、後藤さんも犯人じゃない。野々村さん殺害時の確かなアリバイがあるし……それに、先輩がそういうひとじゃないっていうのは、俺はよく知ってます。大学時代から、もう八年の付き合いになるわけだから」

「お二人が犯人じゃないというのは、私にもわかっています」

ミアが答えた。

「だから、犯人は田中さんなんです。彼でしかありえない。そうですよね? 野々村さん殺害時のアリバイなら、私にもあります。なのにどうしてそんなことをおっしゃるんですか? 田中さんがいないなんて……」

　後藤は自分を挟んで話すふたりを交互に見やった。この話がどこに向かうのか考えながら、頭の中では天羽の言葉を反芻していた。もう三人しかいない——。

「葛西さん、すみません。俺が嘘をついていたんです」

　天羽は言った。

「今回のクラファンで、最高額返礼品のこのツアーに対する申し込みが、定員に達しなかったんです。それじゃあ恰好がつかないと思って、寄付者をひとり、自分で勝手にでっち上げた。それが田中さんです。田中さんはこの島に来ていないというだけじゃなくて、最初から存在すらしない人間なんですよ」

　後藤はミアを見た。嘘をついていた、という言葉を聞いても、大きな反応は見せなかった。ただ彼女は、いつもの射るように真っすぐな瞳を天羽に向けていた。「それから」と彼は続ける。

「野々村さん殺害時の葛西さんのアリバイは、もう崩れています」

　天羽は先ほど、新堂の死体を発見したドームの前で語ったのと同じことをミアに告げた。花を集める桃木を見て、野々村も自ら花を集めていたのではないかと気づいたこと。

「それから、金子先輩が殺された現場——金子先輩の部屋の中にも、花が落ちていました。室内に花を入れるには、マスターキーを使って開錠する必要があったはずです。マスターキーは後藤さんが持っていたと言ってたけど……同室の葛西さんなら、眠っている後藤さんのポケットから鍵を取り出すことだって不可能じゃなかった」

　風に乱れる髪を押さえて、天羽は続ける。

「あとはそう……俺たちが先ほどドームまで新堂さんの様子を見に行っていた時間、葛西さんはひとりきりになりました。この湖まで桃木さんを捜しに来て、殺し、ヴィラまで戻る余裕は充分にあった。野々村さんのときと同じように、花は桃木さん自身が集めていた」

そこで言葉を切った天羽はボートの中にちらりと視線を落とし、「もうここには、俺たち三人しかいません」と繰り返した。

「俺は……葛西さんを疑っています」

「天羽先生……そんな、私」

「あなたはいいひとだと思います。本当に、すごくいいひとだと思う。でもだからこそ、周りが汚く見えてしまったんじゃないですか？　あなたが話していた、田中さんの動機そのままに……あなたは田中さんの行動を非難することはあっても、その動機の根本のところには、ずっと理解を示していました」

「いいえ！　私は、そんな」

「天羽」

後藤は口を挟んだ。

ふたりを再び交互に見た。

八年来の後輩。

愛しい恋人。

共有した思い出は、恐らく天羽の方が多い。

側にいた時間の密度なら、きっとミアの方が濃い。

それぞれに厚い情を抱き、自分なりの敬意を持っているつもりだった。

どちらのことも心から信じていた。

それでも、もう三人しかいないのだ。

「ミアじゃない」

後藤は言った。

どちらも信じ続けることはできない。

「でも、後藤さん」

「ミアじゃないいんだよ」

「でも、もうそれしかないじゃないですか。田中さんなんていないって、先輩だって知って
――」

そこで天羽は言葉を切った。はっとした目で後藤を見る。

「もちろん、俺でもない」

「……それってどういうことですか？　それってつまり、先輩、まさか俺が」

後藤は数歩後ろに下がり、茂みの中に膝をついたミアが立ちあがるのに手をかした。それから、

「俺も気づいたことがあるんだ」と言った。

「塙さんが殺されたとき……礼拝堂の扉にはぼろぼろのクモの巣が張って、廊下には埃が積もっ
ていた。犯人も塙さんも、どうやって出入りしたのかわからなかった。だから俺らは、そこが事
実上の密室だと判断した。未だに解けない謎だと」

「……はい」

「でも、思い出したんだ。十年近く前のことで、すっかり忘れてたけど……。『コブスプレー』」

その商品名を聞いても、天羽は顔色を変えなかった。ただ、傷ついたような、痛みに耐えるような顔でふたりを見据えている。

「人間には、完璧なクモの巣を作りだすことはできない」

後藤は続けた。

「でも、壊れてぼろぼろになったクモの巣なら、埃の積もった古いクモの巣のようなものなら、作ることができる。特殊演出用のスプレーで」

廃墟や屋根裏の場面を演出するための、クモの巣スプレーや埃スプレー。後藤はその存在を、演劇サークルの活動の中で知った。ジュリエットが眠る傍らでロミオが服毒死する最後のシーンで、地下深くの霊廟を演出するため、場面転換の際にそれを大道具に吹きかけた。

「普通のひとは、そんな商品があることも知らないはずだ。演劇関係や、映像関係に属したことのあるひとくらいしか……。ミアはその分野に関わっていたことはない。特殊演出について、俺から話したこともない」

後藤は腕に体重を預けるミアにちらりと視線を落とした。彼女は混乱したような面持ちで、先ほどまでの後藤のように、話すふたりを交互に見やった。

「それから当然、野々村さんが殺されたときのアリバイがお前にはない。誰より自由に動けたんだ。花を集めたのが野々村さん自身だったっていう話も……野々村さんの指を確認したのはお前だけだ。そう、気になることがあると言って、お前はひとりで出かけて行った。あのとき本当は、屋外キッチンではなく、この湖まで桃木さんを捜しに」

「本気で言ってるんですか？」

天羽は震える声でたずねた。

「俺が犯人だって本気で思ってるんですか？　冗談でしょう？　ずっと一緒にやってきた俺より、そのひとを信じるんですか？」

「天羽」

「サークルでも、北原さんのグループでも一緒だったのに。ＢＦＨだって、後藤さんから誘ってくれたのに！」

「俺はミアを信じてる」

天羽はくしゃりと顔を歪めた。今にも泣きだしそうなその表情に、後藤は見覚えがあった。

天羽が一年生のときのことだ。せっかく抜擢された主役の座を、ヒロイン役のちえみ先輩からの申し出により降ろされたとき。皆の前では「いやほんと俺が悪いです、すみません」とへらへら謝罪していたのに、裏で気心の知れた数人に囲まれると、目に涙をためて声を詰まらせた。大学生にもなって、こんなふうに泣くやつがいるのかと後藤は驚いた。と同時に、どうにも腑に落ちない気持ちにもなった。

泣くほど悔しいなら、もっとまじめに稽古に取り組んでいたらよかったじゃないか。遅刻したり、うっかり日程を忘れてバイトに行ってしまったりせずに、きちんと責任感を持って頑張っていたらよかったじゃないか。そういう基本的なところをないがしろにしたせいで信用を失ったのだ。後から泣くくらいなら、最初から本気で、与えられた役割に真摯に向き合っていたらよかったじゃないか。

しかし八年前とは違って、天羽は涙を流さなかった。「俺には動機がないです」と彼は言った。

「天羽は教祖だ」

後藤は答えた。

「皆から敬われるうち、自分は特別だと思うようになったんじゃないか。自分だけが真に善意ある人間だと感じるようになった。理想的な信者たりえないと判断したひとたちを、次々殺して……」

後藤が説明した動機は、昨夜新堂が口にしていたものとほとんど同じ予想だったが、それはふたりには知る由もなかった。天羽は苦笑し、「本気で言ってるんですか?」と繰り返した。

「俺がそんなめちゃくちゃにヤバい人間だって、本気で思ってるんですか?」

後藤は答えなかった。天羽は深く息を吐き、何度か頭を振った後、「わかりました」とつぶやいた。

「わかりました。じゃあもう、しょうがないです」

天羽はボートの中にさっと両手を伸ばした。

再びその手が現れたときには、斧の細い柄を握っていた。柄を引くと、刃の部分に刺さったままの桃木の頭部がずるりと持ち上がった。天羽がそれを振りほどこうと斧を揺すると、桃木の顔面からは新たな血がだらだらと漏れ出した。

後藤はズボンのベルトに手を伸ばし、ナイフを摑むと素早く鞘から抜いた。

「やめて!」

半ば放心状態にあったミアが叫んだ。

刃先を天羽に向けながら、斧対フルーツナイフなんて、分が悪いどころの話じゃないなと胸の中で自嘲する。このいつだって調子のいい後輩とは、口喧嘩ひとつしたことがなかった。例え素手同士だったとしても、喧嘩でこいつに勝てるとは思えない。それでも自分には、守らなければならないひとがいる。

「ふたりとも、やめてください。こんなの間違っています。私たちのなかに犯人がいるなんて……そんなの嘘。この島には田中さんがいるんですから！」

後藤は一歩前に出て、ミアを背中に隠した。天羽はうんざりしたように首を振った。

「俺だってこんなの望んでないです。でも、殺されるのは絶対に嫌だから。俺は犯人から自分の身を守りたいだけです」

「こっちだってそうだよ」

後藤は言った。天羽はまた顔を歪め、しかしやはり泣き出すことはなく、握りしめた斧を持ち上げながら低い声をもらした。「先輩」と、辛そうに呼びかける。

「俺を信じなくてもいいけど、そのひとを信じるのは絶対にやめたほうがいいですよ。そのひとは先輩に隠してることがあるんです」

ミアがはっとしたように息を呑んだ。

「先輩には言わなかったけど、そのひとは」

「やめて！」

ミアが叫んだ。

「天羽先生、お願いです。それは言わないで。それは私が、直接」

「直接言うって言ってたから、黙ってました。でも、いつ言うつもりなんですか？　付き合っているひとに隠すなんておかしいですよ。俺なんかに懺悔しないでいられないくらい、後ろめたいことなら」

ふたりが何の話をしているのか、後藤にも想像がついた。昨日の個人面談の際に交わされた会話のことだろう。「わかっています」とミアは答えた。

「望くん、ごめんなさい。話さなくてはいけないことがあるというのは、その通りなの。私、まだ、自分でもわかっていないことがあって……。でもそれは、ちゃんと私の口から話します。だから天羽先生、お願いです」

両手を組み、すがるような目を向けたミアに、天羽がぐっと言葉を呑み込むのがわかった。ミアを疑っていると明言しながら、しかし彼女の抱えている隠しごとをぶちまけてしまうことはしない彼に、後藤は苦い感情を覚えた。

「俺は、ミアを信じる」

後藤は同じ言葉を繰り返した。

天羽はうなずいて、「じゃあ、どうします？　俺をどっかに閉じ込めとくんですか？」と首をかしげた。

「正直それでも別にいいですよ。そのひと……葛西さんと離れて過ごせるなら」

少しの間、後藤は考えた。今の天羽に、後藤とミアを積極的に攻撃する意思は本当に無いようだった。二対一とはいえ、ミアは丸腰で、向こうは斧を持っているのだ。これほどの優位にあって仕掛けてこないのはなぜだ？　――そう、天羽はミアに罪を着せようとしている。警察に対しても、ミアが犯人だと訴えるつもりでいるのかもしれない。であれば、もう無闇にふたりを襲うような真似はできないはずだ。

「どうせ明日には警察が来ます」

同じタイミングで同じようなことを考えたらしく、天羽が言った。

「ちゃんと捜査をしてもらったら、誰が犯人かなんて簡単にわかるはずです。だから……明日までおふたりと離れて過ごせるなら、俺はそれでいいです」

「じゃあ……ヴィラに戻ろう」

後藤は言った。

「各々自分の部屋に鍵をかけて、明日まで過ごせばいい」

「いえ、それじゃあ金子先輩が殺されたときと同じです」

今度は天羽がしばし口をつぐんだ。それから「マスターキーを」とつぶやいた。

「マスターキーを、湖に捨ててください。今ここで。それなら納得します。大人しく部屋にこもって、先輩たちの部屋には絶対に近づきません」

後藤はその提案について数秒考え、胸ポケットにずっと入れっぱなしにしていた鍵を手に取った。向こうからも見えるよう、まっすぐに腕を伸ばして掲げる。天羽がうなずいたのを確認してから、大きく振りかぶって銀の鍵を湖に投げた。鍵は音もなく湖面に吸い込まれ、穏やかな波紋が涼しげに広がった。

「これでいいだろ」

天羽はうなずいたものの、斧を手放そうとはしなかった。後藤の方も、フルーツナイフを捨てる気はさらさらなかった。あの手斧ではヴィラの扉は破壊できないだろう、と考える。

張り詰めた空気は解かれないまま、それでも二組はヴィラへの帰路についた。

道中で、途方に暮れた様子のミアがつぶやいた。

「――犯人は、田中さんなのに」

10　三日目　午後

　水のみを持って、後藤とミアは三階の個室にふたりで引き上げた。念のため、鍵をかけた扉の内側に窓辺にあったテーブルを運び、即席のバリケードとした。同じように籠城してドームの中で死んでいた新堂の姿が思い起こされたが、彼は毒殺されたのだ。口にするものに気をつけてさえいれば、二の舞にはならない。

　ミアは今のこの状況に、まだ納得がいっていない様子だった。戸惑いと混乱を浮かべた表情で、そわそわとベッドに座りなおす。

「だって、やっぱりおかしいと思うの。田中さんが存在しないなんて」

　彼女は言った。

「天羽先生がそんな、ご自身の見栄のために嘘をつくなんて思えない。寄付者が集まらなかったのなら、そのようにはっきりおっしゃるのが先生だと思う。……もちろん、先生が私たち信者に見せてくださっていたお顔と、ご自身のプライベートなお顔がまったく同じではないというのはわかる。でも私、今回こうして先生と長い時間をともにして、そのふたつに決定的な差異はないということもわかったつもり。先生の優しさや思いやり、人間の善意に対する敬意に偽りはないと、確かに感じたもの」

「ああ」

　後藤は短く答えた。

その通りだ。田中の存在を偽ったのは天羽じゃない。俺なんだ。

この期に及んで、天羽は自分をかばったのだろうか。ミアが後藤に落胆することのないように、田中の嘘を自らひとりで考えたもののように語った？

「私、やっぱり先生が犯人だなんてどうしても思えない」

ミアはきっぱりとそう言った。

「警察が来ればすべてがはっきりするよ。明日の朝までの辛抱だ」

後藤はミアの隣のベッドに腰掛け、彼女と向き合った。ミアの瞳が悲しげに揺れていた。天羽と決別したまま過ごすことが、たとえわずかな時間であっても耐えられないとでもいうように。

「ミア……どうして」

後藤はもうずっと長いあいだ胸の奥に留めてきた疑問が、ついに抑えきれなくなるのを自覚した。なんども飲み込んできたその問いを、抑えておけるだけの体力が、ない。

「どうして俺を選んでくれたの？　天羽じゃなく」

「え？」

ミアの目が瞬いた。その無垢であどけない少女めいた表情に、ぐっと胸が締め付けられる。

このひとが好きだ、と強く思う。

でも、彼女の心をより大きく占めている感情は、きっと天羽への――。

「最初に俺から声をかけたっていうのは、もちろんあると思う。でも、それでも、後から選ぶことはできたはずだ。俺じゃなくて、もっと……もっと大きな善意を授かり、それに気づいた、天羽の方を」

ミアは表情を緩め、「望くん」とささやいた。

「愛って、そういうものでしょ?」

ミアは後藤の左膝にそっと右手を伸ばした。いつもはひんやりとした、なめらかな鉱石のような彼女の手から、熱すぎず冷たすぎない人間の体温を感じた。愛って、という彼女の言葉が、啓示のように脳内に染み入る。

「私は、初めて望くんに会ったとき――初めてＢＦＨのオフライン集会に参加したとき、神様の授けてくださった善意の価値を皆に思い出してもらおうと活動する望くんや天羽先生に、同じくらいの敬意を感じた」

瞼を閉じて、ミアは言う。その口元には柔らかな笑みが浮かんでいる。

「でも私は、望くんに、先生とは違う、特別ななにかを感じたの。それはたぶん……このひとは私に、似ているってこと」

「似ている?」

後藤は聞き返した。彼女と自分が似ていると感じたことはなかった。彼女は自分にはないものを持っていると、むしろ後藤はふたりの違いに心を動かされていたのだ。彼女は自分にはない強さを持ち、自分の知らない感情を知っている。生まれながらの、信仰心というものを。

「望くんには、うれしくない部分かもしれない。こんなこと言って、嫌な気持ちにさせたらごめん。でも私は、私たちの、弱さが似てるって思ったの。弱さとか、脆さ。ままならなさとか、泥臭いところとか……」

「ミアが、泥臭い?」

後藤は小さく笑った。それは彼女を表現すべきものと対極にある言葉のように聞こえた。しかしミアは真剣な顔でうなずいた。

「もっと言うなら、悪いところやズルいところ。神様から授けてもらった善意やあらゆる良い部分以外の、人間的なところ。私たちはそこが、似ていると思った」

「ミア」

「それなのに、私とは違う。皆の前に堂々と立って、天羽先生を隣で支えている。そんな姿がすごく素敵で、憧れた。弱さを持ちながら自らを奮いたたせて立っていられるひとのことは、私、信じることができる」

彼女の手に両手を重ね、後藤は「ありがとう」とささやいた。

「ありがとう？　どうしてお礼なんて言ってくれるの？　私、けっこう失礼なことを言っちゃったつもりだよ」

今度はミアが、小さく苦笑いを浮かべた。

「そんなことない。俺はずっと……本当は気にしてたんだ。天羽に対して、どこかで妬いてる気持ちがあった。だからうれしいよ。ミアが俺のこと、そんなふうに思っててくれたことも。気持ちを話してくれたことも」

「妬いてた？　本当に？　ぜんぜん気づかなかった。望くんがそんな気持ちでいたなんて」

ミアは心から驚いたように目を丸くした。それから「でも、それならおあいこだね」と、いたずらっぽい声で言った。

「私だって、ちょっとは焼きもち焼いてたんだよ。金子さんは――」

そこまで言って彼女ははっと言葉を切り、すぐに「ごめんなさい」とささやいた。金子の死を、その喪失がまだ到底受け止められぬほど真新しいものであることを、思い出したのだろう。

「いいんだ、俺は大丈夫。金子が?」

「……うん、金子さんは、私の知らない望くんを知っていた……でしょ? だから、それが羨ましかった。もちろん、BFHのこともね。彼女の立場に憧れる気持ちが、どうしてもあったの」

「それは……俺も気が付かなかったな」

本心から後藤は言った。

「もしかしたら金子さんが私のことを疑っていた理由は、それかも」

「え?」

「私が彼女に焼きもちを焼いていること、金子さんは気付いていたのかも。それをこう、なんていうか、敵対心みたいなものと誤解されて……犯人かもしれないって、思われてしまったのかなって」

それは違うのではないかな、と後藤は思った。金子が警戒して不信感を抱いていたのは、ミアの信仰心の厚さに対してだ。それは、自分たちにはないものだから。未知の強大な感情を前に後藤が憧憬を抱いたのに対し、金子はおそらく畏怖を覚えた。金子の気持ちも、後藤には理解できた。

しかし後藤は「そうかもしれないね」とだけ返し、ミアをそっと抱き寄せた。彼女の体温を両腕で感じ、髪の匂いで胸を満たす。心音が重なるのがわかるくらい、長い抱擁だった。

やがてそっと身体を離したミアの顔。

その瞳には、依然消えない悲しみが色濃く浮かんでいた。

11　三日目　夕方

短い午睡に落ちていた。

捉えどころのないぶつ切りの夢を、いくつも見た気がする。

ＢＦＨを立ち上げてからの日々、留置場にいた頃、北原のもとにいた頃、大学時代、中学高校時代、もっと子供の頃、現記憶にも近い情景。脈絡なく、時系列もばらばらに、様々なビジョンを見た。時間の感覚が伸び縮みして、何年にも、何十年にもわたる時を圧縮して過ごしたような、妙な疲労感を覚えた。眠る前よりも重い身体を起こし、開いたままの窓をぼんやりと見つめる。

父のことが頭に浮かんだ。

きっと夢の中に出てきていたのだろう。

いつの父で、どんな夢に登場したのかは、さっぱり思い出せない。

ただうっすらと、悲しい気持ちと罪悪感だけが残っている。

水の匂いがした。雨が過ぎ去ったようだった。橙に暮れつつある空が、部屋の中にまでその色を映し、空気を淡く染めていた。意識の半分を夢に残したままベッドを下り、後藤は室内を見渡す。

途端に、ゾッと冷たいなにかが背中を走り抜けた。一瞬で覚醒し、息が上がる。

扉の前、バリケードとしていた机が脇にどかされていた。確かにかけていたはずのドアロックも外れている。

「ミア」と呼びかけるが、当然のように返事はなかった。バスルームの扉をノックもせずに開け、やはり無人であることを確認する。後藤は靴を履く手間も惜しんで、机の脇をすり抜けドアノブを摑んだ。廊下に出る。しん、と静まり返った館内には誰の気配もない。「ミア」と呼ぶ声だけが虚しく響く。

なぜ彼女は外に出たんだ？　明日まで部屋にこもろうと話していたのに。

水を取りに出ただけかもしれない。空腹に耐えかね、安全そうな食べ物を見繕いに降りて行っただけかもしれない。そう考えてみるものの、嫌な予感がぬぐえなかった。つい先ほど――あるいは何十年も前に感じられる――のぞき込んだ彼女の瞳の中の憂いが、頭をちらつき離れない。

後藤は階段へと足を向けた。一段一段、慎重に下りる。互いの部屋には近づかない、と宣言したものの、天羽の個室は二階の階段に近い角部屋にある。キッチンのある一階に降りようと思ったら、どうしてもその側を通りかかる。

はだしの足は少しの足音も立てず、後藤は意に反して、自分が天羽の部屋へ忍び寄ろうとでもしているような気分になった。二階の踊り場に立ち、すぐにさらに下へ降りようと廊下を素通りしかけたところで、彼の部屋の扉が目に入った。

開いている。

外側に、ほんの五センチほど。

再び、背中の毛がぞくりと逆立った。

開いた扉のすぐ外に、百合が一輪落ちている。

そこにミアがいるような気がした。理屈より先に、なぜだかそう感じた。

彼女は天羽をまるで警戒なんてしていなかったのだ。天羽の方も、ミアを疑い恐れているようなそぶりを見せたのは、自分が犯人ではないというアピールに過ぎない。彼はミアを部屋に招き入れた。それで――それで？

ミア、と呼びかける言葉は声にならず、掠れた息だけが漏れた。

廊下に敷かれたカーペットを踏みしめる。ほんのわずかな距離で、扉の前に到達してしまう。なにも見ず引き返したい、という気持ちと、ひと思いにすべてを見てしまおうという気持ちが拮抗した。それで結局、そろそろと伸ばした指をドアノブにかけ、ひとつ息を吸い込んでから、力を込めてゆっくりと引いた。

すぐに赤い色が目に入った。

おびただしい量の、圧倒的な赤だった。

視界一面が、濡れそぼつ鮮やかな赤に埋め尽くされる。

見慣れてしまった血の色。

そして死体。

仰向けに倒れた亡骸の、元は純白だった衣服のほとんどが、己から流れ出た血に染まっていた。すでに命が無い量の出血であることは明らかだった。一瞥してわかるだけでも、身体に複数の傷跡がある。刺されたのだ。何回も。

後藤はゆっくりと息をはいた。舌の根がびりびりと痺れる。身体をえぐられるような、物理的なまでの感情が胸内で膨らみ吐きそうだった。失われたひとの名前を呼ぼうとして、やはり声は出てこない。

身体の傷や出血の量に反して、その死に顔は穏やかだった。

うっすらと目を開き、なにもない壁をぼんやりと見つめている。

ほとんど血の付着していない白い顔が、首下や床に広がった血の海から浮き上がって見えた。

「望くん」

声に振り返る。ミアが立っていた。

「どうしたの？　天羽先生のお部屋に、なにか――」

後藤はなにを答えることも、考えることもできないまま、ただ身体を数センチ横にずらした。

部屋を覗き込んだミアの両手から、水のペットボトルが三本、するりと落ちた。彼女は叫び声を上げながら、後藤を押しのけ中へと駆け入った。血だまりの中にひざまずき、命を無くした天羽の身体を揺さぶる。

ドア枠に肩をもたせかけながら、後藤は泣きじゃくるミアを眺めた。倒れている天羽の頭の近くに、彼が持って行った斧が落ちていることに気が付いた。彼の身体についた傷はもっと小さく、斧による損傷ではない。もっと細い……ナイフのような刃物で刺されたのだろう。それらしい凶器は、室内のどこにも見つけられない。後藤は反射的に腰のベルトに触れた。フルーツナイフは……どこかに置き忘れてしまったようだ。

この島にはもう三人しか――と言った、天羽の声が蘇る。もう、三人しかいなかった。そして今、さらに一人が去ってしまった。

「望くん」

ミアが濡れた瞳で見上げた。

「天羽先生が、どうして？　どうしてこんなひどいことに」

自分は犯人ではない。

後藤にはそれがよくわかっている。

目の前にいるのは、愛する女性。

自分のことを、似ている、と言ってくれたひと。

彼女の白い頬を、一粒の涙がすべり落ちる。

その瞬間、すべてがわかった。

この島で起こったできごとの、すべてを理解した。

そうだ。

そうだったんだ。

最初からわかりきっていたことじゃないか。

「田中だ」

後藤は言った。

「田中がすべての犯人だ」

そう口にした途端、頭の中に渦巻いていたあらゆる疑念が、するりとほどけた。胸にわだかまっていたあらゆる感情が、すっきりと腑に落ちた。

そうだ。

田中が犯人だ。

それ以外に、答えなどあり得ない。

後藤は膝を折り、目の前の無垢な恋人に手を伸ばした。輝く涙をそっとぬぐう。

彼は自らの望むままに、自ら創り出した虚像を信じた。

信じることに決めた。

そうして訪れた解放感に身を任せる。

——ああ。

信じる心の、なんと自由なことだろう。

「田中さんは、きっと合い鍵を持っているのね」

ミアが言った。後藤はうなずく。

「そうだね。ヴィラの部屋は、もうどこも安全じゃないのかもしれない」

「それなら……あのグランピングドームに移るのはどうかな?」

涙声のまま、しかし気丈な態度で、彼女は言う。

「ドームでは、新堂さんが殺されてしまったけれど……彼は毒を飲んでしまったんだもの、鍵が破られたわけではないんだよね? あそこなら、私たち、朝まで立てこもっていられるかもしれない。田中さんから身を守って……」

ミアはふと自らの手を見下ろした。天羽に触れた両手が、赤く染まっている。「望くん」と、彼女はつぶやく。

「私のこと、守ってくれるよね?」

後藤は少しもためらわず、愛するひとを抱きしめた。

12　三日目　夜

グランピングドームに着く頃には、東の空に星が瞬きはじめていた。

ふたりは新堂が死んでいるドームのそばを、一瞥もくれずに通り過ぎた。

仕切りの役割を果たす木立を越えると、入り江への展望が開けた丘の上に出る。しんと冷えた空気に、秋の虫が鳴いていた。

「寒くない？」

「うん、私は大丈夫。気持ちいいくらい」

ミアは空を見上げ、海風と夜の森から吹く空気を深く吸い込む。

ふたりはドームに入ると、新堂に倣ってテーブルや椅子をドア付近に積み上げ、バリケードを作った。床に直接敷かれた脚のないソファベッドだけはそのままにしておいた。キングサイズのマットレスに寝そべり、枕の位置のクッションに頭を乗せると、ちょうどアクリル張りになった透明な壁の一角と天井が視界に入る。

「宇宙船の中にいるみたい」

アクリル越しの夜空を見上げ、ミアが言った。太陽は完全に西の海に沈んだらしい。ドームから見える空も紺碧の深さを増し、降り注ぐような星々がよりいっそう荘厳に輝いた。

照明は点けていなかった。ここにいることを田中に気取られてはいけないからだ。闇の中、星明かりと月明かりだけがふたりを白く照らしている。

後藤は隣に寝そべるミアの手をそっと握った。

「もうすぐ月蝕も見えるね」

「うん……そうだよね。皆で見るはずだった月蝕……」

ミアは小さな力で、手を握り返した。

「ミアがいてくれてよかった」

後藤は言った。

「それだけで、すごく幸せだよ。なんだろう……こんな状況なのに、今、すごく満たされた気持ちだ。なんていうか、俺は……最初から、ここに辿り着きたかったような気がしてる」

愛する人と俗世を離れ、二人きりで星を見上げる。

今までの人生すべて、この場所に辿り着くために生きて来たように思えた。

「ミア」

後藤は握りしめた手に力を込めた。

「俺……ずっと、父さんの自慢の息子になりたかったんだ」

不意にそんな言葉が口をついて出た。ミアは首を横に倒し後藤を見る。

「俺……二つ下に弟がいるって、話したことあったよね。ごく普通の、そこそこ仲のいい兄弟だったって言っていたけど……でも、本当は、俺はずっとあいつが嫌いだったんだ」

ミアは黙って、小さく顎をひいた。その瞳が続きをうながす。

「あいつが、俺より勉強も運動も、とにかくなんでも秀でていたから。俺は年上なのに、なんでもすぐにあいつに追い抜かれて……でも、一番つらかったのは、あいつが俺よりも……善いやつだったってことで」

　穏やかで、朗らかで、素直で優しい善いやつだった。いつも友人たちに囲まれ、その笑顔も気性も、父にそっくりだった。

「父さんは、俺よりも、自分に似ている弟の方が好きだったんだ。態度には決して出さなかったけど、でも、俺にはそれがわかった。俺は父が、大好きだったから」

「望くん」

　ミアは指先にぎゅっと力を込めた。それだけで、後藤の胸に温かいものが満ちる。

「俺、弟にはできないようなことで……なにか大きなことで、あいつに勝ちたかったんだと思う。あいつには……ふつうの善いやつにはできないようななにかを、成し遂げたかった」

　北原の話を信じたのは、その可能性を感じられたからだった。そして大きく道を誤ってしまった。もう父に合わせる顔はない。

「でも、ようやく気づけた。最初から、そんな必要はなかったんだって」

　心から愛し、愛してくれる存在に出会えた。他の人間からの評価も、己の自意識も、遠い未来も、明日さえもどうでもいい。全身に巣食っていた不安は失せ、今この小さな船の中にあるものだけがただただ愛しく思える。それだけが現実だ。

「ずっと一緒にいよう」

　天を向いていた彼女の繊細なまつ毛が、かすかに震えた。

「……望くん」

　瞳に映り込む星が見える距離だった。

「私も、話したいことが……話さなくちゃいけないことがあるの」

静かな声で、ミアは囁いた。

後藤の脳裏に、湖のほとりで天羽と彼女が交わしていた会話が蘇る。

彼女は俺に、隠していることがある、と。

なんだって受け止められる、と思った。

こんな自分を愛してくれる彼女の言葉なら、なんでも。

「あのね」

ミアが言う。

「私に兄はいないの」

＊

翌朝。

眩いばかりの水平線を望むドームの中。

新たな死体がひとつ、昇ったばかりの朝日に照らされていた。

その顔は酸欠により苦悶に歪み、青黒く変色し、赤い斑点が星屑のように浮いていた。

13　四日目　朝

不破翔は身体を低くし、茂みの中を這っていた。

朝露に濡れた葉を両手でかき分け、ふいに現れる尖った枝に頬を擦られながら、できるだけ音をたてないようにと神経をとがらせて進む。木々の合間から覗いていた、燃えるような朝焼けはいつしか薄れ、今はひたすらに澄んだ水色の空が少しずつ明るさを増している。雲一つない、美しい朝だった。

突然、近くの低木で聞き慣れない声の鳥が鳴いた。不破はびくりと身体を跳ね上げ、うっかりしりもちをつく。途端に後頭部で痛みが跳ねた。そっと手を伸ばし、二日前から巻かれたままの包帯に触れる。痛みが引くのを待ってから、再び移動を始めた。

姿勢を低く保っているのは、頭の怪我に響かないように――という理由ももちろんあった。しかしそれ以上に、彼は怯えていた。せっかく取り留めたこの命が、再びあの恐ろしい人間の――犯人の目に晒されることを。

昨夜まではヴィラの二階、自室のバスルームに身を潜め、息を殺してじっとしていた。頭の痛みと空腹と疲れに朦朧としながら、鎮痛剤を飲んで途切れ途切れに眠った。夜中、ひとの気配がなくなってから一度寝室に出て、欠けていく月を窓から眺めた。もう一度眠り、日の出前に目覚めたとき、じりじりと移動を始めた。朝一番にやって来る、迎えの船に乗るためだ。

帰りたい、と強く思った。

絶対に、生きて帰りたい。

船に乗り遅れてしまったら、永遠にこの島から出られない。そんな恐怖が背中を押した。不破はずり落ちたリュックを背負い直し、周囲の物音に気を配りながらも重い足を交互に前に出す。先ほど、グランピングドームの近くを通りかかった。遠目に覗いたドームの中に、ひとが一人倒れている様子がうかがえたが、不破は近づきもしなかった。今この島に、いったい何人の人間が生き残っているのか、彼は知らない。昨日までは感じられたひとの気配、足音や話し声も夜にはすっかり聞こえなくなった。あるいはもう、自分しか残っていないのかもしれない。ひとりきりで地面を這っていると、世界にはもう自分しかいないのではと思わせるような孤独がたびたび訪れた。

記憶の中の地図を頼りに、不破は移動を続けた。耳を澄まし、ざわざわという葉擦れの音の中に、穏やかな波の音を聞き分ける。ゆるやかな下り坂を進んだ数メートル先に、木々が途切れているのを見て取った。そろそろと首を伸ばすと、朝日に白く煌めく海が覗けて、不破は足を速めた。

舗装された歩道が開けている数歩手前まで来た。見覚えのある景色に胸が高鳴る。この急な勾配の坂道を、最初の日に皆で連れ立って上ったのだ。視線を下げると、入り江の中に造られた桟橋が見えた。あそこだ。船がやって来るのが見えたら、すぐにあそこまで駆け下りて助けを求める。島を出て、二度と戻らない。今はとにかく、安全な自室でぐっすり眠りたい。眠る前に、もちろん母親に連絡を取る。それから病院に行って、美味しくて量のある食事をとって、無害な人々の往来を眺め、時間を気にせずのんびり動画でも眺める。

そういう日常のあれこれのために、お金が欲しかった。

安全で、快適で、誰からも傷つけられることのない毎日のために。

お金さえあればそれが叶う。

そしてそんな幸福を、自分の大切なひとにも分け与えることができる。

「不破くん」

びくりと肩が跳ね、息が止まった。

包帯を巻いた自分の白い頭が、藪から完全に突き出していることに気がついた。

ゆっくりと振り返る。

桟橋へと下る舗装路の上、その人物は立っていた。

暗い色をした、オーバーサイズのレインジャケットを着ている。

そのフードを、するりと脱いだ。

「不破くん、無事だったんだ」

彼女は軽い足取りで坂を下りてくる。

不破は軽いショック状態に陥りながらも、すぐさまリュックのサイドポケットに手を伸ばした。

差してあったサバイバルナイフを摑み取り、身体の前で構える。島に来るにあたり持ってきていた私物だった。刃渡りはほんの七センチほど。

彼女は口元に小さく笑みを浮かべて、「落ち着いて」と足を止めた。

「私も君と同じだよ。死んだふりをして逃げ延びたの」

「死んだ……ふりを？」

「そう。あのまま皆と一緒にいたら殺されちゃうと思ったから。それで正解だったよ。今この島で生き残っているのは、私と君のふたりだけ」

金子千香は笑みを深くした。

ヴィラの部屋で息を潜めていたとき、動揺したように金子の名前を呼ぶ後藤や天羽の声を聞いた。少しして、なにか諍い合うような険のある声でのやり取りが下階から響いてきた。その後、金子が死んだという確かな一報を聞いた。しかし、生き延びていた？　今こうして、目の前にいる。他のひとたちは……皆死んだ？

不破は掠れた声で、「犯人は……」と呟いた。

「犯人？　ああ、犯人は自殺したよ。葛西さん。すべてが彼女の計画だったの。皆を殺して、自分も死んだ。彼女はなにか、私たちには理解できない極端な妄想にでも取りつかれていたんだと思う」

不破は答えなかった。

金子の両手が不自然に背中に回されていることに気づいていた。

ふたりの距離は五メートルほど。向こうの方が高い位置を取り、いつでも攻撃に入れる直立の姿勢だった。自分は膝立ちで、重いリュックを背負っている。頭の怪我もあり、立ち上がるのにも数秒を要するだろう。逃げ切れるか？　船が来るまでの間、逃げ続けることができる？　しかしどのみち、船に乗るためには入り江に向かう必要がある――。

じっと睨みつける不破の視線を受けて、金子は肩をすくめた。

「信じてもらえない？」

そして彼女は、あっさりと両手を前に出した。

その手には、乾いた血のこびりついた小ぶりな斧が握られていた。

「天羽くんは信じてくれたんだけど……。私が用意してた言い訳を披露する間もなく、すぐに扉を開けてくれて。逆にこっちがびっくりしちゃったよね。あの子はほんとに、いい後輩。私と後藤くんのこと、まるで疑いもしていないんだから」

金子の話を、不破はほとんど聞いていなかった。赤黒く染まった斧の刃に、目が釘付けになっていた。首を切断されていた塙の死体が脳内にフラッシュバックする。本能的な恐怖に、両足から力が抜けた。

「だから天羽くんは、わけがわからないまま死ねたと思う。ごめんね、君もそういうふうにしたかったんだけど。君が今までどこにいて、なにをどこまで知ってるのかぜんぜんわかんないから、嘘つくのも難しくて」

金子は再び坂を下り始めた。不破は手にしたナイフを持ち上げてみるものの、その手にまったく力が入らないことを自覚した。立ち上がろうにも、萎えた足は一ミリも動かせない。そんな彼の様子を見て、金子はいかにも気の毒そうに息をついた。

「そもそも君が生きてるなんて。びっくりしちゃったよ。死体が消えたって聞いて」

金子は左耳を指さした。そちら側の耳にだけ、白いイヤホンが挿さっている。なにをどう聞いたのか、そのしぐさだけでは不破にはさっぱり理解できなかった。

「最初は本当に、私以外の誰かが死体を移動させたのかなって思っちゃった。そんな意味わかんないこと誰がしたんだろうって、ちょっと混乱しちゃったよ。でも、新堂さん、あのひと、本当にヤブ医者だったんだね。死亡の確認もまともにできないレベルだなんて思わなかった」

新堂、の名前に、パニックに陥りかけていた不破の頭が反応した。手足には依然として力が入らないまま、それでも「違います」とはっきり答える。

「新堂さんは、わざと」

「わざと？」

「嘘をついたんです。僕が死んだって」

二日前の夜。

経験したことのない激しい頭痛に苛まれながら目を開いた瞬間、新堂と目が合った。自分は仰向けに倒れ、頭のすぐそばに新堂が膝をついていた。状況が呑み込めず動揺する不破の目を、新堂は真っすぐに覗き込んだ。止血を施した包帯の端を丁寧に留めた後、不破の顔に一瞬だけ手を触れて、言った。

「駄目だ、死んでる」、と。

自分は死んでなどいない。

そう口にしかけた不破の肩を、新堂がぐっと摑んだ。そして声には出さず、口の動きだけで何事かを伝えてきた。はっきりと二回。同じ言葉を繰り返す。

逃げろ。

不破がそう理解した瞬間、新堂はすっと立ち上がり、掃き出し窓を開けて不破の身体をサンルームへと足で押しやった。増田の死体の隣に並べられることに生理的な恐怖を覚えたが、頭の痛みで指一本動かすことはできなかった。窓はすぐに閉じられた。それでも、ガラス越しに中でのやり取りははっきりと聞き取れた。彼らの話を聞き、不破は少しずつ思い出した。

自分は殴られたのだ。

照明が消え、ヴィラ全体が暗闇に包まれたあの瞬間。不破はとっさに床にしゃがみこみ、掃き出し窓の方へと手探りで移動した。暗闇の恐怖の中、考えるより先に、目の前に座っていた天羽から距離を取ることを選択していた。不破は彼に対しても、ある種の恐れを抱いていた。投資目的でツアーに参加した自分に信仰心が無いことは、新堂によってばらされてしまっていたからだ。自分が彼を信じる者ではないと、知られている。

しかし襲撃者は、移動した不破を追ってその頭を的確に殴りつけた。自分が誰に殴られたのか、不破にはまるで見当がついていなかった。

今の今まで。

「どうして新堂さんがそんな嘘をつくの？」

金子は足を止め、心底不思議そうな顔で首をひねった。

「僕を逃がすため、だと」

不破は答える。

「うん？　うーん、そうなの？　でも、なんで新堂さんが君を逃がそうなんて思ったの？　君が逃げ延びられたところで、新堂さんにはなんの得もないよね」

「それは――」

不破をサンルームに残し、皆が引き上げていった深夜。ショックと恐怖と痛みにより動けずにいた彼のもとに、新堂が戻って来た。頭の傷をチェックし、消毒を施した後で包帯を巻きなおし、簡単な問診をされた。自分の名前はわかるか、自分が今どこにいるかわかるか、手足は動かせるか。不破がいずれも正しく答え、頭の痛みをこらえつつ両手足を動かして見せると、新堂は「血は止まってる」とうなずいた。

「検査ができないからこれ以上はどうしようもない。吐き気は？　ない？　じゃああとはとにかく安静にして、運に任せるしかないな。でもなあ……、ここであと丸一日、死んだふりを続けるのは無理があるよな」

　新堂は少し考え、迎えが来る日の朝まで新堂の部屋に身を隠すよう指示した。彼の肩を借り、不破は三階の個室までなんとか階段を上り、そこに落ち着いた。

「俺も君も、また襲われるかもしれない」新堂は言った。

「善意を持たない人間だからだ。ふざけてるよな。こんなところでそんなわけのわからないしょうもない理由で殺されてたまるかよ。なあ？　絶対に生きて帰ってやる。帰ったらまず、最初に見かけた募金箱に有り金ぜんぶ募金してやるよ。寄付だってする。善意を示すならなにより金だろ。つまり、この島で一番善意を持ってるのは俺なんだよ」

　新堂が延々とぼやくのを朦朧とする頭で聞きながら、不破は貰った鎮痛剤を飲み眠りについた。

「でも翌朝、あなたが死んだと」

「うん」

「新堂さんはかなり取り乱した様子で戻ってきて……自分はドームに籠城する、と。自分がいなくなればこの個室は他の人たちに調べられてしまうかもしれないから、君は自室に移動しろと言われて」

「そっか……なるほど。夜中は私、死んだふりの準備で忙しかったから、下の階の会話を聞いてなかったんだよね。個室にはマイクを仕掛けてなかったし」

金子はわずかに唇を尖らせて、左耳に挿したイヤホンに触れた。それで不破にも、彼女がヴィラのリビングルームに隠しマイクかなにかを仕掛けていたのだとわかった。そうやって、皆の会話を聞いていたのだ。

「でも、君は一緒にドームに行こうと思わなかったの？」

金子はたずねる。

「僕は、他のひとたちに見つからずにヴィラを出ることは難しかったから……」

「ああそうか。それでずっと、自室に隠れていたわけね。……うん、どうして君が生きているのかはわかった。でもそれって、私の最初の質問の答えにはなっていないよね。どうして新堂さんは、君を逃がそうなんて思ったんだろう」

「それは」

不破はもう一度、一昨日夜の新堂とのやり取りを思い出す。

「新堂さんは、理由は、なにも言いませんでした」

彼はただ、犯人への憤りと生き延びることへの渇望について語っていた。目の前の不破を治療し、かくまうことについては、語るべきことなどなにも無いようだった。

「ただ助けてくれたんだと思います。理由はなく」

「……そっか」

金子はそうつぶやくと、胸の前で持った斧を握る手に、ぎゅっと力を込めた。

「若い命を、ただ当然に、助けようと思ったのかな。新堂さんは……ちゃんとお医者さんだった。本人はそうじゃないって信じていたのかもしれないけど、善いひとな部分だって、ちゃんとあったんだね」

しみじみと語る金子の顔には、なぜか笑顔が浮かんでいた。心から嬉しそうな彼女の反応を見て、不破はその不可解さにぞっとした。

「あの、彼は、新堂さんは」

「ドームの中で死んだよ。増田さんと同じ毒で」

「そんな……」

「苦しんだのはほんの一瞬だよ。いや、一瞬っていうのは言い過ぎかもだけど。でも、そんなに長い時間じゃない」

金子はその死を悼むかのように、そっと目を閉じた。不破はその隙に、意志の力でなんとか右ひざを持ち上げた。立ち上がろうと中腰になったところで、金子は瞼を開いた。握りしめた斧を肩まで持ち上げ、最後の数メートルを下りてくる。

「君はもっとすんなり死ねるから」

目の前に立った金子が、斧を振り上げた。

不破は彼女を見上げたまま、目を閉じることすらできなかった。

視野が縮小し、自分へと振り下ろされる斧、その刃だけが世界のすべてになる。

恐怖や焦燥や混乱を越えて、圧倒的な無力感が押し寄せた。

今、自分は死のうとしているのに、どうすることもできない。

そのとき、極限まで狭まった不破の視界の左手から、突然大きな影が現れ斧の像をかき消した。短く悲鳴が上がる。続いて、がさがさという大きな葉擦れの音。荒い息遣いに、再びの悲鳴。

不破は瞬きを繰り返し、どうにか状況を理解しようと痛む頭を振った。そして見た。地面の上、二つの人影が右手の茂みに半身を突っ込むようにしながら揉み合っている。影のひとつはもちろん金子だった。仰向けに倒され、両手で握りしめた斧を奪われそうになるのを、身をよじって拒んでいる。

金子の蹴り上げた脚が、もうひとつの人影の腹にまともに当たった。影はうめき声をあげ、数歩後ずさって金子から離れた。けれど、その手には金子の腕からもぎ取った斧がしかと摑まれていた。荒い息を繰り返しながら、倒れたままの金子を睨みつけている。

後藤望だった。

血走った目が一瞬不破へと向き、再び金子へと移る。

後藤はみぞおちの痛みをこらえながら、茂みの中に横たわる十年来の友人を見下ろした。

金子。

初めて会った十八のときの彼女が、脳内にフラッシュバックする。

「お前が」

後藤は深く息を吸った。

「お前がミアを」

「どうして?」

金子は地面に肘をつき、わずかに上体を起こしながら、後藤を睨み返した。

「なんで後藤くんまで生きてるの？　葛西さんと一緒に、ドームに入ったのに」

一緒に、ドームに――。

後藤は昨夜別れたミアの最後の表情を、大きく首を振ってかき消した。今朝発見した、斑に皮膚が変色した、変わり果てた彼女の姿も。

「どうしてだ？　どうやってミアを毒殺した？　ミアは絶対に、なにも、口になんてしていない。それなのにどうして、あんな――それに、どうしてお前が生きてるんだ」

後藤の最後の言葉に、金子は小さく笑った。

「私たち皆同じだね。なんで生きてるの？　っていう。本来死んでいるべき人間」

まあそれは皆そうだけど、と呟きながら、金子は身体を起こして髪に付いた葉を払った。

「君はドームを出たのね。入ったところは見ていたのに、出て行ったのは気づかなかったな。私が一瞬、準備があって離れたときね……どうして出て行ったの？　恋人同士で仲良くやってるもんだと思ってたのに」

「お前には関係ないよ」

「ああ、もしかしてフラれちゃった？　やっぱり天羽くんのほうが好きだって？」

「違う。お前には理解できないよ。彼女のことなんて、なにひとつ」

「わかんないけどさ。でも結局、君は彼女を置いてドームを出て行ったんだね。だから彼女だけが死んだ」

金子の言葉を受けて、後藤ははっと気が付いた。

「ドームに何か仕掛けがあったのか？　それでミアは――まさか、新堂さんも」

「そうだよ」

金子はうなずく。

「ドームは密閉されていて空調もシンプルだから、換気扇から青酸ガスを送り込んだの。増田さんを殺すのに使ったのと同じ、シアン化合物ね。シアン化合物は液体を飲み込んでも気体を吸い込んでも結局は同じ症状で死ぬんだ。きちんと解剖されたら、消化器官と肺、どちらにより深いダメージを受けたかわかるから、どうやって毒が取り込まれたのかもわかっただろうけど」

毒ガス。単純な話だった。

増田と同じ死に方をしているという点から、後藤も天羽も新堂の死体を見て、同じ毒による殺害だと判断した。それは間違いではなかった。しかし、毒の摂取方法までもが同じだと思い込んでしまったのが誤りだった。経口摂取による毒殺と同じ毒が、ガスとして使われるという発想に至らなかった。

後藤は激しい後悔に襲われた。こんな単純なことに気づかなかったがために、ミアを失ってしまった。

「ていうか、もしかして不破くんなら気づいたかもね。毒に詳しい子がいるなんて思ってなかった。ドームで何人か殺す計画は捨てたくなかったから、急いで不破くんを殺したつもりだったんだけど」

後藤は坂の数メートル下で、呆けたようにこちらを見ている不破にちらりと視線を向けた。白い包帯がぐるりと巻かれた頭。茂みの中に息を潜め、金子に飛び掛かるタイミングを計りながら、

後藤もその顚末を聞いていた。しかし、

「あの暗闇の中で、どうやって不破くんを殴ったんだ？　金子はキッチンのカウンターの中にいたし、捻挫だってしてたじゃないか。不破くんが倒れていた窓際までは距離があったはずなのに、闇の中をどうやって素早く移動して……」

「足を捻ったっていうのは嘘だよ。この通り、ぜんぜん元気に歩ける」

「は？　でも、怪我は新堂さんがちゃんと診て……」

「いくら外科医だからって、ぱっと見ただけで靭帯のダメージの有無なんてわからないって。腫れや内出血がなくても患者が痛いと言っている、じゃあたぶん軽い捻挫だろう、くらいの推測が関の山でしょ。見た目に変化がない怪我なんてざらにあるわけだし。お医者さんだって神様じゃないんだから。皆、ひとりの人間の言葉を信じすぎだよ」

後藤はあのときの、いかにもつらそうに足を引きずってみせた金子の様子を思い出す。確かに、怪我をしたという患部にこれとわかる変化を見たわけではない。

医者は患者の言葉を信じ、医者の言葉を皆が信じた。

「あと、暗闇はね。ただ目を閉じてたんだよ。停電の瞬間まで」

金子は地面にぺたりと座り込んだまま、自らの目を指さした。

「それと私、眼精疲労がひどいから。目の筋肉を緩めて、瞳孔を開く目薬を処方されてるの。それを注して、あとは時間まで目を閉じて、暗闇に目を慣らしてた。直前まで新堂さんと話してたけど、途中からは彼に背中を向けてたし、気づかれてなかったと思う。急な停電で皆が混乱に陥っていたとき、私には不破くんも、そこまでの動線もちゃんと見えてた」

またしても単純な話だった。しかし、その単純さは計画としてあまりに杜撰《ずさん》であるようにも思えた。「そんなの誰かがスマホのライトでも使えば、一発でバレてたじゃないか」と後藤は吐き捨てるように言った。

「確かにそう。でも、スマホは一日中ずっと圏外になってたでしょ？　だから普段と比べたら、皆そこまでスマホを肌身離さず持ってはいないんじゃないかなと思って。圏外にしていたのも、もちろん私なんだけどね」

「え」と声をもらしたのは不破だった。「でも、いったい、どうやって――」

「最初の日の夜に、ヴィラに電波遮断器を何個か仕掛けておいたの。私も一個、持ち歩いてる。だから、ヴィラの中と私の周りはずっと圏外だったんだよね」

そう言って金子は、背負っていたリュックサックを身体の前に回し、上部のファスナーを開けた。取り出したのは手のひらよりやや大きなサイズの、ルーターやモデムに似た薄く黒い箱形の機器だった。アンテナのような突起がいくつか伸びている。

「半径十メートルくらいはカバーできるみたいだから」

「そんなもの、どこで……」

「ネットで普通に売ってるよ。試験会場とかで使うっていう名目でね。毒だってネットで買ったの。メッキ加工業者のふりをして申請を出して……こんな使い方をしたらすぐに足が付くだろうけど、それはもう、どうでもいいことだし」

どうでもいい、という投げやりな言葉に、後藤はあらためてこの古い友人を見下ろした。金子は死んだものと思っていた。

初めから死んだふりをして逃げ延びるつもりで、好き放題に動いていたのか。

「あの崖下の死体は」

後藤はずっと疑問に思っていたことを口にした。

「あれは、誰だ？」

「ああ……まだわからない？」

金子は眉間にうっすらと皺を寄せた。

「あれは、ちえみ先輩だよ」

後藤の脳裏に、小柄で快活で、いつも爛々と光るような目をしていた先輩の姿が思い浮かんだ。後藤は彼女の強すぎる瞳があまり得意ではなかった。後藤には、それはともすれば常軌を逸しかけているような、不安定な危うさをはらんで見えた。

あの死体が、ちえみ先輩――？

そんなはずはない。彼女が自ら命を絶ったのは、後藤が留置場で勾留延長を受けていたときだと聞いている。もう四年も前の話だ。

「死体じゃないよ、もちろん。やだな、あたりまえでしょ」

後藤の反応を見て取って、金子は小さく笑った。

「あれは人形。ちえみ先輩が『ドール』の舞台のために作った、先輩の等身大のお人形だよ」

「人形？」

ドール、という舞台名には後藤も聞き覚えがあった。ちえみ先輩が逮捕されたときに出演を予定していた舞台だ。先輩も金子と同様に不起訴になり、すぐに勾留は解かれ、しかしその死によって、結局出演は叶わなかった、と。

「あれが人形？　でも、髪だって、足だって、細かいところまで、ちゃんと人間みたいな――」

「だから、ものすごくお金がかかったんだよ。予算なんてまるでない小劇団のくせに、そこのクオリティだけは落とせないからって。本当に、馬鹿みたいなお金をかけてたの。外から見たら、あの劇団員のひとたち、集団催眠にでもかかってたみたいだった。皆生活を切り詰めて、たぶんその苦しさがまた、自分たちが作り出す舞台に対する信仰心を掻き立ててたのね」

金子は気の毒そうにつぶやいた。

後藤は崖下に落ちていた人影の、波に洗われて光るてらてらとした肌の質感を思い返す。言われてみれば、金子とちえみ先輩は体格がそっくりだった。そこに宿る生命力の違いから、そう意識することはなかったけれど。

「復讐か」

後藤はつぶやいた。これまでになんどか考えていたことだった。今回のことに、北原先輩と過去の事件が関わっているのではないかと。

「それならどうして他のひとたち――俺らがやったこととは無関係なひとたちまで、巻き込んだんだよ。肝心の北原先輩はまだ塀の中だ。なのにどうして――不破くんなんて、まるで関係ないだろ」

後藤は斧を摑んだ腕を伸ばし、膝立ちで木にもたれる不破を指した。

「復讐じゃないよ。ぜんぜんそんなんじゃない」

金子は首を振った。それからひとつ息をつき、頭上に広がる澄んだ朝の空を仰いだ。

「だってちえみ先輩は、私が殺したんだから」

14　四年前

星なんてまるで見えない夜だった。

私はひとり、先輩の家へと急ぎ足で向かっていた。

ちえみ先輩は駅から三分の距離にある、便利だけれど電車の音がどうしたってうるさい狭いワンルームに住んでいた。私がたずねていったとき、彼女はいつものように南向きの出窓に腰掛けて、駅へと向かうひとの往来をつまらなそうに眺めていた。七階の高さから見下ろすと、人間はちょうど巣の周りを右往左往する蟻のように見える。

「すごい経験しちゃいましたね」

流しの前に突っ立ったままで、私は言った。

もちろん、逮捕されたことを指していた。北原先輩のグループの中で、ちえみ先輩も私と同じ、勧誘やサクラとしての活動に手をかしていた。私たちは同じ朝に逮捕され、同じ日に不起訴となり釈放された。

私はあえて、なんでもないような、平淡な態度を保とうと決めていた。きっとちえみ先輩もそうするだろうと思っていたからだ。昔から先輩はどんなできごとだって、芸の肥やし、演技の糧にできる強さと図太さを持っているひとだった。大好きな彼氏と別れたときも、優しい祖母を亡くしたときも、これで喪失の痛みの表現に磨きがかかったはずだと、涙に濡れた目を強く輝かせていた。

彼女はなんだって乗り越えられるひとだった。だからこんな、ちょっと逮捕されちゃったくらいのことはなんでもない、ただの人生の一幕にすぎない。彼女の前で、私だけが馬鹿みたいに動揺したり泣いたりするのは嫌だった。やれやれ、まったく大変なことになっちゃいましたね、と肩をすくめて、彼女と同じ視点に立っていたかった。

「お金がないんだよね」

ちえみ先輩は言った。

「私もないです。ほんと参っちゃいますよ。北原先輩、あのひと最初から全部――」

「私、ほんとうにお金がない」

ちえみ先輩は繰り返した。それはなんだか嚙み合わない返事に聞こえた。

私は部屋の中に一脚だけある椅子に座った、ちえみ先輩のドールに目をやった。艶やかな髪。ふっくらとした頰。可動する瞼に手足。繊細なレースがあしらわれたドレス。頰に浮いた薔薇色のチークはいかにも活き活きとして見えて、最近の、女優としてのちえみ先輩よりも、大学時代のより若かりし彼女の姿を思い起こさせた。

北原先輩に預けた――と思っていた――お金がビットコインのような魔法にかかると信じていたから、彼女は身銭を切ってこの小道具を作らせたのだ。

下界を見下ろしていたちえみ先輩が、ふいに振り返った。その顔を正面から見てぎょっとした。一瞬、知らない女に見えたのだ。目の下と口の周りに濃い影が落ちている。

「ずっとお金のことを考えている」

先輩は立てた膝の上に顎をのせて言った。

先輩の部屋にある備え付けの天井照明は、ほんとうは棒電球が四本入る。でも彼女は節約のために電球を一本しか入れていないので、オレンジがかった明かりはどこか心もとない。

「そうですね」

私はうなずいた。私だって同じだった。ずっとお金のことを考えてしまう。だからちえみ先輩に会いに来たのだ。彼女の強さにあやかるために。

「貧しい人々の演技にリアリティが出ちゃいますね」

ちえみ先輩は、そこで初めて私と目を合わせた。鼻から息を洩らし、「うん」とうなずく。けれどすぐに目を逸らして、また下界の蟻の観察に戻る。開け放たれた窓からは、秋の夜風が吹き込んでいた。

「『ドール』の舞台は降りたんだけどね」

「え！」

思わず大きな声が出た。「どうしてですか」と続けて疑問を口にしたけれど、よく考えてみれば答えは明白だった。私たちは、逮捕されたのだ。

「稽古に数日出られなかったでしょ。その間、連絡もできなかったし。逮捕のこと自体は隠しておけたかもしれないけど……でも私、他の団員にも、勧めちゃってたんだよね。北原の投資」

さすがに黙ってらんないよね、と先輩は息をつく。私はなにも答えられず、ただ先輩の横顔を見つめる。

「でも正直、それはあんまりショックではなくて」と彼女は続ける。「そんなことよりお金がないからさ」と、再びそれを繰り返す。

「なんだかね、あらゆる感覚が、お金がないっていう事実の向こうに霞んでる感じ。本当はもっと、罪悪感とか、後悔や反省の気持ちだって持たなくちゃだめだよね。私たち、詐欺に加担してたんだから」

先輩の深く下がった肩と猫背の背中は老人のそれに見えた。先輩は一度社会に出てお金を貯めてから大学に入ったから、私よりも四つ年上だ。たった四つ。そんなものは彼女のみなぎる活力の前では、何の意味もなかったのに。

先輩はお金の代わりに持ち前の生命力をじゃぶじゃぶ消費して、今、それも底を突いてしまったみたいだった。美味しいご飯を食べてぐっすり眠ってどこか遠くにでも行って気持ちを切り替えれば、気力なんていうものはあっという間に回復するのかもしれない。でも私たちには、そういうことをするお金がない。

「考えてみれば私、お金に余裕がある瞬間なんて、いちどもなかったな」

「……私もです」

「ずっとお金のことを考えている」

お金のことを考えずにいるにはお金が必要だ。

「なんか苦しいよね」と先輩は言った。ずっと圧迫感がある。お金の無さが実体を伴って身体にまとわりつき首を締めあげている。そのひとつひとつの感覚に私は深く共感できる。眠れないし食べられないし休まらない。

「うちね、祖父母の代から信じてる宗教があるんだよね」

先輩は唐突に言った。宗教？　と私は首をかしげた。

「誰にも言ってなかったけど。あんまり皆、外のひととはそういう話ってしないもんね。でも、とにかく私、自殺ができないの。禁止されてるから」

先輩は言った。出窓に乗せた尾てい骨を軸にくるりと向きを変え、七階の窓から両足を垂らして座る。

この部屋でお酒を飲んでいるとき、ほろ酔いの先輩がよく窓辺でそういう座り方をするのが、私は怖かった。うっかり落ちたらどうするんですか、と注意したことは一度や二度ではない。そのたびに、先輩は「大丈夫よ」と笑った。実際、大丈夫だった。先輩の体幹は座っている姿勢からバランスを崩すほどやわじゃない。少なくとも、逮捕される前まではそうだった。

「自殺ができないんだよね」

先輩は繰り返した。

だから私は彼女の背中、肩甲骨の下のあたりを強く押した。

目を閉じて、力いっぱい。

それだけで充分だった。

ほんの一瞬、先輩の、悲鳴のような声を聞いた気もした。

部屋からちえみ先輩が消えて、私とちえみ先輩の人形だけが残った。

その瞬間、私は、この世界の真実に気がついた。

15　四日目　朝

「私たちは皆、呪われている」

話し終えた金子はそうつぶやいた。

「それがこの世界の真実。そのことに皆、気づいていない。気づけないようになっている」

後藤は金子の目を見返し、「呪い？」とおうむ返しにたずねた。

「そう。あのね、死だけがすべての救済なの」

そう言い切る金子の瞳の中に、ふざけたような色が一切浮かんでいないことを見て取って、後藤は動揺した。死は救済。それはあまりにも極端でありながら、あまりにもありふれた主張であるように思えた。悲観主義者たちの価値観、あるいは物語上の破滅的な悪役の目標。それを自分だけが発見した真新しい秘密のように語る金子が信じられなかった。

「死は救済。そんなことはないって思う？　それとも、くだらないって思う？」

後藤の考えを見透かしたように、金子はたずねた。

「あのね、そんなふうに思ってしまうことが呪いなの。どんなに死にたいと思っても、結局のところは生きることが正しいと思ってしまうことが呪い。死に対する本能的な恐れ、痛み、すべてが呪い。死ぬことだけが救いだという言葉を聞いたときに浮かぶ、否定的な考えはすべて呪い。生きることは苦しみでしかなく、死こそがあらゆる苦痛を断ち切る救いなのに、生きたいと願う本能が呪い。人間の細胞に刻み込まれた呪いなの」

金子は自分自身の言葉にうなずきながら、後藤を、そして不破を見た。難題の解法を辛抱強く教える教師のような理性がそこにはあった。

「私は死の救いを信じている。心からの誠実さでもって信仰してる。誰にも話したことはなかったけど……信仰についての話って、私たち、あまりしないものね」

金子はまたしみじみとうなずいた。後藤はそんな彼女を呆然と見下ろしながら、自分が金子をＢＦＨに勧誘したときのことを思い出していた。あのとき金子はこれ見よがしに大きなため息をついて、呆れを隠そうともしていなかった。後藤くん、神様なんて信じていないくせに。宗教なんて、本気なの？

あのときの彼女はすでに、ちえみ先輩を殺し、自ら辿り着いた極端な真実への信仰心を募らせていた？

「どうして」

後藤は掠れた声でつぶやく。

「そんな信仰を持っていたなら、どうして俺たちに加わったんだよ。俺らのことなんて、放っておいて、関わらないでくれたらよかったじゃないか」

「最初はそう思ったよ。でも後藤くん、もしもＢＦＨが上手くいってしまったら、また生きることに希望を見出してしまうでしょ。そしてその間違った希望を、他のひとたちにまで広めようとしている。そんなの許すわけにはいかないじゃない。そんなの他のひとたちも、後藤くんも、可哀そうすぎる」

金子は心から気の毒そうな表情を浮かべて言った。

「後藤くんってそういうところがあるよね。皮肉っぽくて、冷めてるみたいな、達観したような姿勢を取りたがるくせに、本当はいつだって期待を捨てられないひと。自分自身ではそうじゃないって信じているのかもしれないけど、君の心の奥には、自分は特別な存在で生きることは素晴らしいことだっていう価値観が根付いてる。きっと、同じ価値観のご両親に、そう言い聞かせられて育ったからだろうね」

その呪いから解き放ってあげたいと思った、と金子は語った。

「私は皆を救いたかった。だから今回のことは、復讐なんかじゃぜんぜんないの。私はこのツアーに備えて一生懸命準備して、皆をこの呪いから解放したかった。参加者のことを調べるうち、皆が善いひとだってわかったから」

金子は言った。

「この呪いは、善いひとにとっては特に苦しいものなの。反対に、悪人にはとっては大して苦痛じゃない。そんなところも最悪だよね。思いやりがあって、他者の痛みに対する想像力があって、聡明で慈悲深いひとほど、常に苦痛が共にある。利己的で暴力的で卑怯で、自己愛まみれの妄想に生きる悪人たちからの脅威にさらされもすれば、風が吹いただけで起こるような不条理な悲劇に深く傷ついたりもする。それでも脳は、生きることは善であり、与えられた生をまっとうすることは無条件に正しいと考えてしまう。そんな考えが呪いにより生じているなんて、気づけない。実際、ひとは死に近づくと強い拒否反応を覚える。この国ではピストル自殺する自由さえ与えられていないのは、ある種の人権の侵害だと思わない？　私たちが自死を強く望んだら、野性的で野蛮な方法、強い恐怖や苦痛を伴うような方法から選ばなくちゃならないんだよ。引き金を引くだけでこの呪いを終わりにできる方法があるのに。私たちには、それを使うことが許されていない」

後藤は金子の話に耳を傾けるポーズを取りながら、横目で不破を見た。斧は自分の手の中にある。不破とふたりなら、金子を取り押さえることは容易いはずだ。金子の主張を最後まで聞いてやるつもりなど毛頭なかった。

ただ――ただ、訥々《とつとつ》と語る金子を見つめる、不破の真剣な眼差しが気にかかった。まさか、金子のあんな荒唐無稽な主張を、聞き入れ始めているんじゃないだろうな。

「だから私、皆のことをちゃんと解放してあげられますようにって、ここに来る船の上でも祈ってたんだ。そしたら、ちょうどその場面を塙さんに撮られてしまって」

金子は両手を組みあわせ、祈りを再現するように瞼を伏せた。

「塙さんがスマホをこっちに向けてるのを見たとき、吐きそうになっちゃった。その映像、後藤くんや天羽くんに見られるわけにはいかないなって思ったの。私が神を信じていないことは、ふたりには当然知られていたから。私が心の底から祈る対象を持っているってこと、それが死だってこと、知られたら、計画の妨げになるかもしれないと思って」

「それで塙さんの首を切ったのか。スマホの顔認証をされないために」

「ああ、そう。そっか、それに気づいたんだ。じゃあ、私のことも疑った?」

「いや……金子は、グロテスクなものが苦手だった。首を切ったりなんて、とてもできないと思った」

後藤は大学時代、先輩たちに見せられたスプラッタ映画で青い顔をしていた金子を思い出す。

金子も同じ記憶に辿り着いたらしい。死への信仰心を語っていたときの目の輝きがすっと引いた。

「後藤くん、あれはもう十年近く前の話だよ」

金子は悲し気に言った。

「私たち、誰も、何も同じじゃないでしょ、あの頃とは。十年もあったら、苦手だったものや嫌いだったものにも、なにも感じなくなるよ」

その逆もたくさんあるけどね、と金子はつぶやく。

「……塙さんを、どうやって礼拝堂まで呼び出したんだ」

「BFHの裏の顔を教えるって伝えたの。後藤くんに前科があることとか匂わせたら、大喜びでやってきた。で、隙だらけの後ろから、後頭部に、その斧で」

金子は軽く顔を傾け、後藤の手にする斧を指した。

「計算外だったのは、塙さんがスマホを二台持ってたってこと。礼拝堂に持ってきてたのは、船の上で私を撮ってたのとは違うグレーのスマホカバーの方だったの。だからしかたなく首を切った。もちろんそう、嫌だったけどね」

「切った首は」

「湖に捨てたよ」

「礼拝堂の扉に張っていたクモの巣は、コブスプレー?」

「あ、そう、それ。よく覚えてたね」

「野々村さんの周りの花は」

「ああ、あれはね、野々村さんに自分で集めてもらったの。天羽くんとの面談を待っているとき、皆にお茶を出すついでに彼にメモを渡して——花を集めて屋外キッチンで待つように伝えた。天羽くんから野々村さんだけに宛てた、特別な秘密のメッセージだって念を押したら、素直に聞いてくれたよね」

「第一発見者のふりで、取り乱していたのも芝居か」

「うん、そう。しりもちをついて足を怪我したのは、さっき言った通り嘘だけどね。だから後藤くんと天羽くんが、また礼拝堂まで行ってみるって言ったときは焦ったよ。礼拝堂には電波妨害機を置いていないから、私から離れられたらスマホが圏外から外れちゃうと思って。大げさにテーピングまでされた足で、のこのこついていくのは不自然だもんね。皆を油断させるために怪我のふりをしたのに、完全に裏目に出ちゃったなって。まあふたりとも、素直にスマホを預けて行ってくれたからほっとしたけど」

電波が入るとしたらヴィラの方だ、と金子が言ったのだ。思い出して、後藤は眉間にしわを寄せた。疑いもせず素直に従った自分が、今となっては信じられない。

「増田さんが飲んだ毒は」

「あれは皆が予想した通り。朝のうちに、新堂さんのジンのボトルに入れておいたの。増田さんはひと違いで殺されたんだって桃木さんは騒いでたけど、私は別に、誰でもよかった」

「それで——」

「それで、不破くんを殴ったのはさっき説明した通り。その次は……私。私というか、ちえみ先輩の人形」

金子は伏せていた瞼を開いた。

「スーツケースに入れて持ってきたんだ。夜中に、崖の下に降ろした。避難用のはしごを人形の足と頭に引っ掛けて、バランスを取りながらね。潮位の変化は初日に確認してたから、顔がちゃんと海面に沈んで、でも死体だと思ってもらえる程度には水から出ているように。ちえみ先輩と私は体格も髪型もほとんど同じだったから、遠目なら誤魔化せる自信があった」

後藤は脳裏に再び崖下の人影を思い浮かべる。平時であれば、遠くに見えるそれが本当にひとの死体なのかどうか、疑ったかもしれない。こんなにも死体に見慣れてしまった状況下でさえなければ――。

「本当は、夜中のうちにヴィラから出て身を隠すつもりだったの。でも、思っていたよりもその偽装作業に時間がかかってしまって……新堂さんがものすごく朝早くにリビングルームに降りて来たから、焦っちゃった。それでしょうがなく、私、自分の部屋に隠れてたんだけど」

「隠れて……」

「後藤くんたちが隣の部屋のベランダから呼ぶの、聞こえてたよ。天羽くんがベランダを飛び越えて来ようとしたときもすごく焦った。あれが最高に焦ったかな。いや、でも、部屋に隠れるのにドアロックを掛けちゃった時点で、たぶん私、だいぶ動揺してたのね。あんなの、中にまだひとがいるって教えてるようなものだもの。下で皆が話し合うのを聞きながら、どうか誰も気づきませんようにって祈ってた」

金子は左耳のイヤホンを指さして笑った。

「それから新堂さんも、さっき話した通り。桃木さんは、私がちょうど湖の方に斧を取りに行ったときにやって来たから、そこで死なせた。彼女、まるで警戒していなかったから、不意を突くのは簡単だった。天羽くんは、昨日部屋にたずねて行って、疑いもせずドアを開けてくれたところをナイフで刺した。間違いなく絶命できるように、何度もね。あとは葛西さんと後藤くんがドームに向かったのを見て、新堂さんと同じ手口で二人とも殺したつもりだった。私はツアーの最初の予定通り、今朝屋上に上がって月蝕を見た。本当ならそれでぜんぶ終わりのはずだったんだけど、ひとつだけ気がかりなことがあった」

金子は不破に顔を向けた。

「不破くんの死体が消えた理由がわからなかった。まさか新堂さんが嘘をついていたなんて……犯人以外が嘘をつくなんて、ルール違反だよね。まあ、それを言ったら後藤くんが田中さんの存在を作り出したことだってそう。皆こっちの計画とは無関係に、平気で嘘をつくんだから」

金子は笑みを深くした後、「でもよかった」と言った。

「新堂さんも善いひとだってわかって、安心した。死なせたのは間違いじゃなかった。この島に集まっていたのは皆、善良で、か弱くて、呪いに苦しんでいる優しいひとたち。でも皆、同じBFHの教えを信じて集まったはずなのに、本当に信じていたものはそれぞれちょっと違ったみたいだったよね。それぞれの苦しみがあって、それぞれの問題を抱えていて、皆がそれぞれの形で救いを求めていた。だから皆、微妙に違う方向を向いていて、BFHが掲げるハーモニーには決してたどり着けなかった。そうだよね？」

後藤は唇を引き結び、答えなかった。

「でもそれって、仕方のないことなんだよ。死だけが唯一絶対で、共通の救いだから。自分の価値を証明したいとか、大いなる存在に認められたいとか、自分だけ特別でいたいとか、皆と同じでいたいとか、愛する家族を救いたいとか、心からの安らぎが欲しいとか――そんな苦悩はぜんぶ、呪われた命を捨てれば解放されるの。誰のどんな種類の苦痛も少しも取りこぼすことなく救えるのは死だけ。ＢＨＦの信者のような、善良なひとたちを救ってあげられるのは、そういう種類の救済だけ。――信者だけじゃないか。後藤くんもそうでしょ」

　金子は言った。

「君も呪われた善いひとでしょ、後藤くん。君は人生のどん底に沈んでなお、また立ち上がって、苦しむために社会に戻って来た。経理を任されて、君が内緒で作ってる口座を見つけて気づいたよ。ねえ、後藤くんがＢＦＨを作って、またそういう馬鹿みたいな方法でお金を稼ごうとしているのは、北原先輩の事件の被害者に弁済したいからでしょ？」

「俺は……」

「そんなことが可能だと信じちゃったなんて、本当に可哀そうだと思ったよ。ねえ、そんなの無理に決まってるじゃない。取り返しのつくことなんて、なにもないのに」

　金子は声に力を込めて、「そういう希望を持っちゃうことも、呪いでしかないんだよ」と繰り返した。

「……天羽は？」

　後藤はたずねた。

「あいつはただ気の向くままにへらへら楽しく自由に生きていただけだ。天羽は、お前の言う呪いなんてまったく効いてなかったよ」

「そう感じるのは後藤くんが天羽くんを羨ましいと思っていたからだよ。憧れで目が曇っていたから」

天羽くんは優しい子だよ。それに可哀そうな子、と金子は言った。

「彼は自分自身に苦しんでた。時間を守れなかったり、大人なら誰もしないようなうっかりミスが多かったり。そんなのどうでもいいだろって思えるような身勝手な人間だったらよかったけど、そうじゃなかった。いちいち落ち込んで、悩んでた。天羽くんって、いつも最初は人気者なのに、どんどんひとが離れて行っちゃうんだよね。学生時代から彼と一緒にいるのって、もう、私と後藤くんだけだよ」

だから私たちのこと、あんなに信じてくれてたんだろうね、という金子の言葉に、後藤は罪悪感の波に襲われる。手足が強張り、舌先が痺れる。それでも言った。

「呪いなんかじゃない。金子が今言ったことぜんぶ、祝福だよ」

金子は笑い声をあげた。

「それ、ＢＦＨの教え？　後藤くん、もうここには信者なんてひとりもいないんだから、そんな思ってもいないこと言わなくてもいいんだよ」

後藤は金子の言葉を無視して続けた。

「塙さんも、野々村さんも、増田さんも、新堂さんも、桃木さんも、誰一人死の救いなんて必要としていなかった。皆この世界に希望を持っていたから、この島に集まったんだ。人間の善意を信じていたから」

金子は大きくため息をついて、肩を落とした。「だから、そんなふうに思うことが呪いなんだって」と呆れたようにつぶやく。後藤はそれも無視した。

「それに、天羽は教祖に向いてた。あいつに向いてることなんてごまんとあった。俺や、お前が支えていけばよかっただけだ」

後藤はそれから、口に出すか迷っていた言葉を発した。

「呪いであってほしいだけだろ」

金子はすっと目を細め、後藤を睨んだ。後藤はその目を睨み返して続けた。

「生きたいと思う本能が呪いで、死は祝福。そうであってほしいだけだろ。そうじゃないと、ちえみ先輩を殺したことを正当化できないから。ほんとは後悔してるんだろ」

「後悔なんてしてるわけない。私は正しいことをしたんだから」

「そう思うために善悪の逆張りをしてるだけだろ。苦しくても生きることは祝福なんだよ。俺らの細胞に刻み込まれている」

「だからそれが呪いなんだってば！　そうやって生に縛り付けられているから苦しみが終わらないの」

金子は頑なだった。

彼女には信じ続ける必要があった。

「殺人っていう取り返しのつかない罪から逃れるためには、もうそれを信じるしかないんだろ。警察がちえみ先輩の死を自殺と断定してしまって、裁かれる機会を失ってしまって」

「知ったような口きかないでよ。ぜんぜん違う。私は真実の話をしてるだけ」

「これが呪いだって言うなら、俺はこの呪いが好きなんだよ。放っておいてくれよ」

「後藤くん、さっきから本気で言ってる？　ＢＦＨの客引き用の教えに自分で染まっちゃってるんじゃない？　自分で作り出した宗教に自分ではまっちゃうなんて――いや、待って」

金子はすっと目を細めた。

「もしかして、後藤くん、本当は最初から」

ざり、という音が大きく響いて、後藤と金子は揃って道の下方に目を向けた。彼らが話している間、木に手を付いてなんとか立ち上がろうとしていた不破の靴が、砂利に滑った音だった。

ふたりの視線を受け、不破は恐れと怯えの表情を顔に浮かべつつも、「いい加減にしてください」と言った。

「生きることは別に呪いでもないし祝福でもない。神様なんていないし、悪魔もいない。魂なんてないし、宇宙のエネルギーだってないし、占いはぜんぶインチキだ。人間は超自然的なものに守られてもいなければ害されてもいない。この世界には僕らしかいないんだ」

不破はようやく両足を地面につけた。

「だから僕が、母さんを助けるんだ。絶対に生きて帰る。それで、また、お金を貯めて……」

三人はまるで信じるものが違った。

しかし、後藤と不破の利害は一致した。後藤は斧を肩まで上げ、じりじりと金子に近づく。下方からはおぼつかない足取りながら、不破がナイフを構え上がってくる。

後藤が一メートルの距離まで迫ったとき、金子は大きく息をつき、うんざりしたように空を仰いだ。すべてを観念した、という降参の姿勢であるように見えた。しかし彼女は、膝の前に置いたままのリュックサックに手を突っ込むと、なにか黒い塊を取り出して後藤に向けた。一度の瞬きで焦点が合い、すぐにわかった。銃だ。

後藤は息を呑んで足を止め、それが本物なのかどうか考える。これまで自分が生きて来た常識に照らし合わせ、本物であるはずがないと考える。金子だってつい先ほど、この国でのピストル自殺の困難さについて嘆いていたではないか。

しかし世界にはインターネットがある。インターネットはあらゆることを可能にした。それが呪いなのか、祝福なのか、そのどちらでもないただの事象なのかどうかはわからない。

「そんなもの持っていたなら」

後藤はどうにか口を開いた。

「最初の日に、皆で集まったときに全員殺せたはずじゃないか。テーブルについて自己紹介をしてる端から、順番に撃っていけばよかったんだ。そうしなかったということは、それは本物じゃない」

「私は、皆が呪いから解き放たれるに値する人間かどうか知りたかったの」

黒い銃身を両手で包むように構え、金子は言った。

「それに弾には限りがある。あんまり練習もできなかったから、最初の誰かを撃った後、走って逃げていくひとに当てるのは難しいと思って」

金子は安全装置を外し、引き金に指をかけた。一連の操作を、後藤は幻を見るような気分で眺めた。気づいたときには銃口が、後藤の胸の位置にまっすぐ向けられている。「でもこの距離なら外さない」という金子の声が、やたら遠くに聞こえる。

先ほどの不破と同じように、後藤の視野も急速に狭まりつつあった。銃を持つ金子の姿しか見えない。それでも、もしも下方にいる不破がその銃を取り上げようと試みたところで、到底間に合わない距離にいるだろうことは気配でわかった。不破が銃身を掴むより先に、金子は引き金を引くだろう。

「後藤くんが脅威だからとか、憎いから撃つわけじゃないよ」

金子は言った。

「この呪われた世界から救うために撃つの。そうしなかったら、君はこれから喪失の痛みに苦しむことになるでしょ。大好きな恋人を失った痛みに」

ミア。

彼女は言った。

自分に兄はいない、と。

「私なの」

涙の溜まった目で、ミアはつぶやいた。

「同性愛者であることを打ち明けて、両親に勘当されたのは、私」

理解するのに数秒かかった。

彼女に兄はいない。

彼女の語った兄は、愛する両親との別離という過去の痛みを後藤に伝えるために作り出した、架空の人物。

彼女の兄は存在しない。

田中と同じだ。

「そ……」

そんなわけない、という言葉は、喉の奥に張り付いた。仰向けになった彼女の目からこぼれた涙が、すっと横に流れてそのこめかみを濡らした。

「でも、ミアは、俺を――」

「愛していると思った」

彼女は言った。

「さっき話したことはぜんぶ本当。初めて会った時から、ずっと惹かれてた。望くんなら愛せると思った。私……そしたら、もしそうなれたら、両親とも、また一緒に過ごせるんじゃないかと思って」

我が子よりも教えを選んだ両親。見限ったつもりでいた両親。それでも、愛していたころの記憶を消すことはできず、未練と希望を持ってしまった。

「望くんのこと、愛している」

涙の軌跡を、また新たな水滴が通る。

「でもそれが、望くんが私に対して抱いているのと同じ気持ちなのかどうか、わからない。ずっとわからなくて……きちんとわかるときがきたら、打ち明けようと思ったの。でも、もしかしたら……ずっとわからないままなんじゃないかって思えてきて。わからないということは……そういうことだったのかなって、思えてしまって」

「ミア」

「隠すつもりじゃなかったの。騙すつもりじゃなかった。でも、両親のことを望くんに話すとき、どうしても言えなくて。私、嘘をついてしまった」

後藤は痺れたような頭で、彼女の告白について、自分がどう感じているのか考えた。考え、考え続け、しかし答えは出なかった。彼女の目の横をさらに何滴かの涙が流れ落ちた後で、後藤は身体を起こした。自分の気持ちがわからなかった。彼女を嘘つきと罵りたいのか、それでも愛していると抱きしめたいのか、それすらも判別がつかなかった。ただひとつ、はっきりしていることがあった。

「俺は別の場所で寝るよ」

彼女と同じ場所では眠れない。今は彼女の隣にいたくない。

立ち上がった後藤を追うように、ミアが上体を起こして後藤を見上げた。「望くん」と呼ぶ声を背中に聞きながら、後藤はふたりで積み上げたバリケードをひとつひとつ崩した。

「俺が出て行ったら、また同じように積むんだ。明日の朝まで、誰も入ってこられないように」

「望くんはどうするの？　だって、外には田中さんがいるのに」

田中。先ほどまで強く信じられていたその存在が、急にこの世から消えてしまったように感じた。ミアに愛されているという確信と共に。

「俺は、もうひとつ残ったドームに行くよ」

「望くん」

「明日……迎えの船が来る。そのときにまた話そう」

後藤は彼女の鼻先で扉を閉めた。

一度も振り返らずにその場を離れた。

新堂の死んでいるドームの横を戻り、唯一空いているドームの中にひとり、灯りもつけずに横たわった。満点の星空を見上げながら、ここは宇宙船のなかでも世界の果てにひとつ残された最後の孤島でもなく、岩手県沖に位置する、リゾート開発が断念されて放置された無人島なのだと思い出した。


ミア。

あれが最後の別れになった。

罵ることも、受け止めることももうできない。

しかし、死後の世界というものがあるのだろうか？

自分も死ねば、再び彼女の美しい声を聞き、笑顔を見ることが叶うだろうか？

金子の言う救済を受け入れれば。

視野はどんどん狭くなる。

後藤の目には、銃を構えた金子の手、そして銃口の果てしなく暗い穴しか映らなくなる。

自分は死ぬ。

それでいいのか？

わからない。

でも、ひとつだけ。

俺はもういちど――父さんに会いたい。

その確かな望みが体中を駆け抜けた瞬間、後藤は口の中でつぶやいた。

「神様」

金子の眉尻が憐れむように下がった。人差し指に力を込める筋肉の動きが、はっきりと見て取れた。

そのとき、上空からひとつの影が降りた。

流線型の、大きな影だった。

銃口の前に、灰色の翼が翻る。

するどく短い、高い鳴き声が上がる。

それは一羽の鳥だった。

カラスほどの大きさの、しかしカラスよりも長い翼を持ち、羽もくちばしも影のような灰色。まったく見慣れない鳥だった。なぜ突然この場に舞い降りたのか、その理由もわからない。あるいはカラスのように、光るものを集めるよう細胞に記憶を持つ生き物だったのかもしれない。陽光を浴びて、銃身は鈍い光を放っていたから。

パン、と軽い破裂音が響いた。

鳥に驚いた金子が、はずみで引き金を引いたのだった。

後藤は右耳のあたりに熱と衝撃を感じ、それでも一歩前に足を踏み出し、斧を振り上げた。

鳥は銃声に反応し、素早く空へと飛び去った。

あっけにとられた顔をしていた金子が、再び後藤に狙いを定める。

しかしそのときにはもう、後藤は斧を振り下ろしていた。銃を持った金子の右手。骨の折れる音がした。

　血しぶきが上がった。金子は銃を取り落とし、叫びとも呻きともつかない声を上げた。左手で右手首を強くつかむ。右手は切断されてはいなかった。しかし、手首とひじの間、関節ではあり得ないはずの箇所が曲がり、手の先がぶらりと垂れ下がっている。あっという間に両手が赤に染まる。

　後藤は取り落とされた銃を足で蹴った。銃は地面をすべり、不破の足元で止まった。後藤は自分の靴にも血が滴り落ちるのを見て、血の出どころが金子の右手だけではないと悟った。右耳が燃えるように熱い。頬やあごを伝った血がシャツの襟を濡らしているのがわかった。耳がどうなっているのか、こめかみや、頭蓋骨は無事なのか、触れて確かめる勇気はなかった。

　頭上で再び鳥が鳴いた。

　姿は見えない。

ただその鳴き声は、いつか天羽がひばりと呼んだ、名前のわからない鳥と同じものに聞こえた。

視線を戻すと、不破が金子に銃口を向けていた。

「撃って」と金子は言った。

「撃つな」と後藤は言った。

「撃たなくても、きっと出血で死ぬ。そうじゃなくても、もうなにもできない。君が手を汚すことなんてない」

　不破は荒い息を吐きながら、銃を下ろした。「痛い」と金子が呻いた。

「どうしてこんなに痛い必要があるの？　この身体もやっぱり呪いだよ。怪我や病を知覚するのに、痛覚がこんなに鋭敏である必要はないのに。こんなの、私たちを、苦しめるための機能としか思えない」

金子は力ない声でわめき続けていた。不破はぐらりとよろめき、地面に膝をついた。その頭の包帯には、再び血が滲み始めている。傷口が開いたのだろう。後藤もその場に尻をついて座り込んだ。右耳からの出血は止まらない。

三人が全員、血を流していた。

全員が血にまみれ、血だまりの中に座り込んでいる。

不破は蒼白で、目だけが異様に血走っている。金子はまだぶつぶつと、ひたすらに苦痛を訴え死への渇望をつぶやいている。

空は晴れ渡り、鳥が鳴いている。心地いい海風が吹いている。

地獄のような、天国のような、そのどちらでもない、あるいはどちらでもある島で、三人は荒い呼吸を繰り返した。

後藤は遠く水平線を見やり、煌めく海を眺めた。

その上に、小さな船が一隻。

白い航跡波を描きながら、ゆっくりとこちらに向かっていた。

帰ることができる、と後藤は信じた。

本書は『小説推理』二〇二四年五月号～二〇二四年一二月号に
連載された作品に加筆、訂正をしたものです。

装画　田中寛崇
装丁　坂野公一＋吉田友美（welle design）

渡辺 優　わたなべ・ゆう

一九八七年宮城県生まれ。大学卒業後、仕事のかたわら小説を執筆。二〇一五年に「ラメルノエリキサ」で第二八回小説すばる新人賞を受賞しデビュー。他の著作に『自由なサメと人間たちの夢』『アイドル　地下にうごめく星』『悪い姉』『カラスは言った』『私雨邸の殺人に関する各人の視点』などがある。

月蝕島《げっしょくとう》の信者《しんじゃ》たち

二〇二五年四月一九日　第一刷発行

著者　渡辺 優
発行者　箕浦克史
発行所　株式会社双葉社
〒１６２－８５４０
東京都新宿区東五軒町３－２８
電話　０３－５２６１－４８１８（営業部）
　　　０３－５２６１－４８３１（編集部）
http://www.futabasha.co.jp/
（双葉社の書籍・コミック・ムックが買えます）
印刷所　株式会社ＤＮＰ出版プロダクツ
製本所　株式会社若林製本工場
カバー印刷　株式会社大熊整美堂
ＤＴＰ　株式会社ビーワークス

ISBN978-4-575-24813-5 C0093

双葉社　好評既刊

私雨邸の殺人に関する各人の視点

渡辺　優

資産家の別荘「私雨邸」に嵐のために閉じ込められてしまった、訳ありの男女11人。持ち主の老人が密室で殺されたが、事件を解決するはずの名探偵が……いない。読み出すと止まらない新感覚の探偵不在ミステリー！

（四六判並製）